LA RÉVOLTE DE MADDIE FREEMAN

L'auteur

Katie Kacvinsky a d'abord été mannequin puis professeur d'anglais avant de devenir écrivain. Elle vit aujourd'hui dans l'Oregon. Les arbres qui poussent devant chez elle lui ont inspiré les arbres virtuels de *La Révolte de Maddie Freeman*.

Katie Kacvinsky

LA RÉVOLTE DE MADDIE FREEMAN

Traduit de l'anglais (États-Unis) par
Cécile Chartres

POCKET JEUNESSE
PKJ·

Directeur de collection :
Xavier d'Almeida

Titre original :
Awaken
publié pour la première fois en 2011 par Houghton Mifflin
Harcourt Publishing Company, New York.

Loi n° 49 956 du 16 juillet 1949 sur les publications
destinées à la jeunesse : mai 2013.

ISBN : 978-2-266-21550-3

À Adam
Pour tout

7 mai 2060

Ma mère m'a offert un carnet relié de cuir pour mon dix-septième anniversaire. Au début, j'ai été surprise par toutes ces pages blanches, comme si l'histoire avait été effacée. Elle m'a expliqué que parfois les histoires attendent d'être écrites. Que ma mère m'ait donné un objet du passé à utiliser dans le futur ne m'a pas étonnée.

On ne fabrique plus de livres papier de nos jours – abattre de vrais arbres est interdit. Ils poussent encore dans certaines parties du monde, mais je n'en ai jamais vu. La plupart des villes plantent des arbres synthétiques. Il paraît que les gens préfèrent. Les arbres synthétiques sont livrés à domicile. Pas la peine d'attendre quinze ans qu'ils poussent. Il suffit d'aller sur Internet, de choisir le modèle, la taille, et quelques jours plus tard, tu as un arbre adulte dans ton jardin, cimenté au sol et soutenu par des poutres en acier. Rapide. Simple. Sans histoires.

Les arbres synthétiques ne meurent jamais. Ils ne dépérissent pas à l'automne. Fini les feuilles mortes et les épines par terre. Ils résistent au feu. Ils ne sont pas allergènes. Et ils sont toujours parfaitement verts. Il arrive que les feuilles perdent de leur couleur mais un petit coup de peinture en bombe, et les revoilà bien vertes. À Halloween, les gens peignent les feuilles des arbres en jaune, orange et rouge, couleurs des vraies feuilles avant qu'elles tombent. Ma mère affirme qu'elle se souvient des couleurs de l'automne. Elle dit que c'était la plus belle période de l'année. Difficile d'imaginer que quelque chose puisse devenir beau en mourant. D'un autre côté, c'est difficile d'imaginer tout ce qui « existait avant ».

À cause de la surexploitation des arbres et des feux de forêt, on a cessé de fabriquer des livres papier. Maintenant, on télécharge des livres numériques. Je commande n'importe quel livre et il atterrit dans mon cartable virtuel quelques secondes plus tard. Ensuite, je le transfère dans mon ordinateur qui me le lit à voix haute. Simple. Pratique. Je sais lire, bien sûr, j'ai appris à l'École numérique II. Je lis mes messages sur mon téléphone. Mais une étude a démontré que chez l'homme la mémoire auditive est plus performante que la mémoire visuelle, c'est du moins la conclusion de chercheurs qui ont mené leurs expériences sur… des rats. Un homme politique ayant trouvé cette théorie fabuleuse, une loi a été votée qui privilégie la « lecture auditive » et qui a changé le monde. C'est pour cela que j'écoute la plupart des livres.

Mais je ne suis pas dispensée de lecture visuelle pour autant. Ma mère y tient beaucoup. Elle a gardé tous ses romans qu'elle range dans des armoires vitrées appelées bibliothèques. Chaque année, elle m'en donne quelques-uns parmi ses préférés. J'ai une petite collection dans ma chambre. Je les aime bien. J'aime bien aussi en ouvrir un et m'évader, à l'abri derrière une couverture cartonnée. Cela m'oblige à utiliser ma tête, pas seulement mes yeux et mes oreilles. Je trouve que les barricader derrière des parois vitrées est un peu excessif, mais ma mère affirme que le papier jaunit au contact de l'air. Comme les feuilles des arbres, ils ne peuvent pas survivre dans ce monde. Ici, si on ne s'adapte pas, on se désintègre. J'ai appris ça à l'École numérique III.

Donc, vous pouvez imaginer ma surprise quand ma mère m'a offert un livre vierge. Déjà que les livres imprimés sont rares, alors un livre sans texte… Quel gâchis. Pas étonnant qu'on ait détruit tous les arbres. Et je suis supposée écrire à l'intérieur. À la main ! C'est-à-dire avec de l'encre et un stylo, ce qui est terriblement long. Quand je vois les gens écrire ainsi dans les vieux films, ça me fait rire. Cela fait vingt ans que plus personne n'écrit comme ça. On a appris à l'école mais en simulant sur nos tablettes électroniques. Quelques boutiques en ligne très spécialisées vendent encore des stylos, et ma mère est une de leurs clientes. « Madeline, m'a-t-elle dit, ça te fera du bien de noter tes pensées par écrit. Tu seras obligée de ralentir, de réfléchir à ta vie. C'est thérapeutique. »

Je me sens coupable d'écrire sur ce papier, de tacher ces pages blanches de mes mots, alors que le plus intéressant c'est sûrement qu'elles soient immaculées, indemnes. Ce que j'ai à dire ne compte pas, ma vie est tout sauf remarquable. Malheureusement. Elle est prévisible. Maîtrisée. Réglée. Toute tracée sur un chemin que je suis obligée de suivre.

Pourquoi prendrais-je le temps de noter mes pensées quand personne ne peut les lire ? J'ai l'habitude que des millions de gens aient accès à toutes sortes d'informations sur moi. J'ai l'habitude de recevoir des tonnes de commentaires après chacun de mes posts. Que mes pensées fassent réagir me donne une raison d'être. Cela montre que des gens m'apprécient. Cela me rappelle que j'existe. Pourquoi tout cacher dans un livre ? De toute manière, rien n'est secret. Tôt ou tard, la vérité éclate. C'est une des choses que j'ai apprises dans la vie.

- 1 -

Je m'apprêtais à sortir de ma chambre quand j'aperçus du coin de l'œil une lumière clignotante rouge sur mon ordinateur. J'étais déjà en retard mais la lueur retint mon attention, me figeant sur place. J'avais associé des codes couleur à certains de mes interlocuteurs. Le rouge ne pouvait désigner qu'une seule personne. Je m'assis, appuyai sur l'écran et une phrase apparut :

— *Tu seras là ce soir ?*

Je lus le message de Justin et plissai les lèvres. Mon cerveau me poussait à dire non. Cette réponse ferait plaisir à mon père. Il m'avait dressée pour que la moindre de mes décisions soit conforme à ses attentes. Mais son emprise me donnait de plus en plus le sentiment d'être faible. À croire que mon esprit ne m'appartenait pas, qu'il n'était qu'un logiciel à manipuler. Du coup, cette fois-ci, j'eus envie d'accepter.

J'avais rencontré Justin deux mois auparavant sur SoutienScolaire.com – c'est un forum de discussion où les élèves peuvent trouver de l'aide pour leurs devoirs.

On séchait tous les deux sur une dissertation de littérature. Le prof était inondé de questions et, comme Justin et moi avions le même problème, nous nous sommes débrouillés seuls. Je me souviens qu'il avait écrit ce jour-là un commentaire des plus étrange : « Deux cerveaux valent mieux qu'un. » C'était bizarre, parce que sa remarque m'était adressée personnellement. Et moi, j'avais dans l'idée de traverser toute ma scolarité sans jamais croiser qui que ce soit. La vie numérique nous pousse à être indépendants, c'est un de ses avantages.

Comme nous étions d'accord pour travailler ensemble deux fois par semaine, Justin commença à m'envoyer des invitations pour des séances d'étude en face à face qui avaient lieu en centre-ville. Il avait beau m'assurer que les groupes étaient réduits et les séances utiles, je redoutais de le rencontrer en vrai. J'avais l'habitude de vivre confortablement cachée derrière mes différents profils en ligne, laissant mes vidéos perso se présenter à ma place. Dans ce monde-là, je pouvais être qui je voulais. Je pouvais être drôle, profonde, tête en l'air, excentrique. Je pouvais gommer tous mes défauts, et donner une version idéale de moi-même. Je pouvais prendre uniquement les bonnes décisions. Effacer mes défauts d'un simple clic.

Dans le monde réel, tout peut arriver. C'est comme marcher sur la glace – il faut avancer prudemment pour éviter de glisser et de tomber. Les mouvements deviennent rigides, maladroits : derrière tous ces gadgets sophistiqués, derrière cette armure numérique, on n'est finalement que de la chair et des os.

J'observai l'écran où les mots de Justin flottaient patiemment. Un sentiment étrange s'empara de moi, comme une montée d'adrénaline. Il fallait que je le voie ce soir. Un simple pressentiment, que je ne comptais pas ignorer – l'intuition et le destin fonctionnent en tandem, ils sont comme des partenaires qui s'associent pour changer le cours de notre vie.

Je répondis à voix haute et ma réponse fut convertie automatiquement en message écrit.

Je restai prudente, optant pour un « peut-être », au cas où ma motivation me lâcherait. J'appuyai sur Envoyer, et il me répondit une seconde plus tard.

— *Pas d'hésitations. La vie est trop courte.*

Pourquoi insistait-il ? Pourquoi ne pouvait-il pas me laisser être évasive ? Je tapai :

— *Pourquoi est-ce que tu tiens à faire ma connaissance ?*

— *Et toi, pourquoi tu cherches à m'éviter ?*

— *Je n'ai pas le droit de sortir en ce moment.*

J'hésitai avant d'envoyer ma réponse. Je ne m'étais jamais confiée à Justin sur ma vie privée.

— *En ce moment ? C'est-à-dire quelques semaines ?* demanda-t-il.

J'éclatai de rire, mais le cœur n'y était pas. « Disons plutôt deux ans et demi », pensai-je. Mais il n'avait pas besoin de le savoir. Rien de plus facile que de trafiquer la vérité quand on est son propre censeur.

— *Plus ou moins*, répondis-je.

— *Qu'est-ce que tu as fait ?*

— *J'ai une tendance à la rébellion.*

— *C'est une réponse vague.*

Je fronçai les sourcils.

— *Je ne vais pas raconter ma vie à un étranger.*

— *Alors il est temps qu'on fasse connaissance.*

Me rongeant les ongles, je me concentrai sur son message. Il avait l'air si simple. Mais, en général, ce qui me paraissait simple recouvrait une réalité bien plus complexe.

— *J'y serai*, répondis-je, et j'appuyai sur Envoyer avant de changer d'avis.

Je bondis de ma chaise, attrapai mes chaussures de foot et descendis en courant dans la cuisine. Mon père se détourna de l'écran mural sur lequel il regardait les infos. Ma mère était assise à côté de lui et lisait un magazine – elle insiste pour lire la version papier, imprimée sur du plastique. C'est la seule personne que je connaisse qui trouve que les écrans d'ordinateur font mal aux yeux.

Mon père examina les chaussures d'un air désapprobateur.

— Je croyais que la saison de foot était terminée.

Serrant mes chaussures, je me forçai à le regarder. Nous avions les mêmes grands yeux, profonds, gris comme les nuages et mouchetés de vert. Quand mon père se fâchait, ses yeux devenaient noirs comme un ciel de tempête. Il pouvait se servir de ce regard pour intimider, persuader ou exiger – technique que je ne maîtrisais pas encore ; mes yeux se contentaient de me trahir.

— Les entraînements ont lieu toute l'année, fit remarquer ma mère.

Il croisa les bras.

— Maddie, est-ce que je t'ai donné l'autorisation ? Je croyais que tu ne jouerais que pendant la moitié de l'année.

Je continuai de le fixer. Souvent, il réussissait à me faire plier et je cédais à ses exigences. Baley, notre labrador chocolat, agita la queue à côté de moi et je me penchai pour la gratter derrière les oreilles.

— Mais ce n'est qu'une fois par semaine, dis-je. Je ne pensais pas que tu en ferais toute une histoire.

— C'est quand même cher, répondit-il.

Je luttai pour ne pas lever les yeux au ciel. Mon père gagnait beaucoup d'argent vu qu'il dirigeait l'École numérique. Ce que j'apprenais en cours avait au préalable été conçu et validé par lui. C'était un homme puissant, bien connecté, ce qui expliquait pourquoi j'avais eu tant d'ennuis deux ans et demi auparavant et pourquoi nos relations étaient à présent si tendues. La plupart du temps, il ne se comportait pas comme un père, plutôt comme un agent de sécurité.

— Elle a 17 ans, Kevin, intervint ma mère. Il me semble qu'on était d'accord pour qu'elle voie du monde, non ?

Je les observai tous les deux. Je détestais qu'ils parlent de moi en ma présence, comme si je n'étais pas là, comme si j'étais un morceau d'argile qu'ils pouvaient modeler à leur guise.

— Oui, tu as raison, dit-il.

Je hochai la tête et le remerciai. Puis je me précipitai dehors et courus afin d'attraper le train. L'air était doux et le soleil de printemps faisait enfin son apparition. Des rayons filtraient à travers les branches au-dessus de moi, dessinant des motifs gris foncé sur l'herbe synthétique. Quand j'entrai dans la gare d'Hamersley Street, le train arrivait. Je montai à bord et passai mon doigt sur un lecteur.

Erin était assise près de la fenêtre au fond de la rame. Elle regardait quelque chose sur son téléphone et hochai la tête au rythme de la musique qui jaillissait de ses mini-enceintes.

— Salut, dis-je en m'installant à côté d'elle.

Je sortis mon téléphone de ma poche pour lire un message.

— Tu as failli rater le train, répondit-elle sans lever les yeux. Ça ne te ressemble pas.

Une publicité diffusée sur un écran me déconcentra un instant. Un homme d'une cinquantaine d'années en bermuda kaki et T-shirt blanc m'assurait que je pouvais transformer ma pelouse en jardin fleuri en suivant cinq étapes faciles. Ensuite il déroula une bande de gazon synthétique incrusté de fleurs et commença à l'agrafer au sol.

— Pourquoi tu étais en retard ? me demanda Erin.

— Mon père a insisté pour me parler.

Elle esquissa un sourire et pianota sur son clavier.

— Quoi, encore ?

— Rien, répondis-je en frottant mon pied sur le lino. Il avait simplement besoin de vérifier qu'il contrôlait bien tous les aspects de ma vie.

Erin plissa le front tout en continuant de taper.

— Il ne te fait même pas confiance pour le foot ? demanda-t-elle.

— C'est libérateur, sans surveillance, rappelai-je. Tout ce qu'il déteste.

Quand le train est arrivé à notre arrêt, nous sommes descendues et avons traversé le trottoir en direction des terrains de foot. Un cri rauque attira mon attention et j'aperçus un groupe de corneilles au loin. Elles formaient une flèche noire dans le ciel, semblable à un cerf-volant sans ficelle. Voir des oiseaux en ville était rare – tous les arbres et jardins étaient synthétiques –, mais de temps en temps ils nous survolaient et c'était pour moi le signe que quelque chose d'extraordinaire allait se produire.

Baissant les yeux, j'observai l'oiseau noir tatoué à l'intérieur de mon poignet, là où la peau est fine, et caressai ses ailes déployées. Je souris. Regarder mon tatouage me rappelait la personne que j'avais envie d'être. Quelqu'un de libre, qu'on ne peut enfermer dans une cage.

Erin et moi nous assîmes sur l'herbe pour nous étirer. Nous étions les deux seules joueuses à arriver aux entraînements en avance.

— Alors, tu vas voir Justin ce soir ? me demanda-t-elle en souriant.

Je fronçai les sourcils afin qu'elle comprenne, une bonne fois pour toutes, que ce n'était pas un rendez-vous amoureux.

— Ce n'est qu'un cours de soutien.

Son téléphone bipa et elle répondit à un message.

— Tu sais à quoi il ressemble ?

Je secouai la tête et lui expliquai que nous communiquions de manière anonyme. Je ne postais jamais de vraies photos de moi. D'ailleurs, la plupart de mes contacts (ou « amis » comme certains les appelaient) ne savaient pas à quoi je ressemblais. Ils voyaient des dessins, des films, des montages qui illustraient ma personnalité.

— On ne parle pas de trucs perso, expliquai-je. Tout ce que je sais, c'est qu'il a du mal à rédiger sa problématique et ses transitions. Il ne sait même pas comment je m'appelle.

Erin posa son téléphone et croisa mon regard pour la première fois de la journée.

— Tu as créé un faux profil sur un site de soutien scolaire ? Pourquoi ?

— J'aime la confidentialité, répondis-je en m'étirant les jambes. Mon père est presque une célébrité, mais je ne veux pas que les gens pensent que je suis d'accord avec ses idées simplement parce que je suis sa fille. Et puis je ne pensais pas rencontrer Justin en vrai. Je pensais qu'on étudierait un peu ensemble et que ce serait tout.

Elle secoua la tête, amusée.
— Est-ce qu'il sait au moins que tu es une fille ?
Je ne pus retenir un sourire.
— On verra bien.

- 2 -

Je trouvai la salle de classe de mon groupe d'étude et manquai de tomber à la renverse en voyant tous ces élèves déjà installés. J'avais cru que Justin et moi serions seuls. L'endroit ressemblait davantage à un laboratoire qu'à une salle de classe. Les murs étaient blancs et nus excepté un grand écran. De longues tables blanches et des chaises marron agrémentaient la pièce. Le sol était carrelé de beige et mes chaussures grincèrent, à ma plus grande honte, lorsque j'entrai. Ça sentait la Javel et les produits d'entretien, ou peut-être que ça sentait simplement le neuf. Je m'assis dans un coin afin de pouvoir observer les gens sans attirer l'attention.

Une fille aux cheveux blonds pivota pour me regarder. Je lui souris mais elle se détourna sans rien dire. Un garçon assis dans l'autre coin était rivé sur sa tablette numérique. Je tentai d'attirer son attention mais il m'ignora, et j'en conclus que ce n'était pas Justin.

Trois filles entrèrent et je les contemplai avec fascination. Elles déposèrent leurs sacoches sur un bureau et saluèrent le prof, qui paraissait jeune et s'acharnait sur les branchements du tableau électronique. Il leva la tête, leur demanda comment avançaient leurs dissertations. Visiblement, elles étaient déjà venues. Je me mis à tripoter nerveusement une mèche de cheveux, épatée par les efforts que ces filles semblaient consacrer à leur allure : un maquillage sombre, des mèches pailletées, le dernier truc à la mode. Ma mère trouvait ça vulgaire et m'avait interdit d'en porter. De toute manière je trouvais ça moche. Pourquoi aurais-je envie que ma tête ressemble à une boule à facettes ? Je remarquai aussi leurs écharpes colorées, leurs manteaux assortis, leurs mitaines en cuir et les coques brillantes de leurs tablettes. Je passai ensuite mes vêtements en revue. Je portais mon éternel jean et un haut marron à manches longues tout à fait banal. À côté de ces filles, j'étais invisible, mais je savais que passer inaperçu permettait d'être en sécurité.

Le prof, qui s'appelait Mike Fisher, annonça qu'on allait commencer le cours dans quelques minutes. Je sortis ma tablette et l'allumai en soupirant. Où était Justin ? Venir ici était son idée, pourquoi ne se montrait-il pas ? Fronçant les sourcils, j'observai les trois filles qui gloussaient en admirant quelque chose sur leurs écrans de téléphone. L'une d'elles se retourna, me dévisagea puis m'adressa un sourire méprisant en observant mon look, ou plutôt mon absence de look. Je levai les yeux au ciel. Un bruit de pas retentit alors dans le couloir et je me tournai vers la porte. Un garçon apparut – enfin, un jeune homme, parce qu'il avait l'âge d'être à l'université. Les trois filles se turent sur-le-champ.

Il était grand, athlétique, et semblait à l'étroit dans l'encadrement de la porte. Il entra dans la pièce en sautillant presque, comme s'il débordait d'énergie.

— Justin ! lança la plus grande et la plus jolie des trois filles.

Mon cœur fit un saut périlleux quand j'entendis son prénom. Je posai mes mains sur ma poitrine, ne comprenant pas ma réaction.

— Viens t'asseoir avec nous, poursuivit-elle en désignant la chaise à côté d'elle.

Son audace m'impressionnait. Moi, en voyant Justin, j'avais surtout eu envie de me cacher sous la table. J'avais pensé rencontrer un geek à lunettes qui avait quelques difficultés à l'écrit. Pas un aimant à filles.

— Merci mais je dois retrouver quelqu'un, répondit-il.

Elle se décomposa un instant mais, quand il lui sourit, révélant ses jolies fossettes, elle rosit de bonheur.

Mon cœur se manifesta de nouveau et je grimaçai. J'avais l'impression que, par sa simple présence, Justin parvenait à vider la pièce de tout son oxygène. J'avais tendance à me recroqueviller sur moi-même quand on m'observait, et j'étais sensible aux regards des autres, or Justin ne semblait pas conscient de l'effet qu'il produisait. Il portait une casquette bleu marine sous laquelle jaillissaient des mèches de cheveux bruns. Il avait un jean délavé et un t-shirt gris, ce qui me remonta légèrement le moral. Comparées à moi, ces filles ressemblaient à des fées, mais Justin ne paraissait pas se soucier de son apparence.

Il parcourut des yeux la pièce, m'ignorant presque. Rien d'étonnant. Avec mon haut marron, j'étais de la même couleur que les chaises. Insatisfait, il recommença, comme s'il avait tout à coup l'impression de ne pas être dans le bon cours. Il salua l'autre fille assise toute seule et échangea quelques mots avec Matt, qui se tenait au fond dans un coin. Puis il me dévisagea, longuement. Je rougis, même si son regard n'avait rien de séducteur. Me mordillant la lèvre inférieure, je reportai mon attention sur mon écran.

Je restai scotchée à mon écran jusqu'à ce que la chaise à côté de moi se déplace. Il s'assit. Je relevai la tête et… tombai sur ses yeux sombres qui me fixaient avec intensité.

— Salut, bredouillai-je.

Pourquoi m'observait-il comme si je venais d'une autre planète ? Il m'avait pourtant semblé parler anglais…

— Alex ? demanda-t-il, incrédule.

— Madeline, en fait. Alex est un nom d'emprunt.

Il se cala au fond de sa chaise et m'observa encore. Du coin de l'œil, je vis que les trois filles assises devant nous nous fixaient, stupéfaites.

— Madeline, dit-il enfin.

La façon dont il prononça mon prénom me fit frissonner. Il enleva sa casquette et passa la main dans ses cheveux.

— Désolé pour le retard.

Je ne pouvais que le regarder, tout en me maudissant parce que je rougissais devant lui. Rencontrer les gens en vrai rend vulnérable, ce qui d'après mon père est une faiblesse.

— Comment tu as su que c'était moi ? demandai-je.

— Je les connais tous, répondit-il en parcourant la salle des yeux une troisième fois. Le monde est de plus en plus petit. Je crois qu'on est une espèce en voie de disparition.

Il se tourna vers moi et esquissa un sourire, mes yeux s'attardèrent sur ses lèvres.

Je sursautai quand Mike arriva pour prendre nos empreintes. J'appuyai mon index sur le petit écran portable, de la taille d'un téléphone. Justin fit de même, rapidement, puis reporta son attention sur moi.

— Simple curiosité, pourquoi tu dis t'appeler Alex sur tes profils ?

Je me fis toute petite, les yeux rivés sur mon écran.

— Je me sers rarement de mon vrai nom. J'aime que mon identité reste secrète.

— Pourquoi ?

C'était une question innocente mais je me sentis attaquée.

— Qu'est-ce que ça change ? demandai-je.

Parmi les centaines de personnes que j'avais rencontrées en ligne, celles que j'avais vues en vrai se comptaient sur les doigts d'une main. Je pouvais me faire des amis partout dans le monde sans sortir de chez moi. Mais à force de se disperser, les gens perdaient en consistance. Tout devenait presque obsolète : l'argent, la beauté, les vêtements, le travail. Alors quel intérêt de connaître mon vrai prénom ? Ce n'était qu'une étiquette, une marque. Peu importait à qui elle correspondait, vu qu'on ne se fréquentait que par ondes interposées.

Justin plissa les lèvres, réfléchissant à ma question.

— Je m'attendais à trouver un garçon, c'est tout.

Je remarquai ses mains vides.

— Où est ta tablette ?

Il posa son index sur sa tempe.

— Tout est là-dedans.

— Mais… comment tu fais tes devoirs ? demandai-je, perplexe.

— Je suis peut-être fou, continua-t-il en désignant mon ordinateur, mais je trouve ces trucs plus distrayants qu'autre chose. Ce n'est pas qu'ils ne sont pas utiles, mais si tu l'éteignais de temps en temps, ton cœur ne cesserait pas de battre. Le monde ne cesserait pas d'exister.

— Mais toi, tu cesserais d'exister, insistai-je, et il m'adressa un regard si intense que mon cœur tressaillit.

— Tu le crois vraiment ? demanda-t-il.

— Je ne dis pas que je suis d'accord, répondis-je. Mais c'est la vie.

Il sortit de sa poche arrière un petit carnet et un stylo, dont il enleva le bouchon avec ses dents, et nota quelque chose sur une fine feuille de papier en plastique.

J'observai ses mains, médusée. Je croyais que seule mon archaïque de mère écrivait à la main.

— Je sais, sourit-il. On se moque assez de moi comme ça.

— C'est juste que je pensais que plus personne n'écrivait à la main, dis-je. Enfin, sauf ma mère qui se plonge régulièrement dans les années 2010 pour en copier les modes de vie.

Il me dévisagea, encore un peu trop longtemps.

— Ça va être marrant, se contenta-t-il de dire.

Je fronçai les sourcils mais n'eus pas le temps de lui demander ce qu'il entendait par là parce que Mike commença son cours. Justin m'empêchait de me concentrer, ce que je ne comptais pas lui avouer. Je levai la main afin de poser une question que j'avais surlignée au préalable sur le devoir.

Avant de m'interroger, Mike me demanda comment je m'appelais. Je baissai la main, surprise, puis observai la salle. Aucun étranger ne m'avait jamais demandé mon prénom auparavant. C'était envahissant. Il n'avait pas besoin de connaître mon prénom. Il faisait juste du soutien scolaire. Réfléchissant à ma réponse, je me rongeai les ongles. Tout le monde me regardait, dont une personne en particulier.

— Pourquoi voulez-vous connaître mon prénom ? répondis-je, sur la défensive.

Mike sourit, ce qui m'agaça davantage. Me tourner en ridicule l'amusait-il à ce point ?

— C'est plus facile de t'interroger si je connais ton

prénom, c'est tout, expliqua-t-il. Ça m'évite de dire : « Hé, toi ! »

— Ah, soufflai-je, saisissant sa logique.

Je n'avais pas l'habitude que les choses deviennent aussi intimes.

— Désolée, repris-je. Je m'appelle Madeline.

Prononcer mon nom à voix haute me parut étrange. Ma voix résonna dans la pièce, comme si je parlais dans un micro. J'attendis qu'il me regarde avec suspicion mais il me fit un signe encourageant de la tête.

— OK, Madeline, dit-il, et il se servit du tableau électronique pour répondre à ma question.

Tandis qu'il parlait, un immense sentiment de honte m'envahit – et je ne pouvais pas me cacher derrière mon écran. J'avais été malpolie. J'avais envie de m'expliquer, de rappeler aux autres que c'était ma première heure d'étude en public, que je n'avais pas l'habitude de fréquenter des gens. Tournant la tête, je vis que Justin m'observait.

— Quoi ?

— C'est vraiment le premier cours de soutien auquel tu assistes ? demanda-t-il, la voix basse.

— J'ai déjà assisté à plein de cours de soutien.

— Alors c'est le premier en vrai ? Non numérique ?

Je hochai la tête et il prit un air étonné. Pensait-il que je mentais ? Me connaissait-il déjà si bien ?

— Mes parents surveillent mon activité en ligne, ajoutai-je rapidement. Beaucoup de sites me sont bloqués et je n'ai découvert l'existence de ces séances que récemment.

— Ah oui, dit-il. C'est vrai, tu es punie.

— Eh oui, répondis-je en serrant les dents. Bon, maintenant qu'on a annoncé à toute la classe que je suis une délinquante juvénile, on peut changer de sujet ?

Je me détournai. Je sentais néanmoins encore ses yeux posés sur moi, lourds et interrogateurs.

— On a beaucoup de travail à faire, déclara-t-il.

Je lui lançai un regard perplexe. Comment ça, « on » ? Le prof reprit son cours, m'empêchant d'en savoir plus.

Pendant l'heure, j'observai Justin du coin de l'œil. Certains détails m'interpellèrent. Par exemple, il était incapable de rester assis sans bouger. Il tapotait du pied par terre, tambourinait sur le bureau avec ses doigts, mâchouillait son stylo, ses ongles. S'il ne s'agitait pas, il gribouillait sur son carnet ; à croire que le cours était trop facile pour lui. Il leva la main une fois pour répondre à une question sur laquelle même le prof séchait. Puisqu'il était si malin, que faisait-il ici ?

— Tu fais un mauvais usage du point-virgule, me dit-il à un moment donné.

Je m'enfonçai dans mon siège, dans l'espoir de m'éloigner de lui. D'abord parce qu'il était trop près de moi et que je sentais son souffle sur mes cheveux. Ensuite parce qu'il se mêlait de ce qui ne le regardait pas. C'était qui, le prof, ici ?

— Je vois que tu te ronges les ongles toi aussi, me dit-il.

Je m'assis immédiatement sur mes mains.

— Et alors ?

— Ne le prends pas mal, ce n'est pas un crime.

— D'après ma mère, si, répondis-je en extirpant mes mains de sous mes fesses. Elle essaye de m'obliger à mâcher du chewing-gum à la place mais je n'y arrive pas.

— Comment ça ?

— C'est très bizarre. Je l'avale tout de suite. Un jour, j'ai avalé quatre morceaux de chewing-gum en un après-midi. J'ai eu peur d'être la première personne à mourir d'une overdose de chewing-gum.

Vite, je fermai la bouche avant qu'un autre mot n'en sorte. Pourquoi ne pouvais-je pas être en ligne et ainsi tout effacer ?

Justin haussa un sourcil. Tout en rougissant, je baissai les yeux vers mon écran.

— Je crois que c'est le truc le plus improbable que j'aie jamais entendu, dit-il enfin, et un sourire s'afficha sur son visage.

Je lui souris à mon tour, presque par contagion. Mon sourire était sincère, ce qui n'avait pas dû m'arriver depuis des mois. À cet instant, je sentis quelque chose changer en moi, comme si la coquille vide dans ma poitrine s'était tout à coup remplie de chaleur. Je regardai brièvement les trois filles assises devant nous. Mon côté « improbable » était peut-être plus séduisant que leurs paillettes dans les cheveux.

Je fis remarquer à Justin qu'il se comportait lui aussi étrangement : il n'avait pas travaillé une seule seconde. Je me penchai vers lui, tout à coup pleine d'assurance.

— Pourquoi est-ce que tu es ici ? murmurai-je. Ce n'est pas pour le cours…

Il hésita un instant et planta ses yeux dans les miens. Je pouvais sentir l'odeur de son T-shirt en coton, ou bien peut-être était-ce sa peau – quelque chose de fort et d'acidulé dont je m'enivrai. J'avais oublié que les gens avaient une odeur, une énergie, qu'un ordinateur ne pouvait transmettre.

— J'ai déjà fait ce devoir, répondit-il. Je n'ai pas besoin d'aide. Je pourrais même enseigner ce cours.

— Alors pourquoi est-ce que tu viens ?

Justin me regarda comme si la réponse était évidente.

— Pour être avec des gens. C'est une des seules manières que j'ai trouvées.

Je fronçai les sourcils, me forçant à parler à voix basse.

— Quoi ? Tu es fou ?

— Je crois surtout que les gens sont fous de vouloir rester enfermés toute la journée. On se coupe les uns des autres, et cela ne va faire qu'empirer.

Ses paroles me firent frissonner. Je lui souris.

— Et tu penses qu'assister à des cours de soutien et gribouiller dans ton carnet, ça va changer quelque chose ?

Justin me sourit à son tour, d'un air à la fois mystérieux et complice.

— J'ai une idée, répondit-il.

- 3 -

À la fin de la séance, je rangeai ma tablette dans mon sac et Justin glissa son carnet dans sa poche arrière. Devant la porte, l'une des trois filles du premier rang se retourna et salua Justin tandis que ses deux amies, sidérées, me lançaient un regard noir.

J'en conclus qu'elles ne comptaient pas m'inviter à rejoindre leur équipe Paillettes. Dommage !

Justin hocha la tête en direction des filles et resta assis. Quand les deux derniers élèves furent partis, je me levai.

— C'était intéressant, dis-je.

Justin se redressa. Il était bien plus imposant que moi et je me sentis écrasée par sa taille.

— Tu n'as pas trouvé que c'était une immense perte de temps ? me demanda-t-il.

— J'ai pu finir mon devoir, répondis-je, tout en essayant de lutter contre ce béguin ridicule qui, j'en étais sûre, devait s'afficher sur mon visage.

Nous sortîmes en silence et j'accueillis l'air frais de

la nuit avec un certain soulagement. Mais un nouveau problème se posait : comment lui dire au revoir de manière décontractée ? Devais-je lui serrer la main ? Lui en taper cinq ? L'étreindre sans le toucher, ce qui aurait surtout pour effet de me mettre mal à l'aise ? Afin d'éviter de me ridiculiser complètement, je ne fis rien et m'éloignai en direction de la gare. Il me rattrapa par la manche.

— Je peux te ramener chez toi, proposa-t-il.

Il désigna une voiture de sport sombre derrière lui. Je clignai des yeux plusieurs fois, étonnée.

— Et moi qui croyais être au bout de mes surprises…

— Tu n'es jamais montée dans une voiture ?

— En avoir une est pratiquement illégal ! Et c'est moi qui suis bizarre ?

Compte tenu de l'abondance des transports publics – trains, métros, trams, navettes express –, les voitures étaient devenues inutiles. Elles étaient autorisées sur certaines autoroutes et rues résidentielles mais je pouvais passer des jours sans en croiser une. Mon père estimait qu'il était hors de question d'avoir une voiture ; de toute manière, tout ce qui évoquait un tant soit peu un sentiment de liberté était banni de chez nous.

Justin mit sa casquette et m'observa.

— C'est sûr que ça fait beaucoup de nouvelles expériences en une seule journée…, dit-il, et je perçus la pointe de malice dans sa voix, comme s'il me mettait au défi.

Je m'avançai vers la voiture, garée tel un animal obéissant, et étudiai la carrosserie, les pneus aux enjoliveurs argentés, les vitres profilées. C'était tentant. Je passai ma main sur la toiture, si lisse.

— Comment ça se fait que tu possèdes une voiture ? demandai-je.

— C'est une longue histoire, répondit-il en haussant les épaules.

— J'ai tout mon temps.

Il me dévisagea longuement et je fis de même. Puis il ouvrit la portière passager.

— Tes parents t'attendent, déclara-t-il.

Avant que je puisse protester, Mike, de l'autre côté de la rue, nous interpella.

— C'est ta Mustang ? s'étonna-t-il en s'approchant.

Il caressa le toit avec autant de fascination que moi. Lui et Justin se lancèrent dans une conversation sur les marques, les modèles, les années, et je cessai bien vite de les écouter. Après avoir épuisé le sujet des turbocompresseurs, Mike se tourna vers moi et me donna sa carte de visite.

— Écris-moi dès que tu as la moindre question, dit-il.

Je le remerciai et enfouis la carte dans la poche de mon jean. Mike s'éloigna et Justin me fit signe de monter.

Une fois à l'intérieur, je remarquai d'abord l'odeur ; un mélange de cuir, de plastique et de métal qui emplissait l'habitacle comme si la voiture avait été assemblée récemment. J'effleurai le siège en cuir. Justin démarra la voiture en appuyant sur un bouton près du volant. Du rap jaillit des enceintes et je sursautai.

— Désolé, dit-il en baissant la radio. Mets ta ceinture.

Il désigna la ceinture au-dessus de mon épaule. Son visage, ses yeux, ses lèvres étaient si près de moi.

Il sortit du parking. Il avait une main sur le volant et changeait les vitesses de l'autre. Un sentiment de jalousie m'envahit. Cette voiture, c'était le début de la liberté. Rien à voir avec nos navettes express électriques si fiables, si pratiques. Qui ne déviaient jamais de leur route.

Je donnai mon adresse à Justin. Il changea de vitesse, concentré sur la route.

— Pourquoi tu m'as invitée à ce cours de soutien ? lui demandai-je.

— Je voulais te rencontrer, répondit-il.

Maintenant que j'en avais l'occasion, j'observai son profil, la petite bosse sur l'arête de son nez. Sa mâchoire, qui soulignait délicatement son visage et ses lèvres, provoquait en moi des palpitations. Quand je le regardais, toutes mes pensées s'embrouillaient.

— Et pourquoi tu as affirmé qu'« on avait beaucoup de travail à faire » ?

Il accéléra et serra les dents. Incertitude ? Gêne ? Je décidai de poursuivre avant qu'il fasse semblant de ne pas comprendre.

— Pendant le cours… Quand je refusais de donner mon prénom. Tu as dit : « On a beaucoup de travail à faire. » C'est qui, « on » ?

— Je vois que tu aimes bien commencer par les trucs compliqués.

— Qu'est-ce que tu croyais que j'allais te demander ? Ta couleur préférée ?

— Rose, répondit-il en souriant.

Il se tourna vers moi ; je levai les yeux au ciel.

— OK... « On », c'est moi et mes amis.

Il s'interrompit. Il réfléchissait à la meilleure façon de me répondre sans trop m'en dire.

— Disons qu'on n'aime pas la direction que prend la société actuelle et qu'on essaye de faire évoluer les mentalités. De provoquer un changement.

— Qu'est-ce que vous voulez changer ?

— La vie telle qu'on la connaît, dit-il. La culture, le gouvernement, l'environnement, l'éducation. Le fait de rester assis toute la journée devant un appareil électronique en se persuadant que c'est ça la vie, que c'est ça faire des expériences. Tu penses vraiment que ces gens que tu rencontres en ligne sont tes amis ?

Je me tournai vers la fenêtre, résistant à l'envie de sourire. J'aurais aimé lui dire combien j'étais d'accord avec lui. Moi aussi, je trouvais que l'EN allait trop loin, que le système isolait les gens. Mais Justin n'avait pas à subir les conséquences de ses opinions. Moi, oui, et j'avais appris à être prudente.

— D'après toi, je n'ai pas vécu ? demandai-je. C'est un peu dur, ce que tu me dis.

— Non, déclara-t-il. Combien de fois es-tu sortie de chez toi cette semaine ?

— Qu'est-ce que ça peut faire ? Que je reste chez moi ne veut pas dire que je n'éprouve rien. On vit comme ça désormais.

— Et c'est bien ? répliqua-t-il. D'être ainsi manipulé ? De laisser les autres décider à notre place ce qu'on doit savoir ? Les gens sont tellement obsédés par le côté pratique de leur vie numérique qu'ils ne se rendent pas compte qu'ils sont aussi inertes que leurs ordinateurs.

— Beaucoup de gens pensent comme toi. Sûrement plus que tu ne le croies.

— Oui, beaucoup de gens pensent comme moi. C'est facile d'avoir une opinion. Mais encore faut-il agir.

Il me regarda.

— Tu ne crois pas ?

— D'accord, lançai-je. Question suivante. Quel âge as-tu ?

Il esquissa un sourire.

— Tu n'as pas l'air d'un adolescent, poursuivis-je.

— Ah bon ?

— Tu te comportes différemment. Tu es toujours en EN IV ?

Il éclata de rire puis jeta un coup d'œil dans le rétroviseur et secoua la tête.

— Non, je ne suis pas en EN IV.

— À la fac, alors ?

— Je n'y suis jamais allé.

C'était ridicule. L'université numérique était gratuite – qui refuserait d'en profiter ? Justin repoussait les limites des conventions, ce qui, bien entendu, le rendait encore plus intrigant.

— Pourquoi ?

— Disons que le nombre de choses que l'on peut apprendre en regardant un écran et en appuyant sur des boutons est très limité.

Il prit un virage serré, accélérant ensuite dans la ligne droite.

— Tu n'as pas répondu à ma question.

— D'abord, j'en ai une pour toi.

Il leva de nouveau les yeux vers le rétroviseur central.

— Peut-être que je suis parano, mais je crois qu'on est suivis.

Je me retournai et remarquai une paire de phares au loin.

— Cette voiture est derrière moi depuis qu'on a quitté le centre-ville.

— Incroyable, soupirai-je. Il me fait encore suivre.

À mon ton décontracté, Justin haussa un sourcil.

— Mon père, expliquai-je. Il a dû me poser un mouchard avant que je quitte la maison.

— À t'entendre, ça t'arrive tous les jours.

— C'est son jeu préféré.

— Cette voiture va nous suivre jusque chez toi ? demanda-t-il, plus agacé que surpris.

— Sauf si tu parviens à la semer, plaisantai-je.

Tout à coup, son visage s'illumina.

Il vira brusquement à droite, jeta la voiture dans le sillage d'un tram, changea vite de file et zigzagua ensuite entre une série de navettes express. Il allait de plus en plus vite et je sentais mon corps s'écraser au fond de mon siège, mais la voiture nous suivait toujours. Soudain, je fus aveuglée par les phares d'un train qui se dirigeait vers nous. Le conducteur klaxonna, si fort que la voiture trembla, et je fermai les yeux. Alors que Justin braquait violemment à droite afin d'éviter le train, je fus projetée sur le côté.

— On roule sur des rails, bredouillai-je, le souffle coupé.

— Fais-moi confiance, répondit-il d'un ton calme. Sauf que ça va être difficile de semer la voiture si on ne se débarrasse pas du mouchard.

Hochant la tête, je sortis ma tablette de mon sac. Je l'allumai et commençai à pianoter mais la voiture bougeait trop. Mes doigts ne cessaient de déraper sur le clavier.

— Qu'est-ce que tu fais ? demanda-t-il en haussant la voix pour couvrir le bruit d'un train qui nous dépassait.

Je lui montrai l'écran, comme si c'était évident.

— J'essaye de localiser le mouchard.

Il s'engagea dans une voie pour véhicules de secours et des lumières rouges et bleues s'allumèrent. Une sirène assourdissante retentit afin d'obliger les piétons ahuris à dégager le chemin. Les gyrophares me donnaient le tournis et mon cœur battait trop fort.

— Pourquoi est-ce que ton père te suit ? demanda Justin.

— Il ne me fait pas confiance.

À croire que toutes les relations père-fille impliquaient forcément la présence d'espions et de mouchards. Je trouvai le site que je cherchais et lançai une recherche afin de repérer le signal. Quelques secondes plus tard, mon ordinateur me fournit la réponse. Le mouchard était… dans mes cheveux ?

Je passai ma main dans mes cheveux, longs et ondulés. Il n'y avait rien. Puis j'eus une révélation : je compris pourquoi Mike avait couru vers nous et pourquoi il avait caressé le toit de la voiture.

— Ça alors, marmonnai-je.

Je baissai la vitre et tendis le bras, tâtonnant jusqu'à sentir le mouchard accroché à la surface métallique. Je l'enlevai et montrai à Justin une puce magnétique d'environ la taille d'une pièce de 25 cents.

— Je pense que ce mouchard a envie d'aller au Canada, dis-je, imaginant la colère de mon père lorsqu'il découvrirait que je quittais le pays.

— Ça ne va pas aider à installer la confiance, remarqua Justin en souriant.

La voiture rebondissait entre les rails et je dus me retenir au tableau de bord. Je me retournai. Le véhicule derrière nous gagnait du terrain. Justin désigna une poignée au-dessus de moi.

— Accroche-toi, lança-t-il.

J'agrippai fermement la poignée.

Il franchit deux voies, manquant au passage de percuter une navette, puis donna un grand coup de volant et quitta la route dans un nuage de poussière. Les pneus grincèrent et, au même moment, un train passa, bloquant l'autre voiture. Justin freina et la Mustang vint s'arrêter au bord de la voie. Une seconde fois, je fus projetée en avant mais il avait prévu le coup et me retint avec son bras. Alors que je m'apprêtais à soupirer de soulagement, un autre train passa devant nous. Fermant les yeux, je le maudis. La voiture repartit, monta sur le trottoir et traversa une pelouse synthétique.

— C'est l'itinéraire touristique, dit Justin, ce qui me fit éclater de rire.

— Très gentil de ta part.

Nous avons quitté ce paysage en plastique à l'intersection suivante. Justin s'engagea dans un tunnel en direction de la gare internationale. Je ne voyais plus de phares dans le rétroviseur. Dans le tunnel – tout éclairé et dont les murs étaient placardés de publicités sur des écrans –, j'eus l'impression de plonger dans un cocon de lumières.

— J'ai 20 ans, dit Justin.

— Quoi ? m'écriai-je, rendue sourde par le trafic.

Un autre train nous dépassa à toute allure et je grimaçai. Au bout du tunnel, une sorte de vallée tout illuminée nous accueillit. Justin accéléra en descendant la colline, le long des voies du réseau ferré international.

— Tu m'as demandé quel âge j'avais, reprit-il. J'ai 20 ans.

Je souris. Que penserait mon père s'il savait que j'étais dans une voiture avec un jeune homme de 20 ans qui n'avait même pas terminé ses études ?

Un train ralentit à côté de nous. Un éclairage jaune indiquait qu'il partait pour la Colombie-Britannique. Je jetai la puce par la fenêtre et elle alla s'aimanter à la paroi du train.

La voiture s'engouffra dans un quartier résidentiel. Nous approchions de chez moi. Que devais-je dire à Justin ? Comment remercier quelqu'un qui m'avait ramenée à la maison tout en m'excusant d'avoir mis sa vie en jeu ? Je jetai un coup d'œil dans sa direction. Il était concentré sur la route, la mâchoire serrée et le visage fermé.

— Ici, ça ira, dis-je à l'entrée de ma rue.

— C'est laquelle, ta maison ?

— Elle est là-bas.

Je désignai une maison un peu plus loin dans la rue. Elle était de toute manière difficile à rater vu qu'elle prenait presque toute la place.

— Je vais descendre ici.

Justin éteignit le moteur et se tourna vers moi. Un silence emplit l'habitacle qui me parut alors trop étroit. Il y avait trop d'énergie entre nous et les vingt dernières minutes avaient été trop intenses. Mon cœur battait toujours à vive allure.

— Où as-tu appris à conduire comme ça ? demandai-je.

— Et toi, où as-tu appris à détecter les mouchards aussi vite ?

— C'est facile, répondis-je en haussant les épaules.

— Facile ?

Il attendait que je lui explique. Je levai les mains, l'air de rien.

— Ces mouchards fonctionnent grâce aux ondes électromagnétiques – ils se servent de fréquences radio. Le programme que j'utilise repère les basse et moyenne fréquences dans une zone déterminée. Ici, la voiture.

— Ah oui, en effet, c'est très facile.

Sa remarque me fit sourire.

— Ouah ! m'écriai-je en me tapant sur le front. Faut vraiment que je sorte plus souvent.

Il ne répondit pas. Ne sourit pas. Ses yeux sombres et écarquillés ne me lâchaient pas et je compris enfin à quoi il pensait. Quelle adolescente est suivie alors qu'elle se rend à un cours de soutien ? Quelle adolescente sait détecter un mouchard ? Il devait penser que j'étais folle ou à peine sortie de prison. J'attrapai mon sac à mes pieds, cherchant à tout prix à échapper à cette humiliation suprême.

— Pardon, bredouillai-je.

— Pourquoi tu t'excuses ?

Je baissai la tête.

— Écoute… Ma vie, comme tu as pu le remarquer, est chaotique. Je ne me vexerai pas si je n'ai plus jamais de tes nouvelles.

Évitant toujours son regard, j'ouvris la porte.

— Merci de m'avoir raccompagnée.

Je claquai la portière avant qu'il puisse répondre. Quelques secondes plus tard, la voiture redémarra lentement mais je me retins de relever la tête. Je traversai le jardin en direction de la porte d'entrée, désirant plus que tout retrouver la sécurité de mon univers numérique où j'étais toujours parfaite.

Quand je franchis la porte, Baley me sauta dessus et je m'accroupis afin qu'elle me couvre de baisers baveux. Ma chienne m'aimait sans condition, ce qui n'était pas le cas de tout le monde dans cette maison. J'entendis mon père m'appeler. Je blêmis et me dirigeai vers son bureau, Baley derrière moi. Il leva les yeux de son ordinateur, me fit signe de m'asseoir et je m'effondrai dans le fauteuil marron en face de lui. En attendant le début de l'interrogatoire, j'observai la pièce. Le moindre espace était occupé par un diplôme, une plaque, un prix, commémorant son rôle dans l'amélioration de notre système éducatif. Il déplaça son ordinateur et me dévisagea longuement. La lueur de dégoût dans ses yeux me fendit le cœur.

— C'était comment, ce cours de soutien ? demanda-t-il.

Je lui donnai une réponse standard, de celles qui lui plairaient. Le prof était super, il a répondu à toutes mes questions, j'ai terminé mon devoir. Seule ma remarque sur le nombre d'élèves présents le fit réagir.

— C'est-à-dire ?

— J'étais étonnée qu'il y ait autant de monde. Nous étions…

— Sept, compléta-t-il. Huit avec Mike Fisher. Il m'a dit que tu étais assise à côté d'un garçon que tu semblais bien connaître.

Je tressaillis. Pourtant, je n'aurais pas dû être surprise. Évidemment, qu'il avait vérifié la liste des élèves présents. Évidemment, qu'il connaissait tous les profs de la ville et même du pays. Mais pourquoi avait-il eu besoin de se renseigner ?

— Tu ne m'as pas fait confiance, dis-je, blessée.

Mon père observa ses mains, croisa les doigts.

— Madeline, j'essaye.

— Tu essayes ? C'est pour ça que Mike a posé un mouchard sur la voiture ?

— J'ai vu que tu l'avais repéré, répondit-il, moqueur. Je suis content que tu aies décidé de ne pas aller au Canada.

Son regard s'adoucit. Il prit une grande inspiration.

— Je suis désolé, mais il faut bien que quelqu'un te surveille.

Je me mordis la lèvre pour ne pas riposter.

— C'est ta mère qui m'a convaincu de te laisser aller à ce cours, ce soir. Tu peux la remercier. Moi, je m'inquiète surtout pour ce garçon que tu as rencontré. Justin Solvi. Comment le connais-tu ?

Il avait certainement déjà lu tous les dossiers disponibles sur Justin.

— Je l'ai rencontré lors d'un cours de soutien en ligne. Il n'y a pas de quoi s'inquiéter.

À son regard, je vis qu'il n'était pas convaincu.

— J'ai choisi plusieurs cours littéraires cette année et tu sais qu'écrire n'est pas mon fort. Alors Justin m'a suggéré d'aller à un cours de soutien en centre-ville. C'est tout.

Mon père m'examina de la tête aux pieds. Pour la première fois de la soirée, j'étais contente d'être aussi mal habillée. Je n'avais visiblement pas cherché à impressionner qui que ce soit. Et je disais la vérité. Même si mon père accédait à toutes nos conversations en ligne, ce qu'il avait sûrement déjà fait, il verrait que Justin et moi ne faisions que travailler ensemble. Il n'avait pas besoin de savoir que Justin était le plus beau garçon que j'eusse jamais croisé.

— Je pense que tu ne devrais pas le revoir, dit-il d'un ton impliquant que sa décision était ferme. Il n'a pas une bonne influence sur toi.

— Papa, c'était juste une séance de soutien scolaire, répondis-je, le regard noir. Et crois-moi, ça m'étonnerait que j'aie un jour de ses nouvelles.

Il se cala au fond de son fauteuil, baissa les épaules.

— Papa, on ne peut pas continuer comme ça, repris-je. Tu dois me pardonner.

— Il va me falloir du temps, répondit-il en croisant mon regard. Tu as enfreint la loi, Maddie. Tu as dérobé des fichiers de mon ordinateur que tu as ensuite vendus à des activistes anti-École numérique.

Comme si j'avais besoin qu'il me rappelle les raisons de ma mise à l'épreuve.

— Je n'ai rien vendu. Ils m'ont proposé de l'argent mais j'ai refusé.

— Je me moque de l'argent. C'est ta personnalité qui m'inquiète.

— Ma personnalité ? Est-ce que tu sais ce que tu as créé ?

Je me redressai dans ma chaise et plantai mes yeux dans les siens.

— Tu as transformé ma vie en programme informatique. Les gens ne sont pas des robots. On n'est pas des machines que tu peux bidouiller.

Il secoua la tête.

— Maddie, va dans ta chambre.

Il se comportait toujours ainsi. Dès que je rassemblais suffisamment de courage pour l'affronter, il me réduisait au silence.

— Tu ne sauves pas de vies, papa. Comment le pourrais-tu alors que plus personne ne vit vraiment ?

— Ça suffit ! s'écria-t-il en se redressant. Va dans ta chambre.

Je sortis en trombe de son bureau et montai l'escalier d'un air furieux, luttant ensuite pour ne pas claquer la porte de ma chambre. Sur mon lit, je pointai mon doigt vers ma chaîne hi-fi murale et le capteur reconnut mon empreinte digitale. Je fermai les yeux et pris une grande inspiration alors qu'une musique acoustique emplissait la chambre. Les accords de guitare chassèrent rapidement le souvenir de mon père, si méfiant et ridicule.

Attrapant mon pinceau-laser sur ma table de nuit, j'allumai ma toile numérique au plafond et entrepris de dessiner les oiseaux que j'avais vus cet après-midi ; je voulais garder en mémoire la flèche qu'ils avaient formée dans le ciel. J'ajoutai des mots au-dessus du dessin, des mots qui tournaient en boucle dans ma tête comme une prière : « S'il vous plaît, ne partez pas. » Puis je me rendis compte que cette phrase ne s'adressait pas aux oiseaux.

Mon esprit dériva jusqu'à Justin. Où était-il ? Que faisait-il ? Vivait-il seul ? Avait-il des colocs ? Je lâchai mon stylo et enfouis mon visage dans mon oreiller.

« Madeline, espèce d'idiote. Il est beaucoup trop bien pour toi. »

- 4 -

Samedi matin, j'observai d'un œil paresseux la chaîne météo sur l'écran de la cuisine tout en mangeant mon éternel petit déjeuner : barres de céréales protéinées et jus multivitaminé.

— Tu as des projets pour ce soir ? me demanda ma mère.

— Il y a une conférence sur un livre à New York à laquelle j'aimerais bien assister. J'ai aussi un ami australien qui est monteur et son film est diffusé ce soir. Peut-être que je le verrai.

Ma mère se versa un café et s'assit à côté de moi.

— À mon époque, les adolescents n'avaient pas accès à une telle offre culturelle. Comment tu fais pour ne pas te sentir submergée ?

Je ne lui répondis pas ; ce n'était pas une question. C'était son opinion, qu'elle se sentait obligée d'exprimer tous les jours. Alors que mon père cherchait à numériser le monde entier, ma mère cherchait à l'humaniser. Que mes parents puissent encore supporter de se trouver dans la même pièce ne cessait de m'étonner.

— Ton père a dû quitter la ville ce matin, dit-elle.

Je redressai la tête presque malgré moi en apprenant cette nouvelle. Quand mon père quittait Corvallis, j'avais le sentiment que la porte de ma cage s'entrouvrait.

Remarquant ma réaction, ma mère fronça les sourcils.

— Madeline, c'est ton père, pas un gardien de prison.

Puis elle me dit qu'elle avait surpris notre conversation hier soir.

— Ce n'était pas une conversation, répondis-je d'un ton mauvais. Une conversation, c'est un échange, ce que papa ne conçoit pas.

Ma mère était la seule personne à m'avoir soutenue. Elle estimait que l'École numérique allait trop loin. Mais elle aimait mon père et adhérait à son envie de rendre le monde plus sûr.

— J'aimerais bien qu'il passe à autre chose, dis-je. Je ne lui volerai jamais plus rien. Je le promets.

Elle hocha la tête.

— Je sais.

Ma mère et moi avions parlé de ma rébellion des centaines de fois. À 15 ans, j'avais rencontré en ligne un groupe de militants qui prévoyaient une manifestation contre l'École numérique. Ils cherchaient les coordonnées confidentielles des tours d'émissions radio du pays servant à relayer le signal de l'EN. Cette information était contenue dans un dossier auquel peu de gens avaient accès. Mon père en faisait partie.

Je m'étais servi de son ordinateur pour accéder aux dossiers du gouvernement. Aujourd'hui, je ne sais toujours pas pourquoi j'ai agi ainsi. Peut-être était-ce simplement un geste contestataire ; peut-être était-ce l'envie de savoir si je pouvais en effet pirater son ordinateur. Ou peut-être que, au fond de moi, j'avais eu le sentiment de passer à côté de quelque chose. La vie ne pouvait se réduire à ce rideau pixellisé, à cet espace confiné. J'avais eu envie de me libérer.

J'avais envoyé l'information aux manifestants, pensant qu'ils adresseraient aux parents et aux élèves un message de résistance à l'École numérique. Mais ils s'en servirent pour tenter de détruire les émetteurs radio et saboter tout le système. Ils furent arrêtés après avoir fait exploser un émetteur près de Portland, celui qui fournissait un accès à l'EN dans tout l'Oregon. Avant d'être appréhendés, les opposants parvinrent à transmettre les données concernant deux émetteurs en Californie qui explosèrent à leur tour.

Peu de temps après les explosions, la police remonta la piste de la fuite jusqu'à l'ordinateur de mon père. Une enquête pour trahison fut ouverte ; il aurait pu aller en prison à cause de moi. Heureusement, le procureur en charge de l'affaire n'était autre que Damon Thompson, le meilleur ami de mon père. J'avouai immédiatement et ma condamnation fut décidée en catimini : trois ans de mise à l'épreuve, jusqu'à mon dix-huitième anniversaire. Si je me tenais à carreau jusque-là, mon dossier serait effacé et mon père et moi déchargés de toute implication dans les attentats.

En attendant, mes moindres faits et gestes étaient surveillés. Chaque personne à qui je parlais sur Internet était contrôlée, tous les sites que je visitais étaient examinés. Même ma ligne téléphonique était sur écoute. Mon père recevait des rapports journaliers de tous les sites Internet que j'avais consultés et sur chacun de mes interlocuteurs. Si je violais cette mise à l'épreuve, j'irais directement dans un centre de détention.

Ma mère était plus clémente avec moi parce qu'elle pensait avoir inspiré, au moins en partie, ma rébellion. Elle m'avait toujours encouragée à voir au-delà de mon écran. À profiter de ce qu'elle appellait le « monde débranché ».

Elle me serra la main.

— Ton père veut simplement que tu comprennes que le pouvoir n'est rien si, au passage, on fait du tort aux gens qu'on aime.

— C'est à lui qu'il faut dire ça.

Nous fûmes interrompues par la sonnerie de mon téléphone. C'était un numéro privé. Je décrochai et mon cœur s'emballa quand j'entendis la voix de Justin.

— Hé, salut ! Est-ce qu'on peut se voir aujourd'hui ? demanda-t-il.

J'avais passé la semaine à me convaincre que je ne le verrais plus. J'avais même effacé son prénom de mes contacts.

J'ouvris la bouche afin de lui répondre mais aucun son ne sortit. Comment avait-il fait pour trouver mon numéro ? Je ne le lui avais pas donné. Et il n'était pas dans l'annuaire – mon père s'en était assuré.

— Madeline ?

Je hochai la tête, oubliant qu'il ne pouvait pas me voir.

— C'est Justin.

— Oui, marmonnai-je.

— Tu peux ?

Il parlait vite, toujours avec ce ton légèrement provocateur.

— Comment tu as obtenu mon numéro ?

— Franchement, ça n'a pas été facile, soupira-t-il. J'ai dû demander à un ami de pirater un serveur.

J'écartai le téléphone de mon oreille, le contemplant d'un air perplexe. Une demi-seconde, je le crus. Mais il plaisantait, non ? Avant que je puisse lui demander, il reprit :

— Tu fais quoi, plus tard ?

Je lançai un regard à ma mère qui m'observait avec curiosité.

— Je n'ai rien de prévu, répondis-je – discuter en ligne ne ferait de mal à personne.

— On peut se voir vers 14 h ?

— Je serai là, répondis-je en essayant de paraître détachée.

Sur ce, il raccrocha et je reposai mon téléphone. Il me fallut résister pour ne pas sauter en l'air et hurler de joie.

— Madeline, tu scintilles, remarqua ma mère.

Je baissai la tête.

— Non, pas du tout.

— Si, si, tu es toute rose.

— Je pense que c'est l'effet des vitamines, répondis-je, et je terminai mon jus.

— Ah là là, ce garçon..., se contenta-t-elle de dire.

— Premièrement, dis-je en levant mon index, il n'a rien d'un garçon. Deuxièmement, papa ne sait rien sur lui, même s'il prétend le contraire. Troisièmement, il ne s'intéresse pas à moi. Notre relation est purement académique.

Ma mère leva les yeux au ciel.

— Purement académique un samedi après-midi ? Bien sûr...

Je regardai l'horloge. J'avais encore quatre heures à tuer, ce qui me paraissait impossible. Je montai dans ma chambre, fis un peu de rangement, triai mes affaires dans mon placard, pliai mon linge. Une heure avant notre rendez-vous, je mis un T-shirt et mes baskets pour aller courir au sous-sol. Mes parents m'avaient acheté un tapis de course pour mes 15 ans. Je préférais courir dehors mais c'était presque impossible avec tous ces trains et ces navettes qui me coupaient la route. Je courais une heure par jour – c'était limite une addiction. L'effort rappelait à mon sang de circuler, à mes poumons de se gonfler. J'aimais bien le rythme de la course, ce mouvement fluide et ininterrompu. J'avais l'impression de pouvoir résoudre mes problèmes. Parfois, j'avais même l'impression de m'enfuir.

Je descendis avec Baley afin qu'elle puisse courir sur son tapis de course pour chiens. J'allumai la machine et elle se mit à trottiner.

Je l'imitai. Tout de suite, un écran m'enveloppa et je fis défiler la liste des options jusqu'à sélectionner « Océan ». C'était ma préférée. Un décor de plage apparut et j'augmentai la vitesse du tapis ainsi que le bruit des vagues venant s'écraser sur le sable. Le va-et-vient de la mer noya mes pensées. Une brise légère me caressait la peau et je pouvais entendre des oiseaux au loin.

Une heure plus tard, vidée par mon entraînement, je remontai m'asseoir devant mon ordinateur. Baley me suivit dans ma chambre et s'installa à mes pieds. Je regardai l'heure. Il était 13 h 50. Malgré la boule dans mon ventre, j'ouvris la page de tchat que j'utilisais avec Justin. Je vérifiai mes e-mails. J'avais plus d'une centaine de nouveaux messages depuis ma dernière connexion, ce matin. Une dizaine de nouveaux clubs à rejoindre, vingt offres gratuites, trente commentaires, vingt invitations à tchatter, vingt nouveaux contacts potentiels sélectionnés par mon ordinateur. Aucun message de la part de la personne à qui j'avais le plus envie de parler. Rien d'étonnant.

Je discutai avec quelques personnes en attendant. Un peu après 14 h, Baley se mit à grogner. Elle redressa les oreilles et se précipita vers ma fenêtre.

— Qu'est-ce que tu as ? lui demandai-je.

— Madeline ! s'écria ma mère. Il y a quelqu'un dans notre allée.

Elle semblait effrayée – à croire que quelqu'un envisageait d'entrer chez nous par effraction. Justin serait-il ici ? Mais les gens ne se rendaient plus les uns chez les autres ! Ce garçon était-il complètement fou ?

Passant mes mains dans mes cheveux, je m'aperçus que j'étais toujours en survêtement. J'avais le visage encore rouge, des auréoles sous les bras. Mes vêtements étaient vieux et sales. Difficile d'être plus repoussante.

Quand la sonnette de la porte retentit, Baley devint dingue. Elle sortit de ma chambre en aboyant bruyamment et je me précipitai dans l'escalier, où je croisai ma mère. Elle observait la porte d'entrée comme un animal qui surveille un prédateur au loin.

— Qui est-ce ? demanda-t-elle par-dessus les hurlements de Baley.

— Tout va bien, la rassurai-je, c'est Justin.

— Qui ?

— Justin ! hurlai-je.

Je bondis dans l'entrée et enroulai ma main autour de la gueule de Baley pour la faire taire. Elle se borna à gémir. J'ouvris la porte. Justin me regarda d'un air inquiet.

— Tout va bien là-dedans ? demanda-t-il.

Baley grattait l'écran de contrôle avec ses pattes. Je la tirai en arrière, à bout de patience. Ma mère s'approcha de moi, la main posée sur la poitrine comme si elle tentait de prévenir une éventuelle crise cardiaque.

— Qu'est-ce que tu fais là ? demandai-je à Justin. Je ne t'ai pas invité à la maison.

— Oui, c'est bien l'impression que j'ai.

Nous nous sommes observés pendant quelques secondes, immobiles.

— Puisque je suis là, tu me laisses entrer ?

— Non.

Une lueur amusée traversa son regard. Ma mère, ayant eu le temps d'admirer ce beau et grand jeune homme, intervint.

— Maddie, ce n'est pas comme ça qu'on traite un invité, dit-elle d'un air sévère. Je suis désolée, dit-elle à Justin. Nous n'avons pas l'habitude d'entendre sonner à la porte.

Elle me poussa sur le côté et ouvrit la porte grillagée.

Justin entra dans la maison et je le fixai avec mépris, comme s'il venait de pénétrer sans prévenir dans le vestiaire des filles. Au passage, sa polaire grise m'effleura le bras et je frémis tout en me maudissant. Je voulais paraître agacée, pas amoureuse. Mais ses cheveux bruns étaient ébouriffés par le vent... La peau de son visage semblait si douce... Il tendit la main à ma mère qui la lui serra en souriant de toutes ses dents. Je levai les yeux au ciel. Ma mère fondait devant n'importe quel homme séduisant.

— Pourquoi tu ne m'as pas contactée par tchat ? poursuivis-je.

Il était tout près de moi, tant de proximité me donnait le tournis.

— Ce n'est pas mieux de se voir en vrai ? répondit-il.

Il se baissa pour caresser Baley. Je la relâchai et elle réagit à sa marque d'affection en lui léchant le visage.

Je la fusillai du regard. Ne se devait-elle pas d'être loyale et fidèle ?

— C'est vraiment si bizarre ? reprit-il.

— Oui. Je ne suis pas vraiment habillée pour l'occasion. À moins que tu veuilles t'entraîner pour un marathon avec moi.

J'écartai les bras afin qu'il prenne conscience de mon accoutrement. Ma mère lui expliqua que je m'entraînais pour mon deuxième marathon EN. Justin haussa les sourcils d'un air impressionné, ce que je trouvai embarrassant. Je détestais être le centre de l'attention.

— C'est bon à savoir, dit-il, comme s'il rangeait cette information quelque part dans son cerveau.

Je posai mes mains sur mes hanches.

— Qu'est-ce que tu veux qu'on fasse ?

— Tu aimes le café ?

— Tu es venu jusqu'ici pour du café ? répondis-je, perplexe. Euh, oui, on en a.

— Non, je voulais te proposer d'aller quelque part boire un café.

— Tu veux qu'on sorte ?

Je me tournai vers ma mère et elle parvint à détacher son regard de Justin quelques secondes, le temps d'acquiescer.

— Il faut que je me douche avant, l'informai-je.

Il haussa les épaules, enfouit ses mains dans ses poches.

— Je t'attends.

Ma mère était plus qu'heureuse de lui tenir compagnie. Elle passa son bras autour de ses épaules comme s'il était un cousin soudain réapparu et l'entraîna dans la cuisine. Je me précipitai dans la salle de bains et pris une douche rapide. Je me savonnai avec un gel que ma mère m'avait acheté et qui sentait l'amande douce. Je m'en servais rarement mais cette fois-ci me parut être une bonne occasion. Je passai un jean et un t-shirt à manches longues bleu puis me coiffai jusqu'à ce que mes cheveux soient lisses et soyeux. Attrapant une veste verte, je m'observai dans le miroir. Je me reconnaissais à peine. La fille en face de moi semblait vivante comme jamais. Surexcitée. Mes yeux et ma peau brillaient.

Je retrouvai Justin dans la cuisine. Il caressait toujours Baley et paraissait détendu, comme s'il passait tous ses samedis après-midi ici. Il se tourna vers moi quand j'entrai.

— Maddie, dit ma mère, tu savais que Justin travaille pour la Compagnie d'électricité du Pacifique ? Il a même une voiture, pour les urgences.

Elle lui sourit.

— C'est très impressionnant.

Je lançai à Justin un regard sceptique auquel il répondit par un sourire prudent.

— Non, je ne savais pas, répondis-je.

Se levant, il me demanda si j'étais prête. Je hochai la tête et il dit au revoir à ma mère que cette visite – la première depuis des années – ravissait au plus haut point.

Dehors, il bruinait et je fermai ma veste. Justin

marchait vite avec ses grandes jambes mais je n'eus aucun mal à le rattraper.

Je lui expliquai que c'était la première fois que je me rendais dans un café.

— Sérieux ?

— On peut boire du café à la maison, me défendis-je. À quoi ça sert de sortir ?

— Je ne sais pas, pour être sociable, voir du monde…

— Je connais plein de monde, tu sais, ripostai-je, fâchée qu'il puisse critiquer ma vie sociale qui, pour autant que je sache, était parfaitement normale.

Nous sommes montés à bord d'un train en direction du sud. Une fois assise, je réfléchis à la signification du mot « sociable ». Je retrouvais mes contacts dans des cafés virtuels et nous bavardions pendant des heures. J'appartenais à deux clubs de discussion littéraire. La plupart des sites proposaient des questions permettant d'alimenter la conversation, du coup il n'y avait pas de temps morts. Des écrans muraux projetaient des images en 3D qui me donnaient l'impression d'être assise parmi les gens. J'entendais leurs voix. Ce n'était pas ça, voir du monde ?

Pendant le trajet, Justin me mitrailla de questions sur mes parents. Depuis combien de temps étaient-ils mariés ? Est-ce que je m'entendais avec eux ? Comment était mon frère ? Avait-on toujours vécu à Corvallis ? Mes réponses, pourtant ordinaires, paraissaient l'intéresser. Mon frère aîné, Joe, travaillait pour une entreprise de logiciels informatiques à Los Angeles. Il avait quitté la maison à 18 ans pour y faire un stage tout en suivant des cours d'ingénierie informatique. Je le voyais rarement. Mes parents étaient mariés depuis vingt-cinq ans et satisfaisaient le moindre de mes désirs. Nous avions un jardin clos, un chien, une maison à deux étages, un toit en panneaux solaires. Une vie parfaite, en somme.

— Et toi, tu vis avec tes parents ? demandai-je.

Justin secoua la tête et, dans ma tête, je triai parmi les innombrables questions que j'avais envie de lui poser. Je reculai dans mon siège. Peut-être qu'en l'examinant longuement, j'apercevrais quelque chose que les autres avaient raté.

— Tu as des colocs ?

— Non, répondit-il, un peu trop vite.

Notre arrêt approchait et il se leva. Un sourire naquit sur mon visage. Pour un type qui aimait tant poser des questions, il se refermait très vite dès qu'il était question de lui.

— Maddie, me dit-il en chemin, j'aimerais te présenter des amis avant mon départ.

Je compris qu'il partait pour longtemps.

— C'est un voyage d'affaires ? demandai-je.

Il prit une grande respiration, hésita.

— Oui, on peut dire ça comme ça.

— Tu vas où ?

Il s'arrêta devant l'entrée du café et, ruminant les raisons de son silence, je manquai de lui rentrer dedans. Il ouvrit la porte alors qu'un couple plus âgé descendait l'escalier avec des tasses de café à la main. Justin se décala pour les laisser passer et dut me tirer vers lui vu que mes pieds restaient rivés au sol et que mes yeux cherchaient dans les siens une explication à ses réticences.

— On peut en reparler plus tard ? demanda-t-il.

— Pourquoi tu ne peux pas répondre à une question toute simple ?

— Ce n'est pas si simple, dit-il, contrarié.

— Ce n'est pas simple de me dire où tu vas ? Et je sais que tu ne travailles pas pour une compagnie d'électricité. C'est d'ailleurs assez drôle.

Son regard s'adoucit.

— Je n'habite pas vraiment ici, répondit-il, presque amusé.

J'attendis quelques secondes qu'il poursuive mais je compris que j'allais devoir lui tirer les vers du nez.

— Tu habites où ?

— Partout, dit-il. (Il détourna le regard.) Et nulle part.

Deux filles nous contournèrent et grimpèrent l'escalier. L'une d'elles se retourna en croisant Justin. Il ne la remarqua pas. Il me regardait.

— Tu sais, tu n'es pas la seule à avoir une vie chaotique, me fit-il remarquer.

Il parlait d'une voix légère mais ses yeux me parurent tristes.

— À qui tu veux me présenter ? continuai-je.

Il énonça quelques prénoms. Jake, chez qui il logeait

quand il était en ville. Riley, son cousin Pat, ses amis Scott et Molly.

— Clare sera peut-être là. Elle est vraiment cool. Je pense qu'elle te plaira.

Un éclair de jalousie me parcourut quand il mentionna Clare et j'eus envie de me frapper. Je le suivis ensuite à l'intérieur du café bondé. Des groupes de gens discutaient assis sur des tabourets, dans des canapés, autour du bar. Certains étaient même debout et passaient d'un groupe à l'autre. Tout ce monde, toute cette effervescence ! Je me sentis submergée et, par réflexe, me collai à Justin. Il m'attrapa le bras et fendit la foule. J'essayais de ne toucher personne, ce qui était impossible.

— Il y a toujours autant de monde ? demandai-je.

Il hocha la tête.

— C'est le seul café en ville.

Tous les clients semblaient connaître Justin. Il s'arrêta à plusieurs reprises pour serrer des mains ou saluer des gens. La barmaid l'interpella de loin et, me retournant, je reconnus la fille du cours de soutien scolaire qui lui avait proposé de s'asseoir à côté d'elle. Justin avait raison, le monde réel était petit. Il lui sourit avec décontraction, et je regrettai qu'il ne me considère pas de la même manière. C'est-à-dire autrement que folle ou énervante, ou les deux.

Les enceintes diffusaient de la musique d'ambiance que l'on entendait à peine derrière le brouhaha des conversations. J'avais le cœur qui battait à mille à l'heure à cause du bruit, de la foule et de la chaleur.

L'idée d'attraper la main de Justin me traversa l'esprit. J'avais peur de le perdre et d'être avalée par la marée humaine.

— Je comprends mieux pourquoi tu aimes bien cet endroit, dis-je.

Il se pencha vers moi afin de m'entendre. Je remarquai ses cheveux qui tombaient sur son front, et surtout ses lèvres qui me paraissaient dangereusement proches des miennes.

La plupart des gens discutaient et riaient, mais certains consultaient leurs tablettes. Certains portaient même des lecteurs de pensées.

— Qu'est-ce que tu penses de ça ? demandai-je à Justin en désignant une personne portant un lecteur.

— Tu penses que c'est vraiment nécessaire de porter un casque qui traduit tes pensées sur un écran ? demanda-t-il.

— C'est pratique.

— Oui, sourit-il, c'est vrai qu'utiliser sa voix pour communiquer, c'est compliqué.

Il balaya la pièce du regard, cherchant ses amis, mais fut distrait par deux types assis à une table juste derrière nous. L'un était grand et maigre et semblait du même âge que Justin. Il avait les cheveux coupés ras et des lunettes. L'autre était plus vieux, de l'âge de mon père environ, et portait un bouc épais poivre et sel.

— Justin, ça fait plaisir de te voir, dit le plus jeune des deux.

Il posa sur moi un regard intrigué. Justin me présenta à Spencer et à son père, Ray.

— On s'est déjà vus quelque part, non ? demanda Spencer.

— Ça m'étonnerait, dis-je.

Il se pencha vers moi.

— Ah si, aux infos.

Je haussai les épaules. Il m'arrivait d'être photographiée avec mes parents lors de soirées mondaines ou de galas de charité, mais personne ne m'avait reconnue jusque-là.

— C'est Madeline Freeman, expliqua Justin.

Les deux hommes en perdirent leur sourire. Spencer m'adressa un regard méfiant, qui me mit en alerte.

— L'héritière de l'École numérique en personne, constata-t-il d'une voix neutre.

— Ce n'est pas un titre que j'affectionne, déclarai-je sans baisser les yeux.

— Démarche intéressante, dit Ray à Justin.

Un silence s'étira tandis que Ray et Justin se toisaient.

— J'espère que tu sais ce que tu fais, conclut-il.

Justin me surprit en passant son bras autour de mes épaules dans un geste protecteur. Il dit à Spencer et à Ray qu'il les contacterait bientôt puis m'attrapa le poignet et m'entraîna derrière lui. La pression de ses doigts me brûla la peau. Je trouvais sidérant que le moindre contact de sa part puisse me perturber à ce point.

— Désolé, me dit-il. Ils sont contre l'École numérique.

Sa remarque provoqua en moi une bouffée de stress. Qu'est-ce que je faisais ici ? Moi, la fille de l'ennemi, au milieu d'un groupe d'anti-EN. Est-ce que tous ses amis allaient me considérer comme une maladie infectieuse ?

Il me regarda et prit conscience de mon angoisse.

— Ne t'inquiète pas, mes amis sont sympas, me rassura-t-il. Ils ont très envie de faire ta connaissance.

Pendant que Justin discutait encore et toujours, j'admirai les tasses de café colorées sur les étagères au mur. Elles étaient toutes originales, de taille et de forme différentes, et je pensai à notre cuisine, où tout était assorti, bien rangé. Nos tasses à café étaient blanches, banales et stériles. Je n'avais pas envie de leur ressembler. Je préférais de loin celles-ci, si jolies et si brillantes. Je voulais quelque chose dans ma vie qui sortirait de l'ordinaire, qui ne serait pas à sa place. C'était un sentiment étonnant, que je n'avais jamais ressenti auparavant.

En me retournant, je vis que Justin m'observait. Qu'allait-il penser de ma soudaine fascination pour une tasse ?

— Ça va ? me demanda-t-il avec un léger sourire.

— Oui, répondis-je. Je réfléchissais.

Sur le seuil d'une petite salle annexe, il fit un signe de la tête à un groupe de gens assis dans un coin. Étalés sur deux tables et un canapé se trouvaient les amis de Justin, qui me regardaient tous avec intérêt. En m'avançant vers eux, j'eus l'impression d'être sous le feu d'un projecteur.

Justin nous présenta. Jake et Riley étaient assis à une table, Clare et Pat à une autre, et ils me sourirent tous d'un air détaché. Ils portaient des vêtements aussi décontractés que les miens. Jake avait un bonnet sur la tête, Riley une casquette de base-ball. Clare avait un caban rouge et un étui de tablette numérique turquoise à ses pieds. Elle prit une gorgée de café et m'accueillit de ses yeux bleu intense.

Scott et Molly étaient installés sur le canapé marron, les doigts entremêlés. Scott hocha la tête dans ma direction. Il portait des lunettes aux verres jaunis, le dernier truc à la mode. Il avait des cheveux noirs épais. Molly me dévisagea d'un air sceptique et m'offrit un sourire évasif.

Justin repartit en direction du bar pour nous commander des cafés et Clare tira une chaise, m'invitant à m'asseoir à côté d'elle.

— C'est super de te rencontrer, dit-elle avec un sourire.

Ne sachant comment répondre, je clignai des yeux. Je ne m'étais jamais trouvée en présence d'autant de gens en une seule fois. En plus, ils m'observaient comme si j'avais été en vitrine.

— Vraiment ? parvins-je à marmonner.

— Oui, répondit-elle. Justin aime bien agrandir notre petit cercle.

Pat éclata de rire. Il ressemblait un peu à Justin, avait la même bouche et les mêmes fossettes. Il me parut grand, il nous surplombait alors que nous étions tous assis. Ses yeux étaient plus clairs que ceux de Justin, couleur noisette.

Clare me demanda quels cours je suivais. La facilité avec laquelle elle entamait une conversation avec une étrangère m'impressionna. Jake, Riley et Pat offrirent quelques commentaires sarcastiques sur l'École numérique, qui visaient surtout Clare. Ils semblaient tous très à l'aise, attentifs les uns aux autres, et je commençai à comprendre ce que Justin entendait par « sociabilité » – une sorte d'intimité avec les autres qui n'existait pas dans mon monde. Être ensemble, c'était suffisant. Ils n'avaient pas besoin que leurs interactions soient orchestrées par un appareil électronique. Leurs échanges étaient authentiques et j'eus l'impression de voir une œuvre d'art se créer devant moi. J'étais séduite, et ne remarquai même pas Justin, revenu avec nos cafés.

Voilà ce qu'était la vie réelle, sans scénarios.

Pat se moquait de Clare, qui envisageait de se faire faire un tatouage permanent.

— Clare, cette mode est passée depuis une bonne quarantaine d'années, tu sais ? dit Pat.

— Depuis, on a inventé les semi-tatouages, ajouta Riley.

— J'en veux un permanent, insista Clare.

— C'est idiot, poursuivit Pat. Ta peau va se relâcher et ce sera ridicule dans une dizaine d'années.

— Ma peau ne va pas se relâcher à ce point, Pat. Je n'ai pas fini de grandir, plaisanta-t-elle.

— C'est le moins qu'on puisse dire, répondit-il.

— Ils ne sont pas toujours aussi moqueurs, m'assura Clare en riant.

J'avais envie de défendre Clare, comme si nous étions déjà amies.

— Moi, je comprends qu'on puisse vouloir un tatouage permanent, dis-je.

Ils se turent tous et se tournèrent vers moi. Même Scott et Molly. De nouveau, j'eus l'impression d'être seule sur scène. Pourquoi est-ce que tout ce que j'avais à dire leur paraissait important ?

— Un tatouage permanent, c'est plus significatif. C'est un véritable engagement, déclarai-je.

— Ah bon ? dit Riley.

— L'idée que quelque chose va te définir à jamais, c'est assez incroyable. Évidemment, il faut faire le bon choix.

— OK, alors il est où ton tatouage ? me demanda Pat, un immense sourire aux lèvres.

Machinalement, je me mis à me ronger les ongles.

— Qu'est-ce qui te fait penser que j'en ai un ?

— Par pitié, ne me dis pas qu'il est en bas de ton dos, ajouta-t-il.

— Ni que tu as un papillon sur le pied, renchérit Jake. Hyper original.

Un sentiment de colère me traversa ; ils se liguaient contre moi. Cela ne dura que quelques secondes, le temps que je comprenne qu'ils se moquaient gentiment. Je remontai la manche de ma veste. Riley, Jake, Pat et Clare se penchèrent pour observer l'oiseau sur mon poignet. Du coin de l'œil, je vis que Justin me regardait.

Ils s'accordèrent pour dire que c'était un bon choix. Pat posa son doigt sur ma peau en traçant le contour des ailes, ce qui me surprit. Personne n'avait jamais touché mon tatouage. Le contact de sa peau contre la mienne me troubla. Il retira sa main, me sourit.

— Cool, déclara-t-il.

Clare suggéra que l'on traîne ensemble un de ces quatre.

— Je viens souvent ici pour étudier, dit-elle. Si jamais tu veux te joindre à moi…

— Pourquoi pas…, répondis-je en frottant mon pouce contre le bord de ma tasse. Mais je ne sors pas souvent.

Je ne savais pas comment expliquer que j'étais pratiquement assignée à résidence depuis des années.

— Personne ne sort, dit-elle. Et il faut que ça change.

Une lueur de malice brillait dans son regard. Elle me cachait quelque chose – quelque chose en rapport avec ma présence ici, avec l'entêtement de Justin à mon égard.

— Qu'est-ce que tu fais pour la fête nationale ? me demanda-t-elle alors que nous échangions nos numéros de téléphone.

Je soupirai en pensant à l'événement qui aurait lieu dans deux semaines. Chaque année avait lieu ce jour-là le gala de bienfaisance de l'Éducation nationale. Mon père en était l'invité d'honneur et mes parents m'y traînaient tous les ans. J'y prenais la mesure de l'ampleur du culte qui entourait mon père, et constatais combien il serait impossible de changer notre système éducatif. La soirée débutait par un dîner, suivi d'une séance de shopping virtuelle et d'un concours de danse virtuel. Seuls les plus influents et les plus fortunés étaient invités (ou tous ceux acceptant de payer plusieurs milliers de dollars pour être sur la liste).

— Je dois aller au gala de bienfaisance de l'Éducation nationale, dis-je.

— Ah oui, j'en ai entendu parler, dit Clare, et elle m'adressa un sourire sympathique. Au moins, c'est pour la bonne cause.

Sa réponse provoqua une quinte de toux chez Riley. Clare leva les yeux au ciel.

— Peut-être qu'on peut se retrouver après ? proposa-t-elle.

Je hochai la tête tout en sachant que ça n'arriverait jamais. La soirée se prolongeait tard dans la nuit et mes parents seraient occupés à me caser avec Paul Thompson, le fils de leur meilleur ami. Nous dînions toujours à la même table et nos parents insistaient lourdement pour qu'on se parle. Pour autant, quelque chose dans le sourire de Clare me donna espoir. Peut-être que cette année serait différente.

Je jetai un coup d'œil rapide à Justin qui discutait avec Scott. Ce dernier hocha la tête et ses yeux se posèrent immédiatement sur moi. Je détournai les yeux. J'avais le sentiment que cet après-midi n'était pas qu'une simple rencontre entre amis. Bien plus qu'un rendez-vous au café, il s'agissait d'une première épreuve.

- 5 -

Après avoir quitté le café, nous prîmes le train en direction du nord. Je m'assis près d'une fenêtre et Justin allongea ses longues jambes afin de s'étirer.

— Alors, qu'est-ce que tu fais quand tu n'es pas au lycée ? me demanda-t-il.

— Euh..., bredouillai-je, prise de court. Tu veux dire, pour m'amuser ?

Il hocha la tête et j'énumérai les sites de discussion où je traînais : ZoneAdo, Mentropolis, Deslivresetnous et Cinémart.

— Non, m'interrompit-il. Qu'est-ce que tu fais quand tu n'es pas connectée ?

Je plissai les yeux. Était-ce un reproche ? Mais son regard n'avait rien d'hostile, il me semblait simplement curieux.

— Il n'y a pas tellement d'options, fis-je remarquer.

Il hocha de nouveau la tête, attendant que je poursuive.

— Je fais du sport.

— Sur ta machine ? demanda-t-il. Ça ne compte pas, c'est encore un écran.

— Je joue au foot, déclarai-je.

— OK, ça, je te l'accorde.

Y avait-il autre chose ? Je réfléchis un instant.

— Je dessine sur ma toile murale.

— Elle est branchée ? Ça ne compte pas non plus.

Il me souriait et, pour une fois, j'étais trop agacée pour que son sourire me fasse perdre la tête. Je lui lançai un regard noir.

— Désolé, dit-il. J'adore poser cette question aux gens. C'est une démonstration efficace. Quoi que l'on fasse, on est toujours branché. Et c'est un problème.

— Et toi, tu fais quoi pour t'amuser ? demandai-je. Tu interroges des innocents ?

Il passa sa main dans ses cheveux dans l'espoir de les dompter mais son geste eut l'effet inverse. Ses cheveux étaient autant montés sur ressort que lui.

— Voilà ce que je fais, dit-il en écartant les bras.

— Tu prends le train ?

Il acquiesça, m'expliquant qu'il n'avait pas tellement le temps en ce moment. Mais quand il était plus jeune, il passait ses journées dans les trains.

— Tu n'as jamais pris un train pour le plaisir ? demanda-t-il.

— Non, répondis-je.

Il me regarda comme si j'avais été folle et je fis de même.

— Tu sais, c'est toi l'anomalie, repris-je. Moi, je suis une parfaite citoyenne numérique.

Il plissa les yeux. J'eus l'impression qu'il ne me croyait pas. Qu'il voyait à travers moi.

— Ce n'est pas drôle de toujours savoir où on va, dit-il.

Sa remarque m'interpella. Moi, je savais toujours dans quelle direction allait ma vie. Elle était toute tracée et je n'avais qu'à la suivre.

— Se perdre, ce n'est pas drôle non plus.

— On voit bien plus de choses quand on ne cherche pas. Quand on cherche quelque chose en particulier, on ne voit que ça et, au final, on devient myope. C'est comme si tu passais ta vie à regarder dans un microscope. Tu n'as pas de vue d'ensemble. Parfois, il faut se perdre pour faire des découvertes.

Tandis qu'il devisait, je l'observais. Même s'il semblait réciter son texte, j'avais envie d'enregistrer la moindre de ses paroles. J'avais envie de les noter sur ma toile murale et de les relire chaque matin en me réveillant. Depuis le temps que j'attendais que quelqu'un me parle de cette façon...

Je regardai par la fenêtre. D'immenses tours en métal qui bloquaient le soleil défilèrent devant mes yeux. Je pensais aux gens qui travaillaient dans ces bureaux : ils se réveillaient devant un écran, passaient leur vie derrière un ordinateur, et rentraient ensuite consulter leurs tablettes ou leurs écrans muraux afin de vivre par procuration une existence bien plus intéressante que la leur. Voilà ce qu'était devenue notre société : des corps évoluant inconsciemment dans un univers numérique.

Le train s'arrêta devant le Willamette River Park, le plus grand jardin public de la ville. J'observai cette immense étendue verte qui détonnait au milieu des gratte-ciel. Des arbres en plastique ondulaient dans la brise. Ils étaient beaux et semblaient réels – difficile de savoir qu'ils étaient faux. Leurs formes et leurs mouvements étaient naturels. La vie numérique était ainsi : elle entretenait l'illusion avec une telle conviction que les gens ne la remettaient pas en cause.

— Tu sais, dit Justin en se tournant aussi vers la fenêtre, tu peux voir tout ça en ligne. Mais c'est un peu de la triche. Aucun logiciel informatique ne peut remplacer l'expérience. C'est comme d'apprendre un sport en réalité virtuelle. Tu ne joues pas vraiment, tu n'es qu'un spectateur. Alors qu'entrer dans la partie, c'est ce qu'il y a de mieux. C'est ça qui vaut la peine.

Il jeta un œil aux alentours puis se pencha vers moi.

— Et j'adore observer les gens. Les occasions de le faire sont rares, mais dans un train, c'est encore possible.

J'avisai deux autres personnes dans notre wagon. Un homme d'environ 40 ans était affalé sur son siège à l'arrière de la rame. Il avait deux grosses valises à côté de lui. Il regardait dans le vide, l'air fatigué, usé. Un homme plus âgé, dont la barbe grise descendait jusqu'au torse, se tenait à l'avant. Il marmonnait et se balançait d'avant en arrière comme s'il suivait une mélodie que lui seul pouvait entendre.

— J'essaye de comprendre les gens, continua Justin d'une voix basse. Où ils vont, à quoi ils pensent.

Il désigna l'homme aux valises.

— Celui-là par exemple. À ton avis, c'est quoi son histoire ?

— On dirait qu'il est en voyage, répondis-je machinalement.

— Non, je ne crois pas, murmura-t-il. Regarde la chemise qui dépasse de sa valise. Il a fait ses bagages en vitesse. Comme s'il s'était disputé avec sa petite amie et qu'il avait ramassé toutes ses affaires avant de claquer la porte.

J'observai de nouveau l'homme. Derrière son regard vague, j'aperçus de la colère. Il n'avait pas tant l'air fatigué que vidé émotionnellement.

— Peut-être qu'elle le trompait.

— Possible, conclut Justin. En tout cas, c'était chaud.

Il se tourna ensuite vers l'homme à l'avant du wagon.

— Et de ce côté, on a la pipelette de service.

L'homme marmonnait toujours dans sa barbe.

— C'est quoi son histoire, à lui ? demanda Justin.

— Il se parle à lui-même. D'après moi, il est fou.

Il réfléchit un instant.

— Peut-être qu'il est normal, en fait, et que c'est nous qui sommes fous. Peut-être qu'on devrait tous parler tout seuls. Peut-être qu'on a simplement peur de ce qu'on se dirait.

— Oui, bien sûr...

Mais les paroles de Justin s'attardèrent dans mon cerveau. Les gens étaient programmés pour évoluer dans certaines limites. Que serait la vie si on pouvait toujours dire ce qu'on a sur le cœur sans en craindre les conséquences ?

Le train s'arrêta à Hamersley et nous descendîmes tous les deux. La lumière du jour déclinait et je remarquai un changement dans l'air. À moins que le changement n'ait été en moi. Après ces quelques heures passées avec Justin, j'avais l'impression qu'un voile s'était levé. La transition était subtile, un déplacement qui se produit sans effort, comme quand les nuages se dispersent enfin pour laisser place au soleil après la pluie.

— Merci de m'avoir présentée à tes amis, dis-je.

— Ce n'était pas trop terrifiant ?

Je haussai les épaules.

— Je comprends mieux ce que tu entends par sociabilité, admis-je.

Je fis une pause avant d'enchaîner, voulant choisir mes mots. Je n'avais pas l'habitude de me livrer ainsi.

— Parfois, sur Internet, j'ai le sentiment qu'on n'est pas de vraies personnes, mais des personnages. Comme si on vivait dans une émission de télé-réalité. On peut scénariser les épisodes de sa vie et les monter à sa guise pour apparaître d'une certaine façon. Du coup, je me demande si je connais vraiment les autres.

Justin hocha la tête sans rien dire.

— Quand est-ce que j'aurai de tes nouvelles ? lui demandai-je alors que nous arrivions dans ma rue.

— C'est pour ça que je voulais que tu rencontres mes amis. Ils te contacteront sûrement.

— Et si je veux te parler ?

Sans pouvoir l'expliquer, je me sentais plus proche de Justin que de certains de mes « amis » que je connaissais depuis des années. Il émanait de lui une énergie qu'on avait envie d'absorber. À la longue, on souhaitait lui ressembler. Et j'avais compris qu'être physiquement en présence de quelqu'un nous reliait à lui à un niveau que les mots ne pouvaient atteindre.

Il s'arrêta de marcher, me regarda, et prit un air sombre, comme mon père quand il cherchait à cacher ses émotions, quand il savait que ses paroles étaient blessantes. Mon cœur se serra légèrement.

— Il y a quelque chose qu'il faut que tu comprennes, dit-il en articulant. Ma vie est imprévisible. Je ne reste jamais longtemps au même endroit.

« Tu peux me faire confiance. Je serai toujours honnête avec toi. Mais je ne suis pas sûr de pouvoir être là pour toi. C'est comme ça. Je prends contact avec les gens lorsque c'est nécessaire. Et c'est tout.

L'intensité de son regard se reflétait dans le mien. Je voulais dépendre de lui. J'en avais besoin.

— Et si je veux te parler ? demandai-je de nouveau.

— Tu peux appeler Clare, proposa-t-il.

— Ce n'est pas ce que je t'ai demandé.

— J'ai une vie très compliquée, Maddie. (Puis il ajouta, plus lentement :) Plus que tu ne peux l'imaginer.

— C'est le cas de tout le monde, non ?

— Ne me compare pas à la majorité. Ça n'a rien à voir.

— Pourquoi est-ce que tu m'as consacré autant de temps, s'il est si précieux ? Cela fait des semaines que tu essayes de m'entraîner à ce cours de soutien, alors que tu n'en as même pas besoin. Pourquoi ?

Il hésita un instant puis répondit, d'un ton assuré :

— Parce qu'on a tous envie d'apprendre à te connaître.

Nos pas foulèrent la pelouse synthétique devant chez moi. Pour la première fois, j'avais honte de vivre dans une telle maison. L'architecture était classique : une demeure coloniale à deux étages recouverte de panneaux gris sombre et avec des volets noirs. C'était la plus grande maison du quartier, avec six chambres et quatre balcons privés. Dans une maison pareille, chacun pouvait vaquer à ses occupations sans jamais croiser qui que ce soit. C'était d'ailleurs souvent le cas.

— J'ai l'impression que tu me caches quelque chose, dis-je.

Il me regarda, les yeux sombres.

— Peut-être que c'est toi qui me caches quelque chose.

Nous sommes restés ainsi immobiles, les bras croisés. Je ne pouvais me détacher de son regard insistant mais je ne pouvais pas non plus lui dire la vérité. Je n'avais pas le droit de révéler ce que j'avais fait à 15 ans. C'était une des conditions de ma mise à l'épreuve. Mon père et moi avions passé des mois à brouiller les pistes pour que les médias ne découvrent jamais la vérité. Je devais garder mon passé secret, même si Justin semblait déterminé à le déterrer.

— Non, déclarai-je. Je ressemble à n'importe quelle adolescente dans ce pays. Je vais à l'École numérique pour pouvoir un jour aller à l'Université numérique et mener une belle vie numérique.

Justin secoua la tête.

— On s'en fiche des autres. C'est de toi qu'on parle. Et j'ai l'impression que ce n'est pas du tout ce que tu veux.

— Ça me convient.

Il me dévisagea, l'air dubitatif.

— Alors pourquoi tu es punie ? Pourquoi est-ce que ton père te fait suivre ?

Ouvrant la bouche pour répondre, je me ravisai. Je ne savais pas comment lui mentir. Ou bien peut-être que, pour la première fois, je n'avais pas envie de mentir. Nos regards se croisèrent, mais avant que l'un de nous ne prenne la parole, la porte d'entrée s'ouvrit et ma mère apparut.

— Madeline, ton père vient de quitter l'aéroport.

Comprenant le message, Justin hocha la tête. Il m'assura ensuite qu'il me donnerait de ses nouvelles. Je pris une grande respiration et me dirigeai vers le perron, plus que soulagée d'avoir été sauvée par ma mère.

19 mai 2060

Voici une journée typique : mon ordinateur me réveille en sélectionnant une chanson qu'il croit que j'aime. Il ne s'éteint jamais, il dort en même temps que moi. Nous avons huit ordinateurs dans la maison : dans la cuisine, dans le salon, dans le sous-sol, dans la salle à manger, dans le bureau de mon père. Mes parents ont chacun un ordinateur dans leur chambre, relié à un écran mural différent. Mon père a même installé un écran dans sa douche pour pouvoir regarder les infos. Chez nous, le silence n'existe pas.

J'enchaîne ensuite avec six heures de cours d'EN par jour. Je fais une pause en milieu de journée. Je consomme un jus de fruits protéiné, et un sandwich Fibremix ou une salade Crudibol. Le même repas, tous les jours. Sain. Pratique. Rapide.

Vu mes notes, je n'ai apparemment pas de soucis à me faire. Je ne prends d'ailleurs même plus la peine de vérifier mes scores à la fin du trimestre, mais mon père les imprime et me convoque dans son bureau afin que j'admire mon 18 de moyenne générale. Avant, je croyais que tout le monde avait les mêmes notes, jusqu'à ce que je prenne des cours d'informatique avancée, et atterrisse dans les 3 % supérieurs de ma classe d'âge. Les élèves qui se placent dans les premiers 10 % suivent les cours les plus exigeants au lycée. Ceux dans les 5 % sont recherchés par les meilleures universités numériques. Donc j'imagine qu'être dans les 3 % est exceptionnel, mais ça ne me fait rien. Mon père est ravi de pouvoir me définir en fonction d'un chiffre arbitraire basé sur des moyennes statistiques, mais moi je pense que ça ne rime à rien de résumer l'intelligence d'une personne à une note. Avoir 18 de moyenne à l'EN, ce n'est pas être intelligent. C'est être obéissant. C'est se soumettre au système. Je me pointe en cours et j'obéis au chef. J'ai 18 parce que je sais régurgiter la pensée d'un autre, pas parce que je pense par moi-même.

Quand je ne suis pas en cours, je discute avec mes contacts sur des forums. Mon site préféré était EchecscolaireEN.com, qui rassemblait des adolescents qui en avaient marre de vivre derrière un écran d'ordinateur. La plupart des gens que je connaissais fréquentaient ce site. Mais après ma rébellion, mon père a bloqué ces sites et ces contacts dans mon ordinateur. Pour autant, être obéissante ne m'a pas convenu longtemps – c'est comme un vêtement qui devient vite trop petit, c'est très désagréable à porter.

Justin m'aide à comprendre pourquoi je me suis opposée à l'EN quand j'étais plus jeune. Parce que le programme nous restreint. On ne peut se borner à évoluer dans les limites de ses peurs. Imaginez tout ce qu'on rate ! Avoir peur et rester bien au chaud derrière une porte blindée, ce n'est pas la réponse. Cela ne fait que cacher le problème, comme un pansement. Alors que donner au problème de l'air et de l'espace, le mélanger au reste, c'est ce qui permet de guérir.

Justin me rappelle aussi que la vie n'est pas une loi que d'autres nous imposent. Au contraire, on devrait pouvoir décider de nos existences collectivement. L'École numérique devrait être un choix, pas une obligation. On devrait avoir plusieurs options : de vraies écoles, des écoles numériques, des écoles privées, des écoles publiques, des écoles à domicile, des écoles alternatives, des écoles dans des avions, sur l'océan, peu importe.

Je n'ai pas l'intention de renouer avec l'extrémisme de mes 15 ans. J'ai failli détruire ma famille, jamais je ne leur referai autant de peine. Mais je sais qu'il existe des façons plus discrètes de se rebeller, de changer le système. Il y a des graines à semer. La moindre goutte d'eau peut déclencher un tsunami.

Les idées de mon père représentent désormais tout ce que je rejette. Ses croyances me sont suspectes. Je m'oppose calmement à toute règle qu'il érige. Voilà l'essentiel de notre relation. Ce qui est ironique, c'est qu'il est une véritable source d'inspiration, puisque c'est en faisant le contraire de ce qu'il dit que je me façonne.

J'ai tellement de contacts que je ne sais quoi en faire. Je me connecte à une centaine de sites par jour. J'ai accès à des millions de personnes. Mais ces amis virtuels sont comme les étoiles dans le ciel. Ils sont là, ils existent, je peux les imaginer, mais je ne les connaîtrai jamais. Nous ne faisons que coexister dans ce vaste univers. Pendant longtemps, j'ai cru que cela me suffirait et j'ai été programmée pour penser que les gens étaient plus heureux isolés de leurs semblables. C'est le message de l'EN. L'éloignement est sain ; la solitude garantit la paix.

Mais ces dernières semaines, depuis ma rencontre avec Justin, je me souviens de ce que je ressentais autrefois. Des ravages que cette philosophie provoque. Contrairement aux étoiles, les gens ne sont pas faits pour vivre dans une si grande obscurité.

- 6 -

— Dépêche-toi, Madeline ! s'écria ma mère depuis le rez-de-chaussée.

Je jetai un coup d'œil à Baley, étalée sur mon lit, la tête posée entre ses deux pattes avant.

— Qu'est-ce que je donnerais pour être à ta place, soupirai-je en pensant à la soirée à venir, le gala de bienfaisance de l'Éducation nationale.

Je m'admirai une dernière fois dans la glace. Ce que je détestais par-dessus tout, c'était l'aspect formel de la soirée. Je me sentais très mal à l'aise en robe – les robes révèlent un peu trop de chair à mon goût – et considérais les chaussures à talons comme des instruments de torture. Mes orteils se sentaient déjà à l'étroit. M'étudiant dans le miroir, je tentai quand même d'être optimiste. Ma mère m'avait choisi une robe bustier verte qui m'allait bien ; la couleur mettait mes yeux en valeur. Je nouai mes cheveux en un chignon lâche, suivant les recommandations de mon styliste en ligne, et me maquillai pour la première fois depuis des mois

– le mascara et le khôl faisaient encore plus ressortir mes yeux. Une fois prête, je descendis l'escalier, prenant garde à ne pas me casser une cheville.

— Madeline ! s'exclama ma mère. Tu es superbe.

— J'ai l'impression d'être un haricot vert, répondis-je, parce que c'était plus facile pour moi de me moquer que d'accepter un compliment.

— Cette robe te va à merveille.

Je passai mes mains sur mes hanches et souris.

— Merci de l'avoir choisie.

— Tu l'aimes bien ? demanda-t-elle, pleine d'espoir.

— Je préférerais être en jean.

— Maddie, tu es une femme, m'informa-t-elle, au cas où j'aurais oublié. Tu peux te permettre d'être vue de temps en temps.

Je lui répondis qu'elle était magnifique dans sa longue robe noire.

Mon père entra dans la pièce. Il portait un smoking et je me surpris à l'admirer. Il était grand, imposant et attirait l'attention. Quand il ne cherchait pas à conquérir l'Éducation nationale et à contrôler ma vie, quand il se comportait comme une personne ordinaire, il était très séduisant. Son regard s'éclaircissait et son beau visage se détendait. Il avait l'air vrai, vulnérable. Cet effet ne se produisait que lorsqu'il était heureux, comme ce soir, où il pouvait fièrement contempler les deux femmes de sa vie.

Au bout de l'allée du garage nous attendaient une limousine privée et un agent de sécurité. Mon père ne se déplaçait pas sans garde du corps : chacune de ses apparitions générait la présence des médias. Nous prîmes place à bord et j'entendis la porte se verrouiller.

Le téléphone de mon père sonna et, tandis qu'il répondait, ma mère me serra contre elle.

— Quand il te verra dans cette robe, Paul ne saura plus où donner de la tête.

— Paul est terriblement ennuyeux, râlai-je.

— Maddie, soupira-t-elle, donne-lui sa chance. Tu le connais à peine.

— Je ne peux pas le connaître davantage. Pour ça, il faudrait qu'il ait de la personnalité, ce qui n'est pas le cas.

— Ne sois pas si critique. Il est intelligent, mignon. Et grand.

Je ne pouvais la contredire sur ce dernier point.

— Son absence de personnalité gâche tout le reste.

Elle se pencha vers moi, baissant la voix pour que mon père ne l'entende pas.

— Tu as eu des nouvelles de Justin ? demanda-t-elle.

— Non, pas depuis sa visite, répondis-je d'un ton neutre tout en tripotant mon manteau.

J'avais passé la semaine qui avait suivi notre sortie au café à consulter impatiemment mon téléphone, mes mails, mes statuts, les sites des groupes de travail. Rien. Plus ça allait, plus je me sentais rejetée. Du coup, afin de préserver mon ego, j'avais ensuite évité le forum où nous nous étions rencontrés.

J'avais essayé de ne pas penser à lui, et du coup il m'avait encore plus manqué. Sans lui, je m'ankylosais. Comme si, en son absence, je n'étais même pas réveillée. Dans mon esprit, Justin était aussi éphémère que ces oiseaux qui traversent le ciel un bref instant merveilleux, mais s'éloignent aussitôt parce que s'ils s'arrêtent, ils meurent. Mon cerveau avait décidé d'étouffer ce béguin ridicule et d'aller de l'avant. Il restait juste à convaincre mon cœur de faire pareil.

— Je suis sûre qu'il aurait été ravi de te voir ce soir, dit ma mère.

— Je ne pense pas qu'il aille à ce genre de soirées.

« Surtout celles en faveur de l'École numérique », avais-je envie d'ajouter.

Elle m'avoua avoir parlé à mon père de mon rendez-vous avec Justin.

— Ce n'était pas un rendez-vous, protestai-je. Est-ce que tu pourrais éviter de donner à cette sortie plus d'importance qu'elle n'en a eu ?

C'était déjà assez déprimant de constater que Justin ne s'intéressait pas à moi. Fallait-il en plus que j'en persuade ma mère ?

— Quoi qu'il en soit, ton père n'était pas content, admit-elle à demi-mot.

— Je crois que j'ai l'âge de prendre mes propres décisions, dis-je.

Notre limousine s'arrêta devant Stratford House, un vieil hôtel dans les quartiers ouest de Corvallis, un palace blanc dont les colonnes doriques encadraient une immense porte en bois. Les fenêtres du rez-de-chaussée étaient ornées de vitraux. Les marches en marbre menant à la porte avaient été recouvertes d'un tapis rouge délimité par un cordon doré. La limousine s'arrêta et un portier nous accueillit.

— Bonsoir, monsieur Freeman, dit-il en ouvrant la portière.

Mon père descendit de voiture, précédé de son garde du corps. Des caméras de télévision attendaient derrière le cordon de sécurité. Quand ils reconnurent mon père, les photographes se déchaînèrent et les journalistes l'assaillirent de questions. Je levai la main pour me protéger des flashs.

Mon père enlaça ma mère d'un côté, et me prit par le bras, de l'autre. Nous avons adressé nos plus beaux sourires à l'assistance.

— Les gens protestent dans le New Jersey, Kevin, s'écria un journaliste. Vous pensez que l'EN va cesser de faire l'unanimité ?

Mon père ne se départit pas de son sourire figé. Mais son regard se fit sévère.

— L'École numérique est plus forte que jamais, répondit-il. Le programme est juste et fonctionne à merveille.

Il souligna les mots « juste » et « fonctionne », comme s'il faisait part de résultats scientifiques, et non de sa propre opinion. Son assurance fit taire le journaliste.

Un autre journaliste prit le relais.

— Une étude menée par l'EN Berkeley affirme que 85 % des jeunes de 16 ans aimeraient pouvoir choisir d'aller à l'École numérique ou pas. Qu'en pensez-vous, monsieur Freeman ?

— Tout enfant mérite de recevoir une éducation gratuite, de qualité et dans de bonnes conditions. C'est ce que nous offrons, déclara mon père. Quand ils auront 18 ans, ou auront leur diplôme, ces jeunes pourront choisir d'abandonner ou pas l'EN. D'ici là, je n'ai pas l'intention de les priver d'éducation.

J'écoutais mon père avec fascination. Ses réponses étaient tellement convenues. Il n'écoutait même pas les questions, il cherchait les mots choc et sortait la phrase adéquate. Comme une machine, rapide, froid, efficace.

Nous avons patienté dehors encore une heure, le temps que les photographes prennent toutes leurs photos et que les journalistes louent ou critiquent mon père. J'avais l'habitude, c'était le même cirque à chacune de nos apparitions publiques. Une fois dans l'immense hall d'entrée, ma mère confia nos manteaux au vestiaire et je pénétrai dans la salle à manger grandiose, où étaient disposées une centaine de tables. Des lustres dorés éclairaient la pièce d'une lueur chaleureuse. Notre table était comme toujours près de l'estrade, où mon père ferait son discours, détaillant les nombreuses réussites de l'année passée et promettant les mêmes pour l'année à venir.

Paul et sa sœur Becky étaient déjà installés. Becky rédigeait un message sur son téléphone. Je m'assis à côté de Paul qui me regarda, bouche bée.

— Madeline, dit-il.

— Ça me fait plaisir de te voir, déclarai-je d'un ton que j'espérais poli.

— Tu es très jolie, poursuivit-il après avoir examiné ma robe.

Je le remerciai d'un sourire qui s'apparentait davantage à une grimace.

— Cette couleur te va bien, ajouta-t-il.

Je me sentis rougir.

— Paul, tu devrais essuyer ce filet de bave qui coule sur ton menton, dit Becky en me lançant un sourire amical.

Les parents de Paul s'assirent en face de nous, mes parents à côté de moi. Paul ne pouvait s'empêcher de me contempler bêtement, ce qui me fit soupirer. Pourquoi est-ce que le moindre signe d'attention de la part de Justin me donnait des palpitations alors qu'un regard de Paul me donnait envie de vomir ?

— Comment va l'école, Madeline ? me demanda la mère de Paul, Meredith.

Je m'apprêtais à lui répondre quand mon père intervint.

— Elle est parmi les meilleurs de sa classe, dit-il. En ce moment, elle étudie toutes les offres des universités de la côte Est.

— Très impressionnant, déclara Damon, le père de Paul. J'imagine que ça doit aider d'avoir deux parents aussi intelligents.

Je hochai la tête poliment en direction de Damon, qui était à la fois le shérif de la ville, le meilleur ami de mon père et mon agent de probation.

Un serveur en smoking noir déposa des salades et du pain sur notre table.

— Paul prend des cours pour préparer l'entrée à l'Académie de police, me dit Meredith. Il suit déjà son père sur le terrain.

Paul me sourit afin de s'assurer que j'avais bien entendu sa mère. Pas étonnant que mon père m'encourage à sortir avec Paul. Un de plus pour me surveiller. Contrariée, j'observai la pièce. Il régnait une atmosphère calme, presque pieuse. Les convives mangeaient en silence. Les gens avaient selon moi de plus en plus de mal à se fréquenter. Ils ne se parlaient pas, préférant rester rivés à leurs écrans et poursuivre leur existence virtuelle. La vie défilait sous leur nez et ils ne s'en rendaient même pas compte. Ils avaient le sentiment qu'il se passait des choses plus importantes sur leur écran qu'à leur table.

Je regardai mon assiette. Je ne me sentais pas mieux qu'eux. Je ne me sentais surtout pas à ma place.

Une voix résonna dans les enceintes et je sursautai. Sur scène, un homme d'un certain âge aux cheveux gris ramenés en arrière s'adressait à l'assemblée, un micro à la main.

— Mesdames et messieurs, bonsoir, et bienvenue au quinzième gala annuel de l'Éducation nationale.

Des applaudissements retentirent ; j'imitai le public sans conviction.

— Pour débuter cette soirée, je vous demande tout d'abord d'accueillir le créateur de l'EN en personne, M. Kevin Freeman.

Les applaudissements se firent plus forts. Quelques instants plus tard, les invités étaient tous debout et mon père se dirigeait vers le podium sous une nuée de flashs. Posant ma serviette sur la table, je me levai à mon tour. Mon père serra la main du présentateur et salua l'assistance, aussi fier qu'un aigle perché sur la plus haute branche d'un arbre. Il resplendissait de joie.

— Merci, dit-il.

Les invités se rassirent. Je croisai les mains sur mes genoux et observai mon père, prêt à dégainer l'épatante série de chiffres dont il gratifiait l'assemblée chaque année. Quand les hourras se dissipèrent, il reprit :

— Nous avons tant de choses à fêter. S'il vous plaît, levez vos verres et trinquez en l'honneur du meilleur programme éducatif jamais lancé dans ce magnifique pays !

Les convives laissèrent éclater leur joie à coups de sifflements et d'exclamations, et levèrent leur verre. Voir autant de gens puissants proclamer ainsi leur amour pour mon père me donnait la chair de poule.

— L'École numérique est une réussite, déclara-t-il.

Des cris d'approbation lui répondirent et je me redressai sur ma chaise nerveusement. Fallait-il qu'ils l'interrompent après chaque phrase ?

— La violence chez les adolescents a diminué.

Bravo !

— Le nombre de fusillades et de morts d'adolescents par balles a chuté de 67 % depuis la création de ce programme, en 2048.

Bravo !

— Depuis le lancement de ce programme, le nombre de suicides chez les adolescents a baissé de 45 %, celui des grossesses chez les mineures de 91 % !

L'assistance se leva, laissant éclater sa jubilation. J'en profitai pour observer la pièce et l'homme sur l'estrade en face de moi. Mon père absorbait ces marques d'affection comme une éponge.

— Cent pour cent des enfants et jeunes adultes de ce pays bénéficient d'une éducation gratuite et ont accès à un programme éducatif exigeant et sécurisé qui leur permettra d'améliorer leur vie et de rendre notre monde meilleur. Ce programme est ce que l'on fait de mieux sur la planète. Les élèves américains sont désormais les meilleurs du monde. Le programme fonctionne et continuera de fonctionner. Grâce à l'École numérique, l'Éducation nationale peut remplir sa mission et l'Amérique n'a jamais été un endroit aussi sûr.

L'ovation qui suivit le discours dura quelques minutes avant de s'estomper. Ensuite, mon père fut avalé par des cohortes de fans et de journalistes qui l'attendaient en bas de l'estrade.

Je pianotai sur la table, trop agitée pour manger quoi que ce soit. Becky, en face de moi, était toujours rivée à son téléphone.

— Tu ne profites pas de la fête ? plaisantai-je.

Elle me sourit d'un air entendu.

— Avec une copine dans la salle, on fait un classement des plus beaux mecs de la soirée.

Je balayai la pièce du regard et ne tombai que sur des couples âgés. Où étaient donc les beaux mecs ?

— Qu'est-ce que tu fais, le week-end prochain ? me demanda Paul tout à coup.

Je tressaillis de surprise. Il me regardait de ses yeux bleus et confiants. J'étudiai son visage – sa peau impeccable, ses pommettes saillantes, ses cheveux blonds dressés sur sa tête. Il était séduisant, c'était indéniable. Alors pourquoi le trouvais-je aussi énervant ? Était-ce uniquement parce qu'il était prévisible, inoffensif ? Parce qu'il était le seul garçon que mon père approuvait ?

— J'ai une dissertation à écrire, répondis-je.

— Je pensais qu'on pourrait aller se balader, dit-il, et ce n'était pas une question.

Me mordillant la lèvre inférieure, je cherchai une excuse.

— Je viens d'installer un logiciel qui permet de grimper en haut du mont McKinley. Ça te dirait ? poursuivit-il en souriant, comme si son sens de l'aventure allait me clouer sur place.

Je tripotai ma serviette et essayai de gagner du temps.

— J'ai du mal à me concentrer à une telle altitude, répondis-je.

Il éclata de rire.

— Si tu préfères, on peut rester plus près du niveau de la mer. Et si on se promenait sur une plage exotique ?

Je ramassai un morceau de pain dont je grignotai un bout tout en réfléchissant à un moyen de lui dire non sans le blesser. Depuis que je le connaissais, il ne m'avait jamais proposé un rencard, alors même que nous discutions parfois en ligne. J'optai pour la seule réponse à laquelle il ne s'attendait pas.

— On pourrait prendre la navette express jusqu'à la plage et marcher vraiment.

Paul me regarda comme si je venais de lui proposer de rejoindre la troupe d'un cirque.

— Pourquoi est-ce qu'on ferait une chose pareille ? rétorqua-t-il. Il pleut tout le temps. Et il fait froid.

— Un peu de pluie n'a jamais tué personne, fis-je remarquer.

— Oui, je sais, dit-il, vexé. Mais je ne pensais pas que ça te plairait.

Je lui souris.

— Oui, j'en suis sûre...

Paul plissa le front, cherchant à me déchiffrer. Je l'ignorai. J'avais l'impression que quelqu'un d'autre que lui m'observait. Je me tournai d'abord vers mon père, mais il se trouvait au milieu d'un groupe de journalistes. Puis je l'aperçus, debout dans un coin à côté de Riley et de Jake. J'en eus le souffle coupé. Justin croisa mon regard et m'adressa un sourire discret, plus prudent qu'amical, plus intense que léger, et j'eus l'impression de fondre sur ma chaise. J'avais oublié que sa présence était comme un coup de foudre. Ma mère se pencha vers moi.

— Il t'observe depuis le début de la soirée, chuchota-t-elle pour que Paul n'entende pas.

Enfin, je pus baisser les yeux.

— Pourquoi tu ne m'as pas dit qu'il était là ?

— Parce que ce jeune homme a un effet particulier sur toi, Maddie, et que je ne voulais pas que ton père le remarque, répondit-elle.

Saisissant quelques mots au vol, Becky leva la tête pour voir de qui on parlait. Quand elle aperçut Justin, elle écarquilla les yeux et posa son téléphone pour la première fois de la soirée.

— Tu le connais ? me demanda-t-elle. On vient de l'élire plus beau mec de la soirée à l'unanimité.

Ne pouvant qu'être d'accord, je souris à Becky. Avec son pantalon noir, sa chemise noire et sa veste, Justin ressemblait à une célébrité, de celles qu'on invite à un tel événement pour faire venir la presse.

— Vous pouvez arrêter de le fixer ? implorai-je.

Je m'efforçai d'éviter son regard, ce regard magnétique qui m'attirait malgré moi. Que faisait-il ici ? Pourquoi ne m'avait-il pas dit qu'il venait ?

Paul aperçut Justin et un sourire mauvais se dessina sur son visage.

— Tu connais ces types ? demanda-t-il d'un ton condescendant.

— Peut-être.

— Je te déconseille de les fréquenter, poursuivit-il. Justin, en particulier. Ses parents ont été arrêtés à plusieurs reprises.

— Arrêtés ? répétai-je, sidérée.

Malgré moi, je pivotai vers Justin. Il me tournait le dos à présent et discutait avec ses amis.

— Cool, soupira Becky en rougissant.

— Enfreindre la loi n'est pas cool, Becky, la gronda Paul. Grandis un peu.

— Qu'est-ce qu'ils ont fait ? demandai-je sans quitter Justin des yeux.

Comme s'il pouvait sentir mon regard, il se retourna et planta ses yeux sombres dans les miens. Je me détournai.

— Je ne sais pas vraiment. Je crois qu'ils ont organisé des manifestations à Washington contre l'EN. Ils ont passé deux ans en prison.

À présent, Justin parlait à Jake et ils riaient tous les deux. J'étais loin de m'imaginer qu'il venait d'une telle famille. Et moi qui pensais avoir un passé chargé…

— Est-ce qu'il est dangereux ? demanda Becky, fébrile.

Paul haussa les épaules.

— Les autorités ne s'intéressent pas tellement à lui. J'ai entendu dire qu'il s'était émancipé à 16 ans. Je crois qu'il a grandi dans des familles d'accueil ou un truc dans le genre. Peut-être que lui au moins a appris la leçon.

« Mais il a des problèmes, continua-t-il à mon intention. Je ne suis pas sûr qu'on puisse lui faire confiance.

« Intéressant », songeai-je. Justin m'avait assurée que je pouvais me fier à lui.

Je relevai la tête et croisai de nouveau le regard de Justin. Il me fit signe de venir le voir.

Je posai ma serviette sur la table.

— Tu es sûre que c'est une bonne idée ? me demanda ma mère.

— De rater la séance de shopping virtuelle ? Oui, répondis-je.

Elle m'attrapa la main.

— De fréquenter ce garçon, dit-elle d'un ton sérieux. Tu sais que ça contrarie ton père.

— Il serait moins contrarié s'il apprenait à faire confiance aux gens.

— Moi, je te fais confiance. Tu le sais. Mais le mieux serait que tu sois de retour avant qu'il remarque ton absence.

Je hochai la tête. Mon père était toujours entouré d'une horde de photographes et de journalistes. Il en avait encore pour au moins une heure d'interviews. Je me levai, ignorant l'air désapprobateur de Paul, et traversai la pièce. Justin ne me quitta pas des yeux, ce qui me mit mal à l'aise.

— Qu'est-ce que tu fais là ? lui demandai-je.

Il prit une gorgée de son verre qu'il reposa ensuite sur la table à côté de lui.

— Moi aussi, je suis content de te voir.

— Ça m'étonnerait que tu aies été invité, continuai-je.

Je posai ma main sur ma hanche pour lui faire croire que sa présence ne m'enchantait pas.

— Non, mais j'adore entendre ton père balancer toutes ces statistiques.

— C'est vrai que c'est impressionnant.

— Je suis en ville pour quelques jours.

Il remarqua quelqu'un au loin. Même en talons, j'avais une tête de moins que lui.

— Dis bonjour à Paul Thompson de ma part, ajouta-t-il.

— Grrlll, répondis-je en tirant la langue.

Il esquissa un sourire.

— C'était quoi, ça ?

— C'était mon envie de vomir. Paul me fait cet effet-là.

— Tu es très drôle quand tu dis ce que tu penses, me dit-il, hilare.

Je m'imprégnai de son visage, de son sourire, de ses yeux, comme on s'imprègne des rayons du soleil après des jours de pluie. Être privée de lui avait été dur.

— Paul m'a quand même invitée à une promenade virtuelle le week-end prochain, déclarai-je.

Il haussa les sourcils.

— Ah oui, j'en ai entendu parler. N'oublie pas de cliquer avec le bouton droit sur les affiches publicitaires, tu peux gagner des prix.

Son visage se fit mesquin. Si je n'avais pas eu le sentiment d'être insignifiante à ses yeux, j'aurais pu croire qu'il était jaloux.

— C'est pour ça que tu es là ? Pour te moquer de moi alors que je suis coincée à une soirée ennuyeuse avec des gens déprimants ?

Il parcourut la pièce du regard et ses yeux s'assombrirent quand il tomba sur mon père.

— J'avais juste besoin de me mesurer à l'ennemi, répondit-il. Non, en fait, je suis venu te chercher. Ça te dit de quitter cet endroit ?

Avant que je puisse lui répondre, les lumières vacillèrent et d'immenses écrans descendirent le long des murs en vrombissant. Une voix féminine préenregistrée encouragea les invités à se munir de leurs télécommandes (que les serveurs avaient déposées sur les tables après avoir débarrassé) afin de participer à la séance de shopping. La voix nous rappela que tout l'argent récolté irait à des organisations caritatives. Les écrans plasma modernes juraient complètement avec les lustres et les serveurs en smoking. On aurait dit deux mondes différents qui se télescopaient.

— Au moins, c'est pour la bonne cause, murmura Justin.

Je frémis, soit parce que sa bouche était trop près de mon oreille, soit parce que je ressentais le besoin de fuir.

— Tu ne m'as pas proposé de partir ? lui demandai-je.

Il hocha la tête.

— Alors qu'est-ce qu'on attend ?

Il me fit signe de patienter une seconde et adressa quelques mots à Riley et à Jake. J'en profitai pour envoyer un message à ma mère. Je lui promis d'être revenue à temps pour assister au concours de danse. Je savais que mon père serait occupé jusque-là.

— Tu ne veux pas prendre ton manteau ? me demanda Justin.

— Non, ça ira.

Je regardai la salle une dernière fois. Les gens étaient à l'aise à présent. Ils pouvaient contempler les beaux écrans scintillants et acheter des trucs dont ils n'avaient pas besoin. Ils n'avaient plus à faire d'efforts pour se parler. En bas, Justin m'ouvrit la porte et je sortis dans la nuit, dans un monde très différent de celui dont j'avais l'habitude. Quand les portes massives se refermèrent derrière moi, je n'éprouvai ni peur ni inquiétude. Au contraire, je me sentis apaisée, comme si les morceaux du puzzle s'emboîtaient enfin.

- 7 -

Sur la première marche de Stratford House, je pris une grande respiration, la première depuis des heures. Personne n'attendait sur le tapis rouge, ni journalistes ni spectateurs. J'eus l'impression de descendre de scène, comme si la soirée n'avait été qu'une pièce de théâtre et les gens des acteurs jouant un rôle.

— On y va à pied ? demandai-je avec surprise à Justin, qui m'attendait – Jake et Riley étaient partis de leur côté.

— Ce n'est pas loin, dit-il, puis il remarqua mes chaussures. Elles n'ont pas l'air très confortables.

Je ne m'inquiétais pas pour mes pieds, je m'inquiétais du fait que les rues étaient plongées dans le noir.

— Allez, viens, dit-il. Avec moi, il n'y a pas d'hésitation possible.

Il s'approcha de moi et sa proximité fit battre mon cœur à toute allure.

— Où on va ?

— Maddie, dit-il lentement comme s'il réfléchissait à la suite de sa phrase, tu me fais confiance, non ?

Je l'observai, troublée. Avait-il entendu ma conversation avec Paul ?

— Oui, bien sûr, répondis-je.

Une centaine de mètres plus loin, Justin s'engagea dans une ruelle parallèle. Il bruinait légèrement et c'était comme de marcher dans les nuages.

— De quoi tu discutais avec Thompson ? me demanda-t-il.

Je soupirai, ne voulant pas repenser à ce gala de bienfaisance.

— De choses et d'autres.

— Et ? continua-t-il, amusé.

— Et disons que j'ai plein de questions à te poser.

Justin m'attrapa la main tout à coup et s'arrêta au milieu de la ruelle sombre et silencieuse. Une agréable sensation de picotement remonta le long de mon bras. Parfois, en présence de Justin, je ne pouvais plus penser. Je ne pouvais que ressentir.

— J'ai un service à te demander, dit-il en me fixant.

Il me relâcha la main et leva les siennes, comme un chef d'orchestre.

— Ce soir, je veux que tu oublies qui tu es et qui je suis et que tu vives l'instant présent. Essaye de ne pas penser. Du tout. Laisse-toi aller.

Bien que sceptique, j'acquiesçai. Riley et Jake nous hélèrent et je me retournai. Ils se tenaient devant un bâtiment apparemment désert.

— C'est quoi, cet endroit ?

— On vous retrouve à l'intérieur ! lança-t-il à ses amis. Tu m'as dit que tu avais l'esprit ouvert, non ? me demanda-t-il ensuite en souriant.

J'examinai le bâtiment à deux étages en brique. La peinture blanche encadrant la porte était écaillée et le bois semblait pourri. Des planches recouvraient les deux fenêtres du rez-de-chaussée.

— Tu m'emmènes dans un bâtiment abandonné ? C'est comme ça que vous passez vos vendredis soir ?

— Un autre monde existe et il est à portée de main. Mais puisque la société refuse de nous intégrer, on reste à l'écart. Tu dois juste me faire confiance.

— Pourquoi rester à l'écart si c'est sans danger ?

— Parce que les gens ne savent pas se laisser aller. Ils ne savent plus utiliser leurs sens. Ils se méfient de tout et surtout de ceux qui osent. C'est plus facile.

Je hochai la tête.

— Mais si tu veux, je peux te faire entrer.

— Tu m'intrigues, dis-je en regardant le bâtiment.

— Allez, mieux vaut vivre sa vie que d'en parler.

La porte menait à un escalier mal éclairé. Une odeur d'humidité s'en échappait. En l'absence de rampe, j'enroulai automatiquement mon bras autour de celui de Justin. Il se raidit un bref instant mais se détendit quand il comprit que je cherchais seulement à ne pas tomber. En bas se trouvaient deux portes fermées. Je pouvais entendre de la musique de l'autre côté.

— C'est une boîte de nuit ? demandai-je à Justin, et il sourit.

— Tu vois, ça n'a rien d'effrayant.

L'énergie qui se dégageait de la foule me fouetta le visage quand je pénétrai à l'intérieur. L'endroit était à des années-lumière de la salle que je venais de quitter. La pièce était bondée ; des gens, partout, surtout des jeunes, assis à des tables, sur des tabourets, des canapés. Et ils discutaient, riaient. Vivaient. Pas une seule télévision, pas un seul ordinateur, ni écran, ni tablette, ni casque. La vie, la vraie, se déroulait devant moi.

Ensuite, je pris conscience du bruit. Sur une petite scène installée dans un coin, une femme chantait dans un micro, les yeux fermés. Elle bascula ensuite la tête en arrière et sa voix se fit grave, suave. J'en frissonnai. Trois hommes l'entouraient. À droite, un guitariste avec une casquette marron tapait du pied au rythme de la musique. Un batteur perché de l'autre côté, son visage caché derrière une barbe épaisse et une paire de lunettes, souriait à la foule. À sa droite, un bassiste hochait la tête, emporté par la chanson.

Le son m'attira vers la scène. Toute ma vie, j'avais entendu de la musique. Je l'avais écoutée, absorbée. Mais je n'avais jamais assisté à sa création. Fascinée, j'observai le guitariste, le mouvement de ses doigts sur les cordes. Je pouvais presque sentir les accords, épais, rugueux au bout de mes doigts. Des gens me barrèrent le chemin et je compris qu'ils suivaient la musique. Ils dansaient, serrés les uns contre les autres. Une douleur sourde jaillit de ma poitrine. J'avais envie d'être avec eux, parmi eux. Je voulais que quelqu'un me fasse danser. Une main dans mon dos me sortit de ma transe.

— Qu'est-ce que tu en penses ?

Justin se pencha vers moi. Nos regards se croisèrent. J'avais envie qu'il me touche encore. Qu'il m'enserre la taille. Mais il retira sa main et son attitude se fit prudente. Comme s'il avait lu dans mes pensées.

— On se sent parfois submergé au début, dit-il.

Je me tournai vers la piste de danse.

— C'est génial ! Il existe depuis quand, cet endroit ?

— Depuis toujours. On ne peut pas interdire aux gens de se comporter comme des humains. Nous sommes des êtres sociables, créatifs. On est pareils à l'eau. Même confinés, on va chercher à se libérer.

Je contemplai un instant la chanteuse.

— Elle est magnifique.

Elle n'était pas magnifique au sens classique du terme. Elle était en surpoids, son visage était parcouru de rides et parsemé de taches de rousseur sombres. Mais c'était la passion dans sa voix qui la rendait belle, et la façon sensuelle dont elle bougeait son corps.

Quelqu'un interpella Justin et il s'éloigna, ce que je remarquai à peine. Le rythme de la musique s'accéléra et les vibrations envahirent la salle comme les battements d'un cœur affolé. Je me frayai un chemin parmi la foule afin de m'approcher du groupe, effleurant des corps chauds, transpirants. Sans que je m'en rende compte, mes pieds se mirent à bouger et mes épaules à onduler. J'avais l'impression de m'être égarée, ou bien peut-être, au contraire, étais-je en train de me retrouver. Soudain, je sentis une main sur mon bras.

— Salut ! lança Clare. (Puis elle aperçut ma robe.) Waouh, regardez-moi ça !

Oui, j'étais trop bien habillée pour aller en boîte de nuit mais son sourire me mit à l'aise. Clare dansait sans effort. Ses bras flottaient au-dessus d'elle comme si des mains invisibles les avaient guidés. Observant les gens autour de moi, je tentai d'imiter leurs mouvements avant de me rendre compte que je n'avais pas envie de suivre qui que ce soit. Alors je fermai les yeux et me concentrai sur les notes, la voix, le rythme. Mon corps prit le relais. À force de bouger, mes cheveux s'étaient dénoués et j'en profitai pour les détacher complètement. De longues mèches bouclées tombèrent sur mes épaules. Pour la première fois de ma vie, je me laissai aller et quelque chose à l'intérieur de moi se déplaça de nouveau, se rétablit.

Combien de temps ai-je dansé ? Combien de fois la musique s'est-elle arrêtée pour repartir aussitôt ? J'étais couverte de sueur – le front, les joues, la nuque.

— Je crois que je vais sauter celle-là, me dit Clare en s'éventant de la main.

Je la suivis jusqu'au bar et commandai deux bouteilles d'eau. Clare posa la bouteille sur son front.

— Toute cette sueur, ce n'est pas très sexy, remarqua-t-elle en fronçant les sourcils.

Je lui attrapai la main et fendis la foule. Sa main était si chaude, si douce. Je n'avais jamais fait attention à la texture de la peau. Dehors, une brise agréable rafraîchit nos corps bouillonnants. Je lâchai la main de

Clare et levai les yeux vers le ciel, offrant mon visage à la brume.

— Tout ça n'a pas l'air de t'effrayer, dit Clare après avoir vidé la moitié de sa bouteille.

— Comment ça ?

— Certains trouvent toute cette nouveauté difficile à gérer. Tu avais l'air calme au café, mais on ne sait jamais comment les gens vont réagir quand on les déconnecte.

— Toi aussi, tu baignes là-dedans ?

— Pas vraiment, mais sans Justin ou Pat, je serais restée cloîtrée à vie. Ils me poussent à sortir. Pour autant, je suis à l'EN, donc je me sers d'un ordinateur la journée. Ce que Justin critique tout le temps.

— Tu le connais depuis longtemps ? demandai-je d'une voix que j'espérai posée – alors qu'il habitait la moindre de mes pensées.

— Depuis que j'ai 8 ou 9 ans. Je connaissais Jake avant. Tous ces gens sont géniaux, même Scott et Molly. Eux sont un peu distants mais ils sont bourrés de bonnes intentions.

— Je ne comprends toujours pas ce que je fais ici.

— Dans cette boîte de nuit ?

J'agitai la main en l'air.

— Dans cette boîte de nuit, dans ce café il y a deux semaines. Tout. Pourquoi est-ce que Justin est venu me chercher ? Ce n'est pas tous les jours qu'on rencontre quelqu'un décidé à bouleverser notre vie.

— Il ne t'a rien expliqué ? demanda-t-elle, l'air inquiet tout à coup.

Je pris un temps avant de répondre.

— Il parle de changer le monde et de lutter contre le système. Mais pourquoi me dit-il ça à moi ? J'ai l'intention d'aller à l'université après l'EN IV. J'ai déjà envoyé des dossiers d'inscription en droit informatique. Ce n'est pas moi qui vais faire la différence.

— Tu n'as jamais envisagé de t'opposer à l'EN ? me demanda-t-elle avec un sourire complice.

Un instant, j'hésitai à lui dire la vérité. Mais je ne pouvais pas courir ce risque. J'avais enterré cette période de ma vie au plus profond de ma mémoire, convaincue que cette fille-là n'avait en fait rien à voir avec moi.

— Si, avant, répondis-je. Mais je me trompais. Je suis prête à aller à l'université. C'est ce que je veux.

Mes paroles étaient forcées, comme si je tentais de m'en convaincre moi-même.

— Je crois qu'il faut que tu en parles à Justin, dit-elle. Il t'a choisie pour une bonne raison, ça, c'est certain. Il n'a pas de temps à perdre.

Elle m'observa de ses yeux bleus puis éclata de rire.

— Quoi ?

— Rien. C'est juste que c'est drôle de le voir avec toi.

— Qu'est-ce que tu veux dire par là ?

Tout en souriant, elle prit un air pensif.

— Il ne se comporte pas avec toi comme il se comporte d'habitude. On dirait presque que tu le rends nerveux.

— Ça m'étonnerait.

— Justin se consacre rarement à une seule personne. Il a trop à faire, il connaît trop de gens. Mais pour toi, il fait une exception.

— Sûrement parce qu'il pense que je suis folle.

Sur ce, la porte s'ouvrit et Justin sortit à grands pas.

— Ah, te voilà, s'exclama-t-il, visiblement soulagé, mais son regard était sévère. Je te cherchais partout.

Du coin de l'œil, je vis Clare hausser les sourcils.

— Je vais bien. Où tu croyais que j'étais ?

— Je ne sais pas. J'ai pensé que tu avais pris peur et que tu t'étais enfuie.

Je croisai les bras.

— J'ai peut-être grandi dans un cocon mais il faut un peu plus qu'un concert pour me faire peur.

Clare s'excusa et retourna danser. Alors que la porte se refermait, je fis un pas dans sa direction mais Justin me bloqua le passage.

— Tu as promis à ta mère de ne pas t'absenter longtemps.

— Elle s'en remettra.

J'essayai de le contourner, il ne bougea pas.

— Tu peux revenir une autre fois, dit-il d'un air sérieux.

— Non, déclarai-je, aussi têtue que lui. Je reste.

Je me fichais bien de mes parents. Ce soir, une parcelle de mon être s'était remise en place et je comptais en profiter.

— Je vais appeler ma mère. Je lui dirai que je ne me sens pas bien et que je rentre à la maison.

— Tu penses que ton père va te croire ?

— Ça m'est égal. J'ai envie de rester. Je me sens chez moi ici, pas là-bas.

Il m'adressa un regard implorant.

— Madeline, soupira-t-il tout en s'approchant de moi, je suis ravi de te voir aussi déterminée, mais, pour le moment, tes parents ne me font pas confiance. Tu ne peux pas te permettre de te rebeller s'ils te savent avec moi. Tu veux vraiment qu'ils t'interdisent de me voir ?

Ses paroles me firent hésiter. Comprenant où était ma faiblesse, Justin s'engouffra dans la brèche.

— Par égard pour moi, il faut que tu ailles les retrouver. Tant que tu vis chez eux, tu dois leur obéir.

Je serrai les dents. Justin avait raison.

Sans rien dire, je partis en direction de l'hôtel, les bras autour des épaules pour me réchauffer. J'imaginai mon père dans la grande salle, au milieu de tous ses adorateurs. J'étais très en colère contre lui, plus que je ne l'aurais cru, ce qui me fit peur. La brume s'était épaissie et j'avais l'impression de la traverser à la nage. Quelque chose m'effleura ensuite et je frémis. Justin me tendit sa veste. Je la pris sans le regarder et glissai mes bras à l'intérieur des manches soyeuses. Nous avons marché en silence, je pouvais toujours sentir son regard sur moi, comme si ses yeux me touchaient vraiment.

Je ne pus m'empêcher de donner un violent coup dans la porte de l'hôtel. Justin me suivit à l'intérieur. Devant la salle à manger, je m'arrêtai. Le concours de danse virtuel avait commencé. Des tapis de danse noirs avaient été installés par terre, au milieu d'un décor de salle de bal projeté par les écrans. Les invités bondissaient sur leur tapis numérique et se voyaient en train de danser avec un superbe partenaire sur l'écran devant eux. Personne n'écoutait la musique qui envahissait la salle. Et tous regardaient la version pixellisée de leur vie.

La plupart souriaient et riaient. J'aperçus mes parents. Encouragé par ma mère, mon père dansait à l'écran avec une femme blonde élégante en robe blanche. Un nœud se forma dans ma gorge. Tous ces couples mariés qui préféraient ignorer la personne qu'ils aimaient pour passer du temps avec une version fabriquée de la réalité, ne voyaient-ils pas qu'ils dansaient avec de l'air, avec rien ?

Je sentis mes jambes flageoler.

— Il faut que je sorte d'ici, bredouillai-je d'une voix étranglée.

J'avais besoin de m'extirper de ce cauchemar.

Justin m'accompagna jusqu'à un banc dans l'entrée. Je m'attendais à ce qu'il m'oblige à retourner dans cette salle, à ce qu'il m'explique que c'était pour mon bien. Les gens croyaient toujours mieux savoir ce qui était bien pour moi.

Il me surprit en ouvrant mon sac et en en sortant mon téléphone.

— Envoie un message à ta mère. Dis-lui que tu rentres à la maison. Je te déposerai.

— Je ne veux pas rentrer à la maison.

Je n'avais pas envie d'être seule.

— Tu peux rester avec moi ? suppliai-je.

Ma requête me surprit justement parce qu'elle n'avait rien de surprenant. J'avais l'impression que Justin me connaissait mieux que personne, mieux que mes parents. Il ne se faisait pas une fausse idée de moi. Il me voyait telle que j'étais. Et, grâce à lui, lentement, je repoussais l'énorme rideau qui me coupait du reste du monde. Il m'avait dit qu'il ne pouvait pas être mon ami, mais il était certainement le meilleur ami que j'eusse jamais eu.

Il hocha la tête puis se leva et me fit signe de le suivre.

— Viens, dit-il. Je connais un bon moyen de te remonter le moral.

- 8 -

Nous sommes montés dans sa voiture garée un peu plus loin. Il roula en silence parmi les rues désertes et je me concentrai sur la pluie qui dégoulinait sur le pare-brise. Des milliards de pensées s'agitaient dans mon cerveau. Le va-et-vient des essuie-glaces m'éclaircit un instant les idées, mais l'instant d'après, tout était de nouveau flou. Justin s'arrêta devant un immeuble résidentiel. Une lumière éclairait trois grandes fenêtres au rez-de-chaussée. En l'absence d'écriteau, je ne pus deviner où nous étions. Justin ouvrit la porte et un tintement de clochettes nous accueillit.

Le restaurant était tout en long et assez étroit. Les murs étaient d'un violet sombre ; un comptoir blanc d'un côté du café, des box aux banquettes recouvertes de cuir de l'autre. Derrière le comptoir, j'aperçus une cafetière et des piles d'assiettes et de tasses. Dans une vitrine réfrigérée patientaient des tartes et des desserts. Un jeune couple avait pris place à une table, le genre hippie chic avec bonnet en laine et grosse écharpe.

Penchés l'un vers l'autre, ils chuchotaient. Un homme portant une veste en laine et un jean était installé au comptoir sur un tabouret et lisait un livre papier semblable à celui que ma mère m'avait donné. Il flottait dans le restaurant une odeur de café et de quelque chose de si sucré que l'eau me vint à la bouche. Une femme, vêtue d'un uniforme de serveuse comme on en voit dans les films, sautilla jusqu'à nous.

— Justin, dit-elle d'une voix rocailleuse.

Elle avait la peau mate et les dents tachées, certainement par le café, mais son sourire était chaleureux.

— Ça fait plaisir de te voir, poursuivit-elle.

Justin se plia en deux pour la serrer dans ses bras. Elle dut se mettre sur la pointe des pieds.

Elle se tourna ensuite vers moi.

— Et qui est cette demoiselle ?

— Madeline, répondis-je.

Prononcer mon prénom était de moins en moins étrange – agréable, même.

— Irène, se présenta-t-elle.

Elle nous conduisit à un box près d'une des fenêtres. Elle demanda à Justin s'il voulait la même chose que d'habitude. Il hocha la tête et commanda deux cafés.

Il faisait chaud. J'enlevai la veste de Justin et la posai à côté de moi. Ramassant ma jupe, je m'assis, étonnée de ne pas me sentir plus mal à l'aise dans ce déguisement. En parcourant le café des yeux, je me rendis compte que c'était le genre d'endroit qui me convenait. Tranquille. Détendu. Tamisé. Sans écran, sans publicité. On n'entendait que le doux murmure des conversations, bercé par une musique de fond qui s'échappait d'une enceinte au-dessus du comptoir. Du jazz, sûrement.

Justin m'expliqua qu'ils n'avaient pas de menu. Ils ne servaient que des desserts et du café.

— Comment font-ils pour exister encore ?

— On n'ouvre pas un endroit pareil pour gagner de l'argent. Irène tient ce café depuis des lustres. Elle le fait parce qu'elle aime bien voir des gens.

— Qu'est-ce que tu as commandé ?

— Tu verras. Crois-moi, ça va changer ta vie.

J'observai ses cheveux en pagaille parsemés de bruine. J'avais envie de lui dire qu'un dessert n'allait pas changer ma vie ; sa simple présence suffisait.

Irène revint avec deux tasses de café et du lait. Elle posa le tout sur la table, ainsi qu'une assiette sur laquelle trônait une énorme part de gâteau au chocolat. En le voyant, je ne pus m'empêcher de passer ma langue sur mes lèvres.

— Ça va mieux, on dirait ? me demanda Justin en souriant.

Plutôt que de lui répondre, je plantai ma fourchette dans le gâteau. Le chocolat fondit dans ma bouche. Je pris ensuite une gorgée de café. Pas de doute, c'était le meilleur remède à la déprime. Un gâteau, un café et Justin.

Je relevai la tête et il me surprit en avançant la main. Je remarquai alors qu'une mèche de mes cheveux pendait le long de mon oreille et risquait de tremper dans ma tasse. J'entrepris de la repousser au moment même où Justin allait la saisir et j'attrapai sa main à la place. Il la retira à toute vitesse, comme s'il avait été piqué.

— Désolé, dit-il. Tes cheveux allaient…

Ramenant mes cheveux en arrière, je le remerciai d'une voix basse. Je me sentis rougir. Je pris un autre bout de gâteau, faisant bien attention à ne pas dépasser ma moitié.

— C'est troublant de savoir que ce café a toujours existé et que je viens de le découvrir, dis-je tout en savourant le nappage au chocolat.

— Au moins, tu l'as découvert.

— Ça me rend triste pour mes parents.

— Il ne faut pas. De toute manière, ils ne sauraient pas quoi faire dans un lieu pareil. Ils se sentiraient aussi mal à l'aise ici que toi là-bas.

— Pas ma mère.

— Comment ça ?

Il lécha le glaçage incrusté sur sa fourchette. Il me fallut faire d'immenses efforts pour ne pas me laisser distraire.

— Ma mère et mon père sont totalement différents, expliquai-je. Ma mère m'encourage plus ou moins à m'opposer à l'EN alors que mon père panique dès que j'ose la critiquer. C'est la tempête sous mon crâne. En général, je ne sais pas qui écouter.

— Tu n'as pas à choisir un camp, dit-il en haussant les épaules. Tu as le droit de te faire ta propre opinion et de t'y tenir.

Il restait quelques miettes de gâteau sur l'assiette

que je ramassai du bout du doigt. Je raclai aussi les restes de nappage, parce que c'était trop bon.

Ma mère avait cessé de faire à manger quand j'étais petite. De nos jours, on peut commander tous ses repas sur un site et ils sont livrés prêts à consommer une fois par semaine. Je décrivis notre cuisine à Justin : notre réfrigérateur si bien organisé avec des sacs de légumes et de fruits découpés, des salades en barquette, du jus en bouteille. Le congélateur était rempli de plats cuisinés – pâtes, pizzas, soupes à réchauffer – et nos placards débordaient de sandwichs sous vide, de barres de céréales et de vitamines.

Irène vint remplir nos tasses et récupérer l'assiette.

— Je crois que c'est clair, lançai-je d'un ton mi-amusé mi-sérieux. J'ai été maltraitée.

— C'est ça que je ne comprends pas, enchaîna Justin. Les gens considèrent que manger est un inconvénient, une perte de temps. Comme si on avait mieux à faire. Mais on est humains. Notre corps a besoin de nourriture.

Il posa sa tasse et me regarda.

— Tu savais qu'il existe plus de dix mille papilles gustatives sur ta langue ? Dix mille. Et dire que le goût est celui des cinq sens qui est le moins développé…

Je ramenai ma langue sur mon palais. Il restait encore un goût de chocolat.

— Et nos mains, continua-t-il.

Il m'attrapa la main. Sentant ma peau irradier au contact de la sienne, je baissai les yeux.

Il orienta ma paume vers le haut. Où voulait-il en venir ? Pour autant, je voyais bien qu'il ne flirtait pas. Il avait l'air sérieux.

Il frotta le bout de ses doigts contre les miens puis appuya légèrement.

— Nos doigts ont des milliers de terminaisons nerveuses. C'est une des parties les plus sensibles du corps humain. Et qu'est-ce qu'on en fait toute la journée ? Qu'est-ce qu'on touche ?

Mon cœur battait si vite que je crus qu'il allait exploser. Relevant la tête, je parvins à hausser les épaules.

— On appuie sur des boutons, déclara-t-il. C'est tout. On clique, on pianote sur un clavier. Et il faudrait que cela soit satisfaisant ? Il n'y a vraiment rien de plus authentique ?

Il me serra la main avant de retirer la sienne. Je tentai de plier les doigts, dont chaque extrémité me semblait en feu. Je pouvais presque les entendre protester, exigeant d'autres expériences. Je pris une grande respiration, me raclai la gorge.

— Tout à l'heure, tu m'as dit que tu avais quelques questions à me poser, reprit-il.

Il avait ramené ses mains sous la table, ce qui était sûrement une bonne chose parce que je n'aurais pas pu m'empêcher de les toucher de nouveau.

— Parle-moi de tes parents, dis-je.

Ses mâchoires se crispèrent un instant.

— Qu'est-ce que tu veux savoir ?

— Tu habites chez eux ?

— Non, je ne reste jamais longtemps au même endroit. Quand je suis à Corvallis, j'habite chez Jake.

— Tu vis comme ça depuis combien de temps ?

J'entendais son pied qui tapotait nerveusement sur le plancher.

— Ça fait un moment. Mes parents ont été transférés.

Il parlait d'une voix posée. Indéchiffrable. Il prononça « transférés » comme s'il s'agissait d'une simple décision professionnelle.

— Ils ont été mutés ?

Je m'attendais à ce qu'il hésite mais il me répondit tout de suite – il avait sans doute anticipé ma question.

— Non, ils ont été arrêtés. Ils n'ont pas le droit de revenir dans l'Oregon.

Il s'interrompit, se demandant sûrement s'il devait poursuivre. Il balaya le café du regard avant de s'adresser de nouveau à moi.

— Ils vivent en Californie, sur la côte. Au sein d'une communauté qui a abandonné la vie moderne pour revenir à des modes plus traditionnels. Ils font pousser leurs propres légumes, ils vivent avec la technologie, pas à travers elle. Ils essayent même de remonter de vraies écoles.

J'avais entendu parler de ce lieu. Mon père y avait un jour fait allusion avec un certain mépris – des gens qui « luttaient » contre le système avaient été transférés dans une communauté en Californie. Des dizaines de noms différents existaient pour désigner l'endroit : Bidonville, Taudis City, Boboland. Mais certains l'appelaient Éden. *A priori*, ce n'était pas ouvert à n'importe qui. En général, on y était banni.

— Qu'est-ce qui s'est passé ?

Il sourit et je vis quelque chose dans ses yeux, quelque chose que je voyais parfois dans ceux de mon père quand il louait mes bonnes notes ou le travail accompli par ma mère auprès de certaines œuvres de charité. De la fierté.

— Ils ont essayé de faire bouger les choses. Ils sont à l'origine des émeutes numériques, il y a une douzaine d'années. Tu te souviens, non ? Il s'agissait de manifester contre la loi sur les scans identitaires. Des centaines de personnes ont été tuées en envahissant le Parlement.

Je m'en souvenais, même si j'étais petite à l'époque. Cette année-là, le gouvernement avait essayé de faire passer une loi obligeant chaque individu à porter une puce sous la peau. Le code-barres devait servir pour toute transaction – achat, demande d'identité, inscription sur un site –, et permettre de remplacer le permis de conduire, le passeport, le numéro de sécurité sociale, l'acte de naissance, la carte d'étudiant. Ainsi, l'individu ne serait plus qu'un numéro.

Ce qui avait poussé les manifestants à bout, c'est quand le gouvernement avait expliqué aux parents qu'ils devraient être contents que leurs enfants aient un code-barres. Non seulement ils auraient ainsi accès à toutes sortes d'informations, mais en plus, le code leur servirait de GPS. Les parents pourraient ainsi facilement localiser leurs enfants grâce à un site Internet.

N'importe qui pourrait alors pister n'importe qui. C'était une réelle privation de liberté. Des manifestants avaient envahi la capitale par milliers pour lutter contre cette loi et des centaines avaient été tués quand une bombe avait explosé au milieu de la foule.

— Tes parents ont organisé cette manifestation ?

— Oui, et leurs efforts ont été récompensés puisque la loi n'est jamais passée. Mais beaucoup de gens ont perdu la vie dans la bataille.

— Et tu habitais où pendant toute cette période ?

— Un peu partout, répondit-il. Mais surtout chez Jake. Ses parents sont mes parrains. J'ai vécu avec les Solvi pratiquement toute ma vie. Une sorte de garde partagée.

— Ça n'a pas dû être facile de grandir sans voir tes parents.

— Non, ça allait, répondit-il d'une voix sincère. Je suis fier d'eux. Ils ont fait ce qu'il fallait et c'est très bien comme ça.

— Tu dis ça maintenant, mais tu le pensais vraiment quand tu étais petit ? Quand c'était les vacances, ou ton anniversaire, et qu'ils étaient en prison ?

Il esquissa un sourire.

— J'ai été élevé dans l'idée que je devais penser aux autres avant tout. C'est fou ce qu'on peut accomplir si on se consacre aux autres plutôt qu'à soi.

— Tes parents ont été emprisonnés combien de temps ?

— La première fois ? Deux ans.

Je hochai la tête d'un air désolé ; son regard s'assombrit.

— Mes parents sont les gens les plus courageux que je connaisse, déclara-t-il. C'est d'eux que j'ai hérité mes convictions. Tellement de gens ne font que parler, Maddie. Mais ça ne sert à rien. Il faut se retrousser les manches et passer à l'action. C'est ça que m'ont appris mes parents.

— Tu les vois souvent ?

— Je leur rends visite quand je peux.

— Alors c'est où, chez toi ?

Toute ma vie, j'avais eu une maison. Quatre murs, un toit : un îlot de sécurité.

— Je vois les choses différemment. Certains affirment que chez soi, c'est là d'où on vient. Moi, je pense que c'est un endroit qu'il faut trouver, qu'il faut se fabriquer, même.

Je secouai la tête.

— Quoi ? me demanda-t-il avec intérêt.

— J'ai du mal à imaginer une vie pareille.

— Tu as grandi en pensant que l'amour avait pour unique but d'assurer ta sécurité. Mais c'est comme vivre dans une bulle. C'est une autre forme de domination. Moi, j'ai grandi en pensant qu'aimer les gens, c'était leur faire suffisamment confiance pour les laisser partir. Ça permet d'emporter cet amour avec soi, de créer d'autres liens.

Je laissai ses paroles pénétrer en moi, imprégner chacune de mes cellules.

— Tu n'as jamais pensé que tes parents étaient égoïstes ?

Il fronça les sourcils.

— C'est-à-dire ?

— Ils ont fait passer leur combat avant leur fils.

— Ce sont d'excellents parents.

Je n'étais pas d'accord.

— Vraiment ? Et où sont-ils ? Ils ont été bannis et tu ne les vois jamais !

Je ne pouvais retenir la colère qui bouillonnait en moi. Peu importait que ses parents aient guéri le cancer ou fait régner la paix sur la terre, ils avaient été absents de la vie de leur enfant.

Justin prit une grande respiration.

— C'est grâce au dévouement de personnes comme mes parents que nous sommes ici en ce moment, à discuter sans qu'un satellite quelque part nous ait géolocalisé à l'aide de notre code-barres, dit-il lentement.

Il marqua un temps et se pencha vers moi.

— C'est parce que des gens comme mes parents agissent qu'on a pu assister à ce concert ce soir, qu'il reste encore quelques havres de bonheur dans ce monde. Et si cela engendre quelques sacrifices, si cela signifie que je ne peux les voir que quelques fois par an, ça me va. Ils se battent pour que j'aie une vie meilleure. À mon avis, c'est la plus belle chose qu'un parent puisse faire.

Je baissai la tête, honteuse.

— Je suis désolée, dis-je. Ce ne sont pas mes affaires. Mais tu es la personne la plus incroyable que j'aie jamais rencontrée et je trouve ça triste que tes parents ne soient pas là pour le voir.

Justin se redressa, visiblement surpris. Le rouge me monta aux joues. Pourquoi est-ce qu'il n'y avait pas de bouton Effacer dans la vraie vie ?

Gardant les yeux rivés sur mes cuisses, je songeai à un moyen de changer de sujet.

— Autre chose…, continua-t-il. Il y a quatre ans environ, mes parents ont fait partie d'un groupe de militants qui cherchaient à localiser les émetteurs radio de l'EN.

J'entremêlai mes doigts, refusant de le regarder. Je savais très bien à quoi il faisait allusion.

— Que s'est-il passé ? lançai-je, comme si je n'avais pas été au courant.

Je sentais qu'il me dévisageait.

— Ils voulaient interrompre le signal pendant une heure et diffuser un message invitant à s'opposer à l'École numérique. Mais mes parents ont été arrêtés avant que le projet ne soit monté. Un an plus tard, un autre groupe d'opposants a récupéré l'information nécessaire, sauf que leur mission était moins subtile. Ils ont fait exploser une tour radio à Portland et ont coupé le signal radio de l'EN dans tout l'État.

Je hochai lentement la tête. Il poursuivit.

— Il a fallu tellement de temps pour réparer le signal que certains ont envisagé de rouvrir de vraies écoles. Cette action a fait énormément progresser la lutte contre l'EN.

Évidemment que je m'en souvenais. Pendant des semaines, les habitants de l'Oregon n'avaient plus eu accès à l'EN. Entre-temps, ma liberté avait pris fin et mon père était au cœur d'une enquête pour terrorisme lancée par le FBI.

Justin me regarda un long moment, espérant peut-être que j'ajouterais quelque chose. Une question me brûlait les lèvres.

— Comment s'appellent tes parents ?

— Thomas et Elaine Sabel.

Je m'efforçai de ne pas me troubler. Je connaissais ces noms. Ils avaient été mentionnés à plusieurs reprises dans ma maison. Mon père considérait les parents de Justin comme des radicaux. Ils avaient essayé à maintes reprises de détruire tout ce que mon père avait construit.

— Vous n'avez pas le même nom de famille ? remarquai-je – j'avais du mal à parler.

— Non, ils ont changé mon nom quand j'étais jeune. Pour me protéger.

— Je devrais peut-être rentrer, dis-je, les yeux toujours rivés sur la table.

Avant qu'il puisse répondre, j'attrapai sa veste et glissai sur la banquette. Il se leva, déposa de l'argent sur la table et salua Irène.

Le chemin de retour se fit en silence. J'avais besoin de digérer tout ce que j'avais appris. Quand il s'arrêta devant ma maison, il pleuvait des cordes. J'ouvris la portière.

— Je suis encore là quelques jours. Je t'appellerai, me dit Justin.

Je hochai la tête et sortis de la voiture, sonnée par l'intensité de notre conversation. Alors que Justin s'éloignait, je regardai les feux arrière de la voiture disparaître dans la nuit. J'enlevai mes talons dans l'allée du garage et étirai mes pieds sur le ciment froid et trempé. Je commençais à saisir pourquoi Justin m'avait cherchée mais je ne comprenais pas ce qu'il me voulait, ni pourquoi il lui avait fallu deux ans et demi pour me trouver.

– 9 –

Le soir suivant, ma mère et moi étions installées dans le salon devant notre cheminée numérique pour regarder un jeu à la télévision. C'était une émission interactive. N'importe qui pouvait répondre à la question posée et participer en ligne. Nous n'avions pas l'intention de jouer, seulement de regarder.

Recroquevillée sur le canapé, je jetai quelques morceaux de pop-corn dans ma bouche, Baley à mes pieds. Mon père était absent, et respirer me semblait plus facile. Soudain, Baley gronda. Ma mère et moi avions à peine échangé un regard surpris que j'entendis une voiture s'arrêter devant la maison.

Je regardai par la fenêtre.

— Tu ne m'avais pas dit qu'il venait, dit ma mère.

— Je ne le savais pas, répondis-je, sidérée. Apparemment, il ne prend même plus la peine d'appeler.

On sonna à la porte.

— Ce garçon est de plus en plus étrange, constata ma mère. Et que faisait-il au gala hier soir ? L'invitation est à plus de mille dollars.

J'ouvris la porte d'entrée et Justin entra. On aurait dit une pile électrique.

Ma mère l'invita à regarder *Parlons argent* avec nous. Il secoua la tête et expliqua qu'il ne faisait que passer. Il croisa ensuite mon regard, l'air impatient.

— Tu veux venir avec moi ? demanda-t-il.

Je me tournai vers ma mère. Elle acquiesça lentement, mais je vis à son air réservé qu'elle pensait à mon père – qui désapprouverait, bien sûr.

— Allons-y, lançai-je, et j'attrapai un sweat à capuche dans le placard de l'entrée.

— Vers quelle heure voulez-vous qu'elle soit de retour ? demanda Justin à ma mère.

Elle nous observa tous les deux avant de répondre.

— Maddie, je te laisse décider par toi-même. Mais si tu dois rentrer tard, appelle-moi.

Je suivis Justin jusqu'à sa voiture et il m'ouvrit la portière passager, comme d'habitude. Je montai et bouclai ma ceinture.

Il s'installa, démarra la voiture. J'allumai la radio et les basses firent trembler les sièges. Hochant la tête, je me mis à battre le rythme sur mes genoux. L'indépendance était comme une drogue à laquelle j'étais de plus en plus accro.

Justin m'observait d'un air amusé. Je baissai la radio.

— On va en boîte ? demandai-je.

— Non.

— Manger du gâteau au chocolat fait maison ?

— Pas vraiment.

— Tu restes en ville encore combien de temps ?

— Je ne sais pas. Mon emploi du temps évolue beaucoup en ce moment.

Il m'adressa un regard en coin.

— Au fait, tu étais vraiment très jolie hier soir. J'ai oublié de te le dire.

Son compliment me fit rougir. « Très jolie », à savoir « attirante » ? Ou « très jolie », dans le sens d'« élégante » et on-est-seulement-amis ?

— Je suis nul pour ce genre de choses, reprit-il.

Je le regardai d'un air dubitatif. Justin ? Nul ?

— Quel genre de choses ?

— Tu sais… les compliments.

Il quitta la route des yeux un instant pour me regarder.

— Les filles aiment les compliments, non ?

De rouge, je devins écarlate. L'envie de mettre ma capuche me traversa l'esprit.

— Je pense que tout le monde aime les compliments s'ils sont sincères. Pas seulement les filles.

— Ouais, souffla-t-il en se grattant l'arrière du crâne. Bref, je suis vraiment à côté de la plaque dans ce domaine.

Où voulait-il en venir ? Essayait-il de me parler de sa vie affective ? Ce garçon ne cessait pas de m'étonner.

— Ça t'intéresse de savoir ce que je fais ? demanda-t-il, de nouveau avec ce ton de défi dans la voix.

J'en avais très envie.

— Oui, ça se pourrait bien, répondis-je.

— Tu sais que tu peux me faire confiance, n'est-ce pas ?

Je râlai en l'entendant poser une nouvelle fois la question.

— Oui, Justin. On a déjà eu cette conversation. Je te fais confiance.

Il hocha la tête, satisfait.

— C'est tout ce que j'ai besoin de savoir.

— Qu'est-ce qu'on va faire, exactement ?

— Une exfiltration.

Il m'expliqua qu'un bon moyen de lutter contre l'EN était de récupérer les étudiants que le gouvernement avait décidé d'envoyer dans des centres de détention.

— C'est ridicule, poursuivit-il. Les gens se font appréhender simplement parce qu'ils souhaitent arrêter l'EN, parce qu'ils participent à de vrais sports ou suivent des cours de soutien avec un prof en chair et en os. Le gouvernement les envoie dans ces centres pour leur laver le cerveau avant qu'ils ne deviennent une menace. En général, ils sont contre l'EN, alors ils sont contents de se joindre à nous. C'est comme ça qu'on recrute la plupart de nos soutiens.

— Pourquoi est-ce que vous ne les contactez pas à leur sortie des centres de détention ? C'est moins dangereux, non ?

— Parce qu'ils craquent. C'est comme ça que fonctionnent les centres de détention. On t'enferme jusqu'à ce que tu cèdes. On ne sait pas bien ce qui s'y passe mais la plupart des gens en sortent brisés.

Nous avons quitté l'autoroute en direction de la ville de Toledo, à quelques kilomètres de la côte. Justin ralentit et s'engagea dans une rue résidentielle. C'était un quartier modeste, avec des maisons à un étage équidistantes les unes des autres. Justin se rapprocha du trottoir et éteignit le moteur. Le silence emplit l'habitacle. Ensuite, sa voix suave fendit l'air.

— Quand je forme des nouveaux, je ne leur dis jamais à quoi ils doivent s'attendre. Je les laisse en faire l'expérience par eux-mêmes. C'est ridicule de chercher à expliquer ce qui va suivre parce que ça ne se passe jamais comme prévu.

Je l'observai un instant.

— Une formation pour quoi ? demandai-je.

Il ignora ma question et me tendit un cylindre métallique étroit. Je l'étudiai. Justin sortit ensuite un boîtier numérique de l'accoudoir central et composa un code.

— Écoute-moi bien. Ce soir, j'ai besoin que tu fasses exactement ce que je dis, quand je le dis. Et il faut que tu restes à côté de moi. Ce sont mes deux exigences.

J'acquiesçai.

Il regarda le boîtier quelques secondes puis appuya sur une autre série de boutons.

— OK, on y va.

Nos regards se croisèrent. Ensuite, il disparut.

Toutes les lumières – dans la rue et les maisons – s'éteignirent en même temps, comme si quelqu'un avait jeté un voile noir entre moi et le monde. L'obscurité m'enveloppa.

- 10 -

Avant que je puisse crier, une main se posa sur mes lèvres. La voix de Justin me parvint, tout près de mon oreille.

— Tout va bien. Sors de la voiture et reste à côté de moi, ordonna-t-il.

Il ouvrit sa portière et je fis de même. Je trébuchai sur le trottoir et tombai dans ses bras.

— Maddie, allume-la, dit-il en m'aidant à me remettre debout.

J'étudiai le cylindre, essayant de comprendre ce qu'il voulait dire. Justin approcha sa lampe torche de la mienne et me montra un bouton. J'appuyai et un faisceau de lumière jaillit de ma lampe, à mon plus grand soulagement.

— Oh, soupirai-je.

Je ne m'étais jamais servie d'une lampe torche. S'il y avait une panne de courant à la maison – c'était arrivé une fois –, un générateur au sous-sol prenait le relais et allumait les spots au plafond.

— Allons-y. Et laisse-moi parler.

Les lampes éclairaient seulement à quelques mètres devant nous. On n'y voyait pas grand-chose et mon ouïe prit le relais. Je perçus le vent dans les arbres, l'aboiement d'un chien au loin. Un homme ouvrit sa porte et nous interpella. Il avait une lampe électrique lui aussi, qu'il braqua au sol. Il traversa ensuite son jardin.

— Hé, vous savez ce qui se passe ? nous demanda-t-il.

Justin s'arrêta et attendit qu'il nous rejoigne.

— On dirait que l'électricité a sauté dans tout le quartier, répondit Justin.

J'observai l'homme : la quarantaine, en jogging et peignoir.

— Je n'ai jamais vu ça, dit-il. Les fusibles n'ont même pas sauté.

Il sortit son téléphone de sa poche. Alors qu'il composait un numéro, d'autres personnes sortirent de leur maison. Certaines avaient des lampes torches et une femme portait même une vieille lampe-tempête. Des ronds de lumière s'agitaient tout autour de nous comme des mini-lunes tombées du ciel. Derrière les lueurs, j'aperçus des visages inquiets.

— Vous savez ce qu'il se passe ? nous demanda une femme âgée.

— Je suis en train d'appeler la compagnie d'électricité, répondit l'homme au peignoir.

— Eh bien, gloussa la dame en serrant son châle en laine sur ses épaules, c'est sympa de faire enfin la connaissance de ses voisins. Je vis ici depuis quinze ans et je n'ai jamais vu qui que ce soit dehors.

Je suivais ces interactions avec fascination. Moi aussi, je voyais rarement mes voisins. Je connaissais leur nom, du moins pour ceux d'à côté. Je savais même ce qu'ils faisaient dans la vie, s'ils avaient des enfants ou des animaux domestiques. Mais je ne les connaissais pas vraiment.

D'autres familles s'approchèrent timidement – des adultes, des enfants, qui désiraient tous être informés de la situation.

— C'est simplement une panne d'électricité, dit Justin en cherchant à calmer le jeu. Sûrement un câble souterrain qui a lâché. C'est assez courant.

Il m'attrapa le bras et m'éloigna de la scène. Les voisins se présentaient les uns aux autres et plaisantaient sur le fait qu'il avait fallu un événement exceptionnel pour qu'ils sortent enfin de chez eux. Les observant par-dessus mon épaule, je leur souris ; ils avaient découvert quelque chose de rare au bout de leurs lampes torches. En chemin, nous passâmes devant une terrasse où des lanternes avaient été installées. Des gens étaient assis sur les marches, parlaient et riaient comme s'ils ne faisaient que profiter de la fraîcheur de la nuit. Me serrant davantage le bras, Justin accéléra. Il consulta son téléphone et le rangea dans sa poche.

— Donc, si j'ai bien compris, tu sais courir, dit-il.

— Oui.

Au coin de la rue, il me lâcha.

— Eh bien, prouve-le.

Il s'élança à toute vitesse et je le suivis, traversant une rue et un jardin. Il faisait toujours aussi noir, ce qui ne semblait pas déranger Justin qui courait sans s'arrêter. L'air frais me caressait le visage, m'emplissait les poumons. Courir à l'extérieur, ce n'était pas comme courir à l'intérieur. À présent, mes pieds rebondissaient sur quelque chose de solide, de réel, et cette sensation extraordinaire décupla mes forces. Alors que nous longions une ruelle perpendiculaire, Justin s'arrêta si brusquement que je faillis le percuter. Il braqua sa lampe sur un conteneur à poubelles parqué devant l'un des bâtiments. Accroupi derrière se trouvait un jeune homme livide qui devait avoir 15 ans.

— On y va, déclara Justin, et le jeune homme se leva sans protester.

Justin lui attrapa le poignet et se servit d'un objet qu'il avait déjà dans la main pour désactiver le bracelet électronique que le garçon portait. Il jeta ensuite le bracelet dans la poubelle.

— Éteins-la, me dit-il en désignant ma lampe torche.

Nous avons couru jusqu'au bout de l'allée, en direction de l'autoroute. Nos pas résonnaient dans la nuit. Mes yeux s'étaient suffisamment habitués à l'obscurité pour que je puisse voir devant moi. J'entendais des sirènes au loin. Le garçon, à bout de souffle, commençait à ralentir.

— On y est presque, lui dit Justin afin de l'encourager.

L'autoroute se trouvait de l'autre côté d'un grillage, que Justin et l'autre garçon franchirent d'un bond facile. Sautant à mon tour, je réussis à passer une jambe par-dessus. Justin m'attrapa la taille et me tira vers lui.

Il me reposa et nous poursuivîmes à travers d'épais buissons en plastique. Notre progression était difficile et une tige métallique qui dépassait du sol me rentra dans le mollet. Je retins un cri. Je pouvais sentir le sang chaud dégouliner le long de ma jambe, mais l'adrénaline qui coulait dans mes veines chassa la douleur. Des voitures roulaient à vive allure sur la bretelle d'accès à l'autoroute où nous marchions à présent. Et soudain, j'eus le choc de ma vie. Un véhicule s'arrêta à côté de nous. C'était la voiture de Justin, et personne n'était au volant.

— Montez, ordonna-t-il.

Le garçon se jeta sur la banquette arrière et je me précipitai sur le siège côté passager. Justin referma sa portière au moment où deux policiers jaillissaient des buissons que nous venions de traverser. Ils tirèrent sur la voiture ; les balles rebondirent sur les vitres. Poussant un cri, je me baissai en avant et plaquai mes mains sur mon visage. La voiture démarra. J'entendis Justin rire à côté de moi. Je l'observai entre mes doigts écartés.

— Qu'est-ce qu'il y a de si drôle ? demandai-je, essoufflée.

Justin était étonnamment calme.

— Désolé, mais ça me fait le même effet chaque fois qu'ils tirent sur ma voiture.

Il rit de nouveau et je tentai de comprendre en quoi notre situation était comique. Justin changea de vitesse et fonça sur l'autoroute. Des mèches de cheveux trempées de sueur me collaient aux joues et je sentais des gouttes de transpiration glisser le long de ma nuque.

Justin entra un nouveau code dans le boîtier et je compris qu'il avait la possibilité de générer une panne de courant dans un quartier donné. C'était ce qui avait permis au garçon de s'enfuir.

— Ma voiture est blindée, expliqua-t-il. Toutes les voitures le sont, de nos jours. Elles résistent aux balles, au feu, mais les flics persistent à tirer dessus parce que c'est la seule chose qu'on leur a apprise. Moi, je trouve ça drôle.

Je me retournai vers le garçon et remarquai un gyrophare derrière nous.

Justin jeta un coup d'œil dans son rétroviseur, l'air plus amusé qu'inquiet. Il accéléra et je sentis mes poumons se vider lorsque j'aperçus un panneau indiquant la fin de l'autoroute.

— Euh…, fis-je en désignant le panneau.

Justin me regarda avec un grand sourire.

— C'est maintenant que ça devient intéressant, déclara-t-il – comme si on s'était ennuyés la demi-heure précédente. Tu n'es pas claustrophobe, dis ?

— Je ne crois pas, répondis-je.

Mais de quoi parlait-il ?

— Quels sont tes sentiments par rapport à l'eau ?

— À l'eau ?

Au même moment, l'autoroute se rétrécit pour devenir une route à deux voies. Un autre panneau annonçait que la plage était en face. J'agrippai la poignée au-dessus de la vitre et serrai les dents quand je compris que Justin ne comptait pas ralentir. La voiture décolla du bitume et retomba lourdement sur le sable. Nous fûmes tous les trois projetés en avant. Devant nous, d'immenses vagues s'écrasaient sur la plage, roulaient et tourbillonnaient, menaçantes.

Justin tira sur une poignée sous le volant. La voiture se mit à vibrer. Quelques secondes plus tard, je sentis que nous glissions sur le sable. Je hurlai au moment où la voiture heurta les vagues, craignant le pire, mais la voiture se maintint sur l'eau. Les vagues nous attaquaient avec une telle force que je crus que le pare-brise allait éclater. Le jeune homme bondissait de joie à l'arrière, Justin semblait aux anges – des fossettes creusaient ses joues. Je fermai les yeux. Peut-être qu'il me manquait la testostérone nécessaire pour ce genre d'aventures.

La voiture tanguait et hoquetait comme si nous étions sur un grand huit, mais, malgré le roulis, elle parvint à rester à la surface.

— Comment c'est possible ? demandai-je.

— Attends, répondit Justin.

Pendant qu'il gardait son pied enfoncé sur l'accélérateur, je me retournai. Stupéfaite, je vis deux voitures de police glisser sur le sable. Notre véhicule se trouvait à présent sur des eaux plus calmes, au-delà du ressac. Nous nous dirigions vers le large.

— J'avais entendu dire que les voitures pouvaient aller sur l'eau, dit le jeune homme. Mais je croyais que c'était seulement dans les films.

— Je préfère conduire sur l'océan que sur la route, répondit Justin. Au moins, il n'y a pas de feux.

Les voitures de police étaient loin mais elles nous pourchassaient toujours.

Nous avancions calmement sur l'océan, désormais lisse comme une patinoire. La lune et les étoiles faisaient scintiller l'eau, lui conférant un aspect métallique. Déjà, je ne voyais plus la côte. Ces voitures étaient-elles vraiment faites pour le transport maritime ? Je n'avais pas dit à Justin que je ne savais pas nager.

Une minute plus tard, il retira son pied de l'accélérateur. La voiture ralentit.

— On ne peut pas faire demi-tour, si ? lui demandai-je. On sera attendus sur la plage.

— C'est pas grave, on n'a qu'à aller jusqu'en Asie, répondit-il.

Je m'apprêtais à protester quand une peur bien plus grande m'envahit.

La voiture coulait. Une vague vint gifler ma portière, répandant de l'eau sur la vitre. Prise de panique, je sentis mes poumons se contracter.

Justin posa ses mains sur mes joues.

— Maddie, regarde-moi. C'est normal. Respire.

« Oui, respire », pensai-je. « Respire tant qu'il est encore temps, avant de te noyer. »

— Tout va bien, dit-il.

À ses yeux, je vis qu'il disait la vérité.

— Je sais ce que je fais.

— On coule, haletai-je. On coule et je ne sais pas nager.

— Tu n'as pas besoin de nager. C'est une voiture amphibie.

Le jeune homme, hilare, applaudit de joie. Justin me relâcha et je vis avec stupéfaction la lune et les étoiles disparaître. Rapidement, l'obscurité océanique nous submergea et le silence s'installa. J'attendais que la voiture explose, que les vitres éclatent, que l'air se tarisse. Mais il ne se passa rien. Justin éteignit les phares. Le moteur toussota à plusieurs reprises et Justin m'expliqua que la voiture se mettait en mode sous-marin.

Nous descendions au fond du Pacifique. On n'y voyait rien. L'eau gargouillait autour de nous – j'avais l'impression d'être dans l'estomac d'un géant. J'entendais aussi Justin respirer et le garçon s'installer confortablement sur la banquette arrière. Un bruit de sirène résonna au-dessus de nos têtes et le courant fit ondoyer la voiture légèrement.

Dès que la police nous dépassa, Justin ralluma le moteur et les phares. Une lueur orangée envahit l'habitacle. Je me tournai vers la mer mais ne vis que quelques débris qui tournoyaient autour de la voiture, tels des flocons. C'était à la fois effrayant et fascinant.

— C'est en partie pour ça que je voulais que tu viennes ce soir, me dit Justin. C'est rare qu'on procède à une exfiltration par voie maritime. C'est dommage, d'ailleurs.

Avais-je envie de le gifler ou de le remercier ? Je ne savais pas trop.

Le garçon passa sa tête entre nos deux sièges.

— Depuis quand les voitures peuvent-elles aller sous l'eau ? demanda-t-il.

— Ce n'est pas encore parfait, répondit Justin. On ne peut pas descendre en eau profonde.

Je plaquai ma paume contre la vitre.

— C'est sans danger ?

— Plus ou moins.

— C'est rassurant.

— On ne peut pas plonger trop bas, c'est tout. J'ai essayé une fois et de l'eau est entrée dans la voiture.

Nous avancions tranquillement sous l'eau. Justin accéléra puis s'adossa à son siège comme si tout ceci était parfaitement naturel. Moi, j'étais droite comme un i, mes mains crispées posées sur mes genoux.

— Tu as peur ? me demanda Justin, surpris.

— Peur ? ricanai-je. Je suis au fond de l'océan Pacifique dans un véhicule qui n'est peut-être pas étanche et je ne sais pas nager. Non, je n'ai pas peur du tout.

— Moi, je trouve ça génial, déclara le garçon.

— Il y a un bateau gonflable de secours dans le coffre s'il nous arrive quoi que ce soit, dit Justin.

Je le regardai et levai les yeux au ciel.

— Cela dit, vu notre profondeur, s'il arrivait quoi que ce soit, la voiture exploserait sous la pression. On mourrait sur le coup. Peut-être que ça te remonte le moral ?

— Oui, beaucoup.

— Tu as déjà vu des requins par ici ? interrogea le garçon.

— Non, ils ont pratiquement tous disparu.

Je me tournai néanmoins vers l'océan, où flottaient toujours quelques débris.

— On n'a pas aperçu un requin sur nos côtes depuis presque dix ans, reprit Justin d'une voix triste.

En silence, nous avons contemplé l'eau autour de nous. J'avais vu des documentaires et des photos sur les océans d'avant, quand ils débordaient de créatures marines colorées et féeriques. Quelques petits poissons filèrent devant nous, et leurs yeux curieux étincelèrent à la lumière des phares. Ensuite, j'aperçus le fond marin, recouvert de cailloux, de sable et de détritus. Il y avait très peu de végétation, on aurait dit un désert.

Les roues de la voiture heurtèrent le sol sablonneux. Puis le véhicule se hissa au-dessus du niveau de la mer. Je poussai un soupir de soulagement.

— Mark, je vais te déposer un peu plus loin dans cette rue. Mes amis s'occuperont de toi ensuite.

Il se retourna et sourit à Mark par-dessus son épaule.

— Au fait, dit-il, bienvenue dans le monde réel.

- 11 -

Justin arrêta la voiture devant le garage d'une petite maison de plain-pied. Riley traversa la pelouse et vint à notre rencontre. Il était avec une fille que je ne connaissais pas.

Nous descendîmes de la voiture et Riley serra la main de Mark. J'en profitai pour m'étirer de tout mon long afin de dissiper la tension dans mes épaules. Justin lança les clés à Riley et s'adressa à la jeune fille en souriant.

— Emily, je te le revaudrai, lui dit-il.

Emily lui sourit, ravie par tant d'attention.

— T'inquiète, répondit-elle.

— Comment ça, tu « le lui revaudras » ? demandai-je.

Justin sourit davantage.

— C'était elle qui était chargée de cette exfiltration. Mais elle a accepté de me laisser y aller.

Je regardai la voiture et repensai aux deux heures précédentes.

— Tu veux dire que tu n'étais pas obligé ? Que tu en avais simplement envie ? m'étonnai-je d'un ton pincé.

Justin acquiesça.

— Je n'avais pas fait ça depuis des mois. Et puis, c'est bien de s'entraîner.

— Comment elle s'est comportée sous l'eau ? demanda Riley.

Justin se tourna vers moi.

— Elle a paniqué au début, mais, après, ça allait.

Riley éclata de rire.

— Non, je parlais de la voiture.

Justin fronça les sourcils et pivota vers le véhicule. Je ne pus m'empêcher de sourire.

— Ah, dit-il. Pas mal, mais elle est difficile à manier.

Personnellement, je ne me remettais toujours pas du fait qu'elle avait servi de sous-marin et que je m'étais trouvée à l'intérieur.

— Qu'est-ce qui t'est arrivé ? demanda Justin en désignant du doigt une tache sur mon jean.

Je sentis alors mon mollet tressaillir de douleur. Je remontai mon jean, révélant une grosse entaille qui courait le long de ma jambe. La peau était enflée et maculée de sang séché.

— Une belle blessure de guerre, remarqua Riley. Ça fait mal ?

— Pas trop, dis-je en secouant la tête.

— Ce ne sera plus le cas dans quelques heures, dit Justin. Allez, viens, on va nettoyer ça.

Riley rentra la voiture dans le garage pendant que nous pénétrions dans la maison. L'intérieur semblait avoir été décoré par une femme de 80 ans qui aurait eu une passion pour les fleurs. Les fauteuils et le canapé étaient en tissu à motifs fleuris pastel. Des tableaux représentant des fleurs pendaient aux murs et un immense tapis orné d'un tournesol s'étendait à mes pieds.

Justin attrapa une trousse de secours dans un placard et m'invita à m'asseoir sur le canapé. Il s'accroupit à côté de moi et remonta doucement la jambe de mon pantalon. Observant mon mollet, il siffla.

— Très impressionnant, dit-il.

Je me penchai en avant pour examiner le sang séché qui recouvrait une bonne partie de ma peau. Justin imbiba un morceau de coton de désinfectant. Puis il releva la tête et posa une main sur mon genou.

— Tu risques d'avoir une cicatrice, dit-il.

Je haussai les épaules.

— Il me faut quelques cicatrices. J'ai besoin de m'endurcir.

— Je suis désolé. Je n'avais pas l'intention que tu te fasses mal.

Il me semblait plus inquiet que nécessaire ; c'était une simple entaille, pas une blessure par balle.

— Ça va. Ce n'est pas aussi douloureux que ça en a l'air.

— Ça va piquer, prévint-il.

Je ne saurais dire ce qui me marqua le plus : la brûlure de l'alcool ou le contact de la main de Justin. Je me raidis tout à coup puis contemplai la pièce afin de penser à autre chose.

— Ce n'est pas la planque à laquelle je m'attendais.

— La plupart des maisons que nous utilisons nous sont léguées par des personnes âgées qui partent à la retraite. On ne peut pas faire les difficiles.

— Elle ne s'appelait pas Rose, par hasard ? demandai-je en remarquant les roses peintes au mur.

Justin réfléchit quelques secondes.

— Non, je crois que c'était Marguerite.

J'éclatai de rire et Justin en profita pour répandre de l'alcool sur ma plaie. Une violente sensation de brûlure me traversa et je lançai la jambe en avant. Il m'attrapa la cheville avant de reposer ma jambe par terre. Je vis les muscles de son bras se contracter.

— Pardon, bredouillai-je.

— J'aurais dû te prévenir.

Il plaça ensuite l'embout d'un petit tube sur ma blessure.

— C'est de la colle dermique ? demandai-je.

Ma mère en avait dans l'un des tiroirs de la salle de bains mais je ne m'en étais jamais servie.

— Oui, c'est assez efficace. La colle se dissout dans ta peau pendant que la blessure se referme.

Je le vis avec fascination appuyer de chaque côté de ma coupure et la refermer avec la colle. C'était comme de la magie.

Il sortit ensuite une seringue de la trousse de secours. Avant de la décapsuler, il me regarda.

Je lui fis signe de continuer. Je sentis à peine l'aiguille s'enfoncer dans ma peau.

— Qu'est-ce que c'est ?

— Peut-être la plus belle invention au monde. C'est comme du Doliprane, mais c'est cinq fois plus puissant et l'effet dure plusieurs jours.

Il termina en apposant un pansement sur ma plaie et en enroulant une bande de gaze autour de mon mollet. Ensuite, gentiment, presque tendrement, il rabaissa la jambe de mon pantalon.

— Tu dois faire ça souvent, dis-je.

J'étais plus que consciente du fait que sa main traînait toujours sur ma jambe. Son visage était tout proche du mien. Nous échangeâmes un long regard. Puis il enleva sa main et se redressa.

— Voilà, c'est bon, lança-t-il.

Il me tendit le rouleau de gaze.

— Change le pansement demain matin et essaye de ne pas le mettre sous l'eau pendant quelques jours.

Dans la cuisine, Riley, Mark et Emily consultaient une carte de Washington.

— Il faut que je ramène Maddie chez elle, leur annonça Justin. Est-ce qu'on a un jean en plus dans la maison ? Sa mère risque d'être contrariée si je lui ramène sa fille recouverte de sang.

— Il y a des vêtements dans la chambre du fond, répondit Riley.

Je me levai et grimaçai : ma jambe était engourdie, douloureuse. Justin me lança un regard inquiet. Je le rassurai.

— Les médicaments vont mettre un peu de temps à faire effet, dit-il.

La lumière de la chambre au bout du couloir s'alluma automatiquement quand il entra. Fouillant dans une vieille commode, il en sortit un bas de survêtement noir.

— Ça t'ira ? demanda-t-il.

J'attrapai le survêtement.

— Tant qu'il n'y a pas de fleurs.

Je m'assis sur le lit puis levai les yeux dans sa direction.

— Qui t'a appris à faire tout ça ? lui demandai-je.

Il s'assit à côté de moi, passa la main dans ses cheveux. Je m'efforçai de rester calme. Je n'avais jamais été sur un lit avec un garçon, avant, encore moins avec un garçon que j'avais terriblement envie d'embrasser.

— Personne ne m'a formé. J'ai appris tout seul.

Tout à coup, les choses se mirent en place. Je compris pourquoi Justin avait voulu me rencontrer. Pourquoi il m'avait emmenée avec lui ce soir.

— Ah, je vois. Tu t'occupes des formations.

— Oui.

Je me penchai en arrière et l'étudiai.

— Et tu t'occupes aussi du recrutement.

— Parfois.

— Comment s'appelle le cours ? La Résistance pour les nuls ?

— Très drôle.

Il se pencha en arrière lui aussi, pour être bien en face de moi. Sentant la couverture sous mes doigts, j'eus envie de m'allonger complètement et de l'entraîner avec moi.

— Comment on fait pour être recruté ? demandai-je. Il faut enfreindre la loi ?

— C'est sûr qu'il vaut mieux avoir une tendance rebelle, dit-il en me fixant. Savoir conduire sous l'eau est un plus.

Je regardai rapidement ma jambe. La douleur s'estompait déjà.

— Tu as des conseils à me donner ?

— Sur quoi ? demanda-t-il sans me quitter des yeux.

— Sur comment échapper à la vigilance d'un agent de probation. En théorie.

Il détourna le regard un instant.

— Mon meilleur conseil, c'est de connaître ses forces. On ne peut pas toujours compter sur la technologie pour nous aider. Il faut savoir ce qu'il y a là-dedans (il posa la main sur sa tête), et là-dedans (il plaqua cette fois la main sur son torse). Les gadgets, les voitures, c'est super. Mais d'abord, il faut pouvoir penser par soi-même. C'est d'ailleurs notre force principale : notre indépendance vis-à-vis de la technologie. Regarde ce qui s'est passé ce soir, à Toledo. On éteint l'électricité et les gens sont trop abasourdis pour réagir. C'est à ce moment-là qu'on agit.

— Connaître ses forces, répétai-je à haute voix.

— Les tiennes sont évidentes, continua-t-il, et je haussai les sourcils. Tu es intelligente, c'est ta plus grande qualité. Et tu es une fille, ce qui est aussi un avantage.

— Comment le fait d'être une fille va me permettre d'échapper à la police ? demandai-je, perplexe.

— C'est facile de distraire un homme, dit-il en souriant. Tu es jeune, tu es très jolie – c'est un immense pouvoir, si on sait s'en servir.

Je rougis instantanément. Très jolie ? Avait-il vraiment dit ça ?

Justin bondit du lit, déclara qu'on devait y aller et ferma la porte derrière lui. Je soupirai, étendis mes jambes. J'étais épuisée. Sortant mon téléphone de ma poche, je vis qu'il était presque minuit.

— Et merde, marmonnai-je.

Je laissai un message à ma mère afin de m'excuser et de l'informer que j'étais sur le chemin du retour. Ensuite, j'enlevai mes chaussures et mon jean, étudiant le bandage bien serré sur ma jambe. Je pouvais encore sentir le poids de la main de Justin sur mon mollet.

Vraiment, j'étais pitoyable. Qui peut éprouver ce genre de désir tout en se faisant soigner ? Il s'était simplement montré gentil et responsable, et moi, j'étais ridicule. J'enfilai le survêtement noir puis remis mes chaussettes et mes chaussures. J'ouvris la porte et rejoignis Justin qui m'attendait dans le salon.

Je dis au revoir à Mark, Riley et Emily et suivis Justin dehors, dans la fraîcheur de la nuit. Il déverrouilla les portières d'une voiture de sport bleue. Je m'installai à l'intérieur. Les médicaments faisaient leur effet, je somnolais à moitié.

Je bâillai et posai ma tête sur l'appuie-tête. Le téléphone de Justin sonna.

— Il faut que je réponde, dit-il en glissant un écouteur dans son oreille.

Je fermai les yeux, plus que ravie de me laisser bercer par le son de sa voix. Je m'endormis.

Ensuite, on appela mon nom. J'ouvris les yeux, étonnée de voir ma maison en face de moi. La lumière du porche était allumée. Je bâillai de nouveau et entendis Justin dire à quelqu'un qu'il le rappellerait. Il enleva son oreillette et me regarda.

— Je repars demain, dit-il. Amuse-toi bien lors de ta balade virtuelle le week-end prochain, ajouta-t-il avec un sourire moqueur.

Le souvenir de la proposition de Paul me fit frémir.

— Je pense que je vais devoir annuler.

— Tu n'as qu'à dire que tu t'es foulé l'index, proposa-t-il.

— Oui, ou que j'ai une crampe à la main.

Il sourit. La lumière du porche se refléta dans son regard. Je plantai mes yeux dans les siens, incapable de me détourner. Un silence électrique inonda l'habitacle.

Soudain, il prit un air sérieux.

— La prochaine fois que je serai en ville, est-ce qu'on pourra revoir mes amis ? On voudrait te parler de quelque chose.

J'avais la tête qui tournait mais je ne savais pas si c'était l'effet du médicament ou de notre proximité. J'étais tout près de lui, assez pour l'entendre respirer et pour sentir son odeur.

— Tu sais où me trouver, dis-je.

Il baissa les yeux. Je sortis de la voiture. Il me fallut me concentrer pour parvenir jusqu'à la porte d'entrée. Qu'est-ce qu'il m'arrivait ? J'avais l'étrange impression de flotter, bercée par le doux va-et-vient des vagues.

- 12 -

Je dormis jusqu'à midi le lendemain et me réveillai avec l'impression d'être passée sous un train. Du rock jaillit de mes enceintes murales, me propulsant hors du lit. Dans la salle de bains, j'avalai un antidouleur ; la piqûre que Justin m'avait faite n'était pas à la hauteur de ses promesses. Après m'être habillée, faisant bien attention à mettre un pantalon ample afin que le tissu ne frotte pas contre ma jambe, je descendis en boitant prendre mon petit déjeuner. En entrant dans la cuisine, je sursautai. Mon père me regardait, son visage projeté sur un écran mural. Un instant, je crus voir un fantôme.

— Je me demandais si tu allais te lever, me dit-il.

Ma mère se tenait au milieu de la cuisine. Manifestement, ils étaient en train de se parler.

— Tu m'as fait peur, murmurai-je.

Je contournai ma mère pour me diriger vers la machine à café. Je me versai une tasse, ajoutant du lait et du sucre.

— À Toledo ? demanda ma mère à mon père.

Elle m'indiqua en même temps la barre de céréales et les vitamines posées sur la table.

Je ramassai la barre protéinée. Elle n'avait aucun goût, ce que je n'avais jamais remarqué avant que Justin me le signale.

— Oui, il y a eu une panne de courant, hier soir, dit mon père d'un ton agacé.

Je mordis dans ma barre et tendis l'oreille, étonnée.

— Est-ce que tout va bien ? demandai-je, la bouche pleine.

— Ça n'a duré qu'une vingtaine de minutes, répondit-il avec un sourire mauvais. On pourrait penser qu'avec toute notre technologie on éviterait ce genre d'incident. Mais non.

Je hochai la tête, espérant être convaincante.

— Tu seras absent encore combien de temps ? demandai-je d'une voix que j'espérai neutre.

— Une semaine, je pense.

Il m'adressa ensuite un regard sévère et je remarquai les cernes sous ses yeux. Combien d'heures par semaine dormait-il ? Je voyais bien que son travail était de plus en plus exigeant.

Mes parents discutèrent ensuite d'un déjeuner que ma mère avait promis d'organiser cette semaine pour je ne sais quelle association. Avant qu'ils ne raccrochent, il se tourna vers moi, me fixant de ses yeux identiques aux miens.

— Je t'aime, Maddie, dit-il.

Il terminait toujours nos conversations ainsi. Et je n'y faisais pas tellement attention. Ce n'étaient que des mots, un au revoir standard. Mais à présent l'amour signifiait davantage à mes yeux que ces simples paroles lancées en l'air. Je voulais plus.

— Prends soin de toi, dis-je.

Il hocha la tête et son visage disparut de l'écran. Pourtant, je voyais toujours ses yeux sombres et méfiants. J'étais presque triste pour mon père. Il me semblait que, comme Justin, il s'efforçait de tenir les autres à distance.

*

* *

Je passai le reste de la semaine dans ma chambre à broyer du noir. Je ne supportais plus ma vie normale, je me sentais prise au piège. J'étais revenue dans mon monde réel et numérique, et cela me semblait absurde. Assise à mon ordinateur, j'appuyais sans conviction sur des boutons. J'avais envie d'autre chose.

Mon esprit divaguait. J'étais bien incapable de m'intéresser à mes cours, mes devoirs et toutes les choses pratiques auxquelles j'aurais dû m'atteler. Mon cerveau préférait se concentrer sur des problèmes ridicules. Par exemple, connaître le nombre de filles que Justin avait formées. Des centaines ? Et combien de filles avait-il recrutées avant moi ?

Existait-il un site de fans de Justin Solvi ? Probablement. À cette idée, j'éprouvai un pincement au cœur. Sûrement que chaque fille qu'il rencontrait tombait amoureuse de lui. Mais avait-il dit à ces filles qu'elles étaient très jolies ? Les avait-il invitées à prendre un café ? Avais-je été la seule ? Mon Dieu... Être obsédée par un garçon était vraiment une perte de temps. En plus, au final, il ne me restait que des ongles rongés, des doutes et beaucoup de détresse émotionnelle.

Le samedi soir, une semaine après avoir vu Justin, je m'assis sur la banquette sous la fenêtre de ma chambre et regardai dehors. J'observai les arbres, comme si j'espérais que les réponses à mes questions se trouveraient gravées sur les branches et les feuilles. J'avais passé trop d'heures à penser et je n'avais pas avancé – c'est fou comme on peut vite tourner en rond.

J'entendis frapper à ma porte.

— Maddie ?

— Ouais, marmonnai-je sans me détourner de la fenêtre.

— Je peux entrer ?

Ma mère ouvrit la porte. Je me décalai pour lui faire de la place et elle traversa la chambre, deux livres à la main.

— Tiens, dit-elle en s'asseyant à côté de moi. J'ai pensé que ça te serait utile ce soir.

Je pris les livres et fis courir mon pouce sur la tranche de celui intitulé *Emma*. Je l'ouvris. Tout de suite, l'odeur du papier et de l'encre m'envahit. Je le feuilletai, appréciant la sensation du papier sous mes doigts. C'était le troisième livre de Jane Austen que ma mère m'offrait. J'examinai l'autre livre, petit et fin, intitulé *Le Petit Prince*. Je ne connaissais pas cet auteur français.

— C'était l'un de mes livres préférés quand j'avais ton âge, dit-elle en souriant.

Puis elle laissa échapper un petit rire.

— Tu vas sûrement trouver ça idiot, mais je notais mes lectures dans un carnet quand j'étais au lycée. Chaque année, je faisais la liste de mes dix livres préférés. J'écrivais des critiques aussi. Ce sont ces livres que je te transmets.

Je contemplai ma bibliothèque, une grosse armoire en acajou avec des portes vitrées. Ma mère me donnait dix livres par an et chacun me faisait l'effet d'être familier – un ami qui serait là pour me remonter le moral. Ma bibliothèque était ce que je préférais dans ma chambre. Sa présence m'apaisait.

— Ce n'est pas idiot, c'est ta passion.

Je calai les livres contre ma poitrine et la remerciai. Ensuite, elle fronça les sourcils.

— Qu'est-ce qu'il y a ? demandai-je.

— Ton père t'aime, Maddie. Tu le sais, non ?

Ses paroles me surprirent. Réfléchissant à la question, je me tournai vers la fenêtre.

— Il prétend me faire confiance mais il se méfie de tout ce que je fais.

— Tu es trop jeune pour comprendre. Un jour…

— Maman, l'interrompis-je, tu me dis ça depuis que j'ai 5 ans. Mais j'ai grandi. Regarde-moi. Je suis une adulte. Si je devais affronter le monde demain et vivre seule, je me débrouillerais. Décider à ma place où je peux aller et qui je peux fréquenter, ce n'est pas de l'amour. C'est m'enfermer dans une cage. Ça ne m'aide pas.

Ma mère prit une grande respiration.

— Bientôt, il faudra en effet que je prenne mes propres décisions, continuai-je. Alors j'apprécierais que vous commenciez à desserrer vos griffes.

Elle secoua la tête. Je savais qu'elle pensait que j'exagérais.

— Je parle sérieusement, poursuivis-je. Tu veux que je continue de t'appeler quand j'aurai 35 ans pour te demander si j'ai le droit de voir un film interdit aux moins de 16 ans ? Tu veux que je dépende de toi à ce point ? Parce que c'est ce que veut papa.

Ma mère faisait preuve d'une grande patience à mon égard. Je me lâchais en sa présence, et elle m'écoutait, sans jamais m'interrompre, hausser la voix ou me contredire. Elle était aussi la seule que mon père écoutait, la seule qui pouvait le faire changer d'avis.

— C'est partiellement ma faute, dit-elle. J'essaye de te donner plus de liberté et de convaincre ton père de te laisser rencontrer des gens. Mais certaines personnes n'ont pas une bonne influence sur toi.

Je voyais très bien à qui elle pensait.

— J'ai vu comment tu réagis avec lui. Et ça m'inquiète un peu. Il fait ressortir une autre facette de ta personnalité.

« La meilleure », avais-je envie de dire.

— On est simplement amis. C'est tout.

— Comment ça ? s'étonna-t-elle. Vous ne sortez pas ensemble ?

Je levai les yeux vers le plafond en espérant ne pas devenir écarlate.

— Non. Il ne s'intéresse pas à moi de cette manière.

— Hmm, marmonna-t-elle, songeuse. Ce n'est pas l'impression que j'ai eue.

Je balayai l'air de la main, comme si j'espérais chasser sa remarque.

— Je n'ai pas tellement envie d'en parler. Ce que je veux dire, c'est que si papa m'aimait vraiment, il passerait à autre chose. Ça fait plus de deux ans, bredouillai-je. Il peut me faire confiance.

— La confiance, ça se mérite, me répondit-elle.

— L'amour aussi.

Elle me dévisagea un instant puis hocha la tête et se leva.

Après son départ, j'observai les deux livres posés sur la banquette. Une voiture décéléra dans la rue et mon cœur se mit à battre un peu plus vite, mais le véhicule s'éloigna sans s'arrêter. Je m'effondrai sur mon lit et contemplai le plafond, énumérant toutes les choses que j'aurais aimé changer dans ma vie. J'apprenais à mes dépens qu'il est dans la nature humaine de désirer ce qu'on ne peut pas avoir. Quand on est enfant et qu'on nous dit non, on pique une crise. Quand on est adolescent et que les parents nous disent non, on pique une crise silencieuse. Avec l'âge, on devient plus malin, plus retors. On hoche la tête et on prétend être affecté quand ils nous contrarient, quand ils décident à notre place avec qui on peut être amis, quand ils affirment être mieux placés pour savoir.

Le truc, c'est de ne pas se faire prendre quand on leur désobéit.

À un certain moment, c'est à nous de décider. D'estimer qu'on est le mieux placés pour savoir. Ou alors, pensai-je en souriant, il suffit d'arrêter de leur demander la permission.

*
* *

En montant dans le train pour me rendre à l'entraînement de foot, je trouvai Erin à sa place habituelle près de la fenêtre au fond du compartiment. Je m'assis à côté d'elle, soulagée de voir quelqu'un en chair et en os. J'avais le sentiment que mes sens s'éveillaient de nouveau après quelques jours passés au fond d'une boîte.

— Alors, quoi de neuf ? lui demandai-je.

Elle portait un lecteur de pensées. Elle hocha la tête, les yeux rivés sur sa tablette. Je haussai un sourcil. Quelques secondes s'écoulèrent.

— Comment va la vie ? me demanda-t-elle.

Je la dévisageai avec intérêt. Elle me regardait rarement, ce qui ne m'avait jamais dérangée auparavant. Mais cet après-midi, j'avais envie qu'elle me regarde. J'avais besoin d'être vue, entendue, appréciée. N'était-ce pas la base de l'amitié ?

— Horrible, répondis-je.

Elle ne m'entendit pas.

— Qu'est-ce que tu as fait de beau ? enchaîna-t-elle.

— J'ai vidé le compte en banque de ma grand-mère en jouant au poker, expliquai-je.

Elle haussa un sourcil, hocha la tête de nouveau. J'attendis qu'elle se redresse mais elle était totalement accaparée par son écran. Elle semblait sous hypnose.

Pour la première fois depuis quatre ans que je la connaissais, je me demandai si nous étions vraiment amies.

— Hé, Erin ?

J'espérais croiser son regard ; peine perdue.

— Ouais ? dit-elle.

— Est-ce que tu peux éteindre ça un instant ? demandai-je en désignant son ordinateur.

Elle releva la tête, surprise. Au même moment, une fenêtre colorée apparut sur son écran et elle consulta son message. Je serrai les dents, agacée.

— Tu n'en as pas marre de tout ça ? poursuivis-je tout en m'efforçant de garder un ton aimable.

Erin retira son lecteur de pensée et me regarda comme si elle me voyait pour la première fois.

— Marre de quoi ?

— De toute cette… merde, dis-je en désignant ses mains, ses yeux, ses oreilles, tous branchés à quelque chose, comme si son corps était un être inerte qu'il fallait recharger pour qu'il fonctionne. Tu ne peux pas t'en passer de temps en temps ? Tu as vraiment besoin de les emmener aux entraînements de foot ?

Je n'avais pas eu l'intention de me montrer agressive. Mais je n'étais pas Justin, j'avais du mal à ne pas m'énerver – je savais depuis longtemps que le gène de la patience ne m'avait pas été transmis.

Erin baissa les yeux vers son écran, bouche bée.

— Je te mets au défi de l'éteindre pendant une journée entière, dis-je.

Elle me regarda d'un air perplexe.

— Pourquoi ?

— Pourquoi pas ?

— Je veux être connectée.

— À quoi tu es connectée ?

— À mes amis, mes clubs, ma vie, répondit-elle en fronçant les sourcils.

— Tu penses vraiment que la vie se résume à cet écran ? Si tu le laisses éteint, tu survivras quand même.

— Voyons, Maddie, continua-t-elle, qu'est-ce que tu racontes ? J'ai toujours été comme ça. Et je te ferai remarquer que, jusqu'à récemment, ta tablette était pratiquement greffée à ta main.

Je lui souris. Enfin, j'avais capté son attention. Nous venions d'avoir une vraie conversation, certainement la plus longue que nous ayons jamais eue. J'admirai ses yeux. Je n'avais jamais vu à quel point ils étaient beaux, bleu foncé avec un halo marron au centre. Je n'avais jamais vu ses yeux parce qu'elle me regardait rarement. Je lui fis part de mon observation et elle rougit. Elle referma sa tablette, un sourire gêné sur le visage.

— Maddie, tu es très bizarre, aujourd'hui, me dit-elle, suspicieuse. Avec qui est-ce que tu traînes ?

*
* *

Au retour de l'entraînement de foot, je reçus un message de ma mère. Elle avait rejoint mon père, qui donnait un entretien en ville. Ils seraient de retour dans quelques heures.

J'avais un peu de temps. Et je savais ce que j'avais à faire. Qui je devais voir. Je pris une douche, m'habillai et enfilai ma casquette militaire marron, ma préférée. Dehors, je sentis les rayons du soleil me réchauffer la peau. Je longeai la rue et montai dans un train en direction du café où Justin m'avait emmenée un mois plus tôt. En posant le pied sur le trottoir, j'aperçus Clare qui en sortait.

— Clare ! m'écriai-je, et je courus vers elle.

— Madeline, dit-elle en souriant.

Elle me serra dans ses bras. Ses yeux étincelaient de joie ; elle semblait vraiment contente de me voir.

— Qu'est-ce que tu fais là ?

Je jetai un œil dans le café.

— J'ai besoin de parler à Justin. Tu sais comment je peux le joindre ?

— En fait, je dois aller le voir.

— Il est en ville ? m'étonnai-je.

Quelque chose se dégonfla dans ma poitrine. M'attendais-je vraiment à ce que Justin m'appelle dès qu'il arriverait à Corvallis ? J'eus le sentiment de n'être qu'un nom parmi d'autres sur sa liste de gens à recruter.

— Viens avec moi, proposa-t-elle. Je suis sûre qu'il veut te voir.

Ils étaient tous chez Scott, dont l'appartement se situait dans un immeuble grisâtre à un pâté de maisons de là. Avant même que j'aie pu dire non, Clare enroula son bras autour du mien et m'entraîna avec elle. En haut des marches menant à l'entrée vitrée du bâtiment, elle appuya sur le nom de Scott sur l'interphone.

— Je vois que tu es venue accompagnée, dit-il d'un ton neutre, et il ouvrit la porte.

— Je n'aurais pas dû venir, murmurai-je tandis que nous empruntions l'escalier jusqu'au deuxième étage.

— Scott ne sait pas se comporter avec les autres, répondit Clare en secouant la tête. Ne le laisse pas t'intimider.

Devant l'appartement 28, Clare frappa à la porte et une voix nous dit d'entrer. Nous pénétrâmes dans un grand salon. La voix de Scott résonna sur les murs nus.

— Eh bien, quand on parle du loup...

Il était assis à côté de Molly au milieu de la pièce. Je compris immédiatement à son air moqueur qu'il ne voulait pas de moi ici. J'avais vu juste. Je sentis les poils à l'arrière de ma nuque se hérisser. Observant l'appartement, je constatai qu'il était vide à l'exception d'un canapé délabré et de quelques chaises pliantes. Jake, Riley et Pat, assis dans un coin, me saluèrent en me voyant. Il régnait ici un silence assourdissant.

Clare me présenta aux deux autres personnes : Spencer et son père, Ray. Je les avais déjà rencontrés au café et me contentai de hocher la tête. Toute l'énergie était concentrée vers le fond de la pièce, où se tenait Justin. Il m'observait, adossé au mur, les bras croisés. La visière de sa casquette cachait en partie ses yeux. Il avait l'air aussi ravi de me voir que Scott.

— Où est-ce que tu l'as trouvée ? demanda Scott à Clare.

Clare s'assit et lui adressa un regard noir.

— Elle était au café, alors je l'ai invitée à venir. Où est le problème ?

Un silence lui répondit, qui s'étira trop longtemps. Je me tenais près de la porte ; j'envisageais de partir quand Scott reprit la parole.

— Autant que tu te joignes à nous, me dit-il.

— Et si on s'occupait de ça plus tard ? intervint Justin. Je ne lui ai pas encore parlé.

— C'est une grande fille, elle comprendra.

Scott se tourna vers moi et je croisai son regard.

— Comprendre quoi ?

— Voyons, Madeline, ne me dis pas que tu ne sais pas pourquoi tu es là.

— Je pense que vous envisagez de me recruter, si c'est à ça que tu fais allusion, répondis-je.

Scott hocha lentement la tête.

— Tu pourrais nous être très utile.

— Utile ? répétai-je en fronçant les sourcils. Comment ça ?

— Tu as accès à un réseau qu'on rêverait de posséder, expliqua-t-il d'un ton à la fois mauvais et impressionné.

— De quoi tu parles ? demandai-je, inquiète.

Scott poussa un soupir exaspéré et se tourna vers Justin.

— Tu ne lui as vraiment rien dit ? lança-t-il, agacé. Mais qu'est-ce que vous avez fichu pendant tout ce temps ?

Justin lui retourna son regard chargé de mépris.

— Madeline, c'est vraiment très simple, reprit Scott en observant Justin du coin de l'œil. On cherche à te contacter depuis des années.

— Des années ?

— Depuis Portland. Tu as donné à des militants les fichiers de ton père indiquant l'emplacement des émetteurs radio. Il n'y a que cinq personnes dans ce pays qui ont accès à ce genre d'informations.

Une douleur m'enserra la poitrine. Je suffoquais, à la fois fâchée et mal à l'aise de me trouver ainsi au pied du mur. Pour autant, ce n'était pas la peine de nier. C'était même presque un soulagement d'entendre la vérité.

— Comment vous avez su ? demandai-je.

Scott se leva et se mit à arpenter la pièce.

— Ça n'a pas été facile. Tu avais quoi… 15 ans à l'époque. Et tu as fabriqué suffisamment de fausses pistes pour que les médias cessent de s'intéresser à l'affaire. Alors on n'a jamais su officiellement qui avait organisé la fuite. Je dois admettre que c'était très ingénieux.

— Si ça avait été vraiment ingénieux, je ne me serais pas fait prendre, rétorquai-je.

Je ne tenais pas à ce qu'on me complimente pour la

plus grosse erreur de ma vie, que je continuais de payer si cher.

— Peut-être, mais ça n'a pas dû être facile à accomplir. Quoi qu'il en soit, tu as su rester anonyme.

— Mon père est une célébrité, dis-je d'une voix calme. Si je veux être tranquille, je dois me créer des identités différentes.

— Ou peut-être que tu ne veux pas être associée à lui, à ce qu'il représente.

Je plissai les yeux.

— Peut-être.

— Te retrouver a été un vrai défi, reprit-il. Avant d'être rattrapée par les autorités, tu appartenais à plusieurs groupes anti-EN. Et puis, tout à coup, tu as disparu.

— Forcément. Mon père a bloqué ces sites sur mon ordinateur. Il a failli aller en prison à cause de moi, ajoutai-je. Il aurait été poursuivi pour trahison.

— Oh, soupira Scott d'un ton sarcastique. C'est vrai que ce serait dommage que ton père aille en prison.

Je serrai les poings pour éviter de me jeter sur lui.

— Justin était chargé de te retrouver, continua-t-il. Il y a deux mois, on a enfin pu pister ton activité en ligne. On s'est alors rendu compte que le pirate faisait partie de la famille de Freeman.

Il ricana et me regarda d'un air dédaigneux.

— Comment dit-on, déjà ? L'ironie du sort…

— Où est-ce que tu veux en venir ?

Il marqua un temps.

— Après enquête, nos recherches se sont portées sur ton frère aîné. Une fille aurait été tout aussi capable de voler ces données, mais comme ton frère est ingénieur en informatique, c'était plus logique. Sauf qu'il vivait déjà à L.A., ce qui nous a rendus perplexes. Alors Justin s'est débrouillé pour te rencontrer.

— Eh bien, je te félicite d'avoir résolu l'affaire. Et si tu me disais ce que tu veux ?

Mon attitude le fit sourire mais son regard restait hostile.

— On a besoin d'informations qui se trouvent dans l'ordinateur principal de ton père. Justin pensait qu'avec un peu de persuasion on finirait par te convaincre de nous aider.

— Qu'est-ce qui vous fait croire que je peux obtenir ces informations ?

— Tu y es parvenue une fois. Tu peux y parvenir de nouveau. Si c'est pour la bonne cause.

Tandis que j'écoutais Scott, les dernières pièces du puzzle s'étaient enfin emboîtées. Justin n'avait pas eu l'intention de me former. Il se servait de moi pour se rapprocher de mon père. Ils savaient que j'avais aidé un autre groupe de militants et ils pensaient que je le referais. Et pourquoi auraient-ils pensé le contraire ? Ils n'avaient pas à en subir les conséquences, eux ! Et s'ils comptaient détruire l'École numérique, ils avaient procédé habilement. J'étais en effet la personne idéale pour accomplir leur sale boulot. J'étais la clé de leur projet.

— Donc, si je comprends bien, vous visiez mon père à travers moi.

Je refusais de regarder Justin mais je sentais qu'il m'observait. Il était toujours adossé au mur, le corps raide. Je comprenais tout à présent. Justin n'avait pas de temps à perdre. Pour qu'il s'investisse autant auprès d'une seule personne, il fallait que ce soit très important. Qu'il ait une raison monumentale. J'étais une sorte d'investissement. Et dire que j'avais cru qu'enfin quelqu'un s'intéressait à moi, que ces gens étaient des amis, de vrais amis. Un frisson me parcourut l'échine.

— Si on entend vraiment mener une opposition digne de ce nom à l'École numérique, reprit Scott, il nous faut accéder au réseau de ton père. Il nous faut des noms, des fichiers, des contacts. Lui seul peut atteindre les membres, les élèves et les profs de l'École numérique. Ce serait bien d'obtenir cette liste.

Je le foudroyai du regard. C'était cette même liste à laquelle j'avais accédé quand j'avais 15 ans. Depuis, j'étais sous le coup d'une mise à l'épreuve.

Personne ne parlait – pas un bruit, pas un mouvement. Comme s'ils attendaient tous le verdict, assis au bord de leur chaise.

— On veut que tu te joignes à nous, que tu rejoignes une cause à laquelle tu crois, dit Scott. C'est nous, les gentils, et tu le sais. On veut que les gens aient le choix et on ne va pas baisser les bras. Jamais. Mais ce sera plus facile si tu nous aides.

— Maddie, on a besoin de toi, enchaîna Justin.

Sa voix était froide, déterminée. Je grimaçai.

— On a accompli beaucoup de choses mais on est dans une impasse. Tu es le catalyseur qui nous permettrait de repartir.

— Oui, je sais, dis-je, plissant les yeux. Je ne suis qu'un investissement.

Après les attentats, ma famille s'était divisée à cause de moi. Je savais que le prix à payer était trop élevé.

Je croisai les bras.

— Mon père m'oblige encore à passer au détecteur de mensonges, expliquai-je à Scott. Maintenant, ce n'est plus que toutes les six semaines. Avant, c'était tous les jours, pour que je me sente bien coupable. Pour que je ne m'associe plus jamais à ce genre d'opération. J'ai dû aller voir un psy pendant un an. Si je commets une deuxième erreur, c'est terminé. Je serai arrêtée. Me demander de comploter dans le dos de mon père, c'est me demander de choisir entre vous et ma famille. Je ne peux pas.

— Mais ils t'ont pardonné, Maddie, intervint Clare. Ils ne peuvent pas t'en vouloir à jamais. Ce sera peut-être difficile au début, mais ils te pardonneront de nouveau. Peut-être même qu'ils te remercieront, un jour.

— Ça m'étonnerait qu'ils me remercient de les avoir trahis, rétorquai-je, furieuse. Ça m'étonnerait que mon père me remercie d'avoir aidé à détruire le projet de sa vie.

Je secouai la tête fermement.

— Je ne peux pas. Je vous soutiens. Je crois à votre

combat, c'est vrai. Mais vous me demandez de détruire ma famille, et c'est impossible.

Scott agita les mains dans un geste d'impatience.

— Alors tu ne sers à rien.

— Je ne sers à rien ?

— On a des milliers de soutiens. Mais on est dans une impasse. La seule façon d'en sortir, c'est d'obtenir les fichiers de ton père. C'est la seule raison pour laquelle Justin a perdu autant de temps. Tu ne penses pas qu'il a autre chose à faire que de discuter avec toi ? Cette mission nous occupe jour et nuit. On n'a pas le temps d'avoir des amis. On est dévoués à notre cause. Alors, soit tu es totalement avec nous, soit tu t'en vas.

— Eh bien, je n'alimenterai pas le suspense très longtemps. Je m'en vais.

Sans tarder, je sortis et claquai violemment la porte derrière moi. J'avais les yeux qui brûlaient. Descendre les marches en pleurant à moitié était compliqué mais je pris mon temps. Alors que je trébuchais sur le trottoir, j'entendis une voix derrière moi, une voix que j'aimais et détestais en même temps.

— Maddie ?!

Je l'ignorai et accélérai l'allure, il me rattrapa.

— Maddie, attends une minute.

— Justin, tu as un train de retard, criai-je par-dessus mon épaule.

Il m'attrapa le bras et tenta de me faire pivoter, mais je me défis de son emprise et poursuivis en direction de la gare.

— Écoute, j'avais l'intention de tout t'expliquer.

— Vraiment ? Et qu'est-ce que tu comptais me dire ? ripostai-je – ma voix tremblait d'humiliation et de colère.

— Je ne savais pas comment aborder le sujet, poursuivit-il. Je voulais que tu me fasses confiance, et ça prend du temps. Est-ce que tu pourrais au moins me regarder ?

Il me saisit de nouveau le bras et me força à me retourner.

— Je suis désolé, dit-il.

— Tu n'es qu'un sale connard ! hurlai-je.

Il baissa les bras. Une lueur amusée traversa son regard, ce qui me mit hors de moi.

— Tu te servais de moi depuis le début. Et tu oses quand même me demander de trahir les seules personnes sur cette planète qui m'aiment vraiment ?

— Attends, je…

— Et ensuite, enchaînai-je, quand j'aurai accepté de te remettre ces fichues listes, ce qui au passage me vaudra certainement d'être rejetée par ma famille et arrêtée, qu'est-ce que tu feras, hein ? Tu me remercieras avec une bonne tape dans le dos ? Tu m'offriras le trophée de la rebelle de l'année que je pourrai accrocher sur un mur de ma cellule ? Je suis peut-être débile, mais ça ne me fait pas du tout envie.

Je pris une grande respiration. Il fallait que je me calme. D'une certaine façon, j'étais soulagée d'avoir enfin appris la vérité. Peut-être que je cesserais d'avoir bêtement des sentiments pour lui. Au moins, je savais maintenant pourquoi il s'était intéressé à moi. Pour quelle autre raison un type aussi incroyable que Justin me consacrerait-il du temps ?

Je continuai mon chemin. Il me suivit. Je sentais son regard dans mon dos.

— Je ne me servais pas de toi, dit-il.

— Laisse-moi tranquille, lançai-je, mais il me rattrapa de nouveau.

— Tu peux m'écouter, oui ? Scott ne sait pas ce que je ressens.

— Pourquoi est-ce que tu n'as pas été honnête avec moi dès le début, à ce cours de soutien ? Je te signale que c'est toi qui as affirmé qu'il faut toujours dire ce qu'on a sur le cœur.

Il esquissa un sourire amusé.

— Si tu veux savoir la vérité, le soir où je t'ai rencontrée, j'étais intimidé.

— Intimidé ? répétai-je en me tournant vers lui.

Justin fixa l'horizon, cherchant un moyen de s'expliquer.

— J'avais fait des recherches sur ton exploit. Mes parents parlaient de toi comme si tu étais une sorte de martyre, ajouta-t-il d'un air admiratif. On peut dire que tu es une source d'inspiration.

Je l'observai, sidérée. Jamais je n'avais imaginé avoir inspiré des gens. Ni même qu'il y en ait qui me soutenaient. Je n'avais pris en compte que les effets négatifs.

— On suit ton activité en ligne depuis des années. Et comme l'a dit Scott, tu es restée bien cachée.

— Tu m'espionnais ?

— On devait s'assurer que tu étais encore… – il chercha le mot adéquat – influençable. Et on ne savait pas à quoi tu ressemblais physiquement. On a mis près de trois ans à te retrouver. On y a consacré une bonne partie de nos ressources. Et tu as raison, j'aurais dû être honnête avec toi dès le début, mais…

Il s'interrompit. Une expression surgit sur son visage que je n'avais jamais vue. Il me parut presque embarrassé. Nerveux. Il se frotta les mains sur les cuisses.

— Tu m'as déstabilisé, dit-il enfin.

— C'est-à-dire ? demandai-je, perplexe.

Il soupira. Ses épaules s'affaissèrent et les derniers remparts de sa résistance tombèrent.

— Le soir où on s'est rencontrés… je cherchais un garçon. Je pensais que tu étais ton frère.

Je ne pus m'empêcher de sourire. Était-ce si délirant d'admettre qu'une fille pouvait être aussi rebelle qu'un garçon ? Qu'elle pouvait être aussi douée en informatique qu'un garçon ? Justin observa ses pieds.

— Quand je me suis rendu compte de mon erreur…

Il bafouillait, manquait tout à coup d'assurance. Frustré, il leva les bras, posa ses mains sur sa casquette. Puis il me regarda de nouveau et je me sentis fébrile.

— Je n'ai pas l'habitude de fréquenter des filles, alors ça m'a troublé. Je ne savais pas comment agir avec toi. Et ça n'aide pas que tu sois…

Il s'interrompit une nouvelle fois, je lui souris.

— Quoi ?

Il haussa un sourcil.

— Tu es plus qu'agréable à regarder, Madeline. Au cas où tu ne le saurais pas.

Mon visage devint écarlate et je me détournai. Incroyable ! Justin Solvi me trouvait attirante. Cela dit, on était loin du béguin que je ressentais pour lui. Je me remis à marcher et il m'accompagna jusqu'à la gare.

— Je ne comprends toujours pas pourquoi tu n'as pas mentionné Portland plus tôt.

— Je l'ai mentionné, me rappela-t-il. Je t'ai parlé des attentats. De mes parents. J'ai répondu à toutes tes questions sur mon passé. Et pourtant je ne parle jamais de ma famille. Ma vie privée ne regarde personne. Mais je pensais que si j'étais honnête avec toi, tu te confierais. Je ne voulais pas te forcer. C'est pour ça que j'ai attendu.

Une navette express passa devant nous, soulevant un nuage de poussière.

— J'ai du mal à croire que tu étais stressé lors de notre rencontre, dis-je en souriant. Tu as toujours l'air si détendu, si confiant.

— C'est une façade. J'y travaille depuis des années, dit-il. Mais toi aussi, tu es difficile à cerner.

Je haussai les épaules.

— C'est une façade. J'y travaille depuis des années.

— Tu sais, toi et moi, on n'est pas si différents, me dit-il en souriant. Nos histoires se ressemblent : opposition à l'École numérique, identité secrète, famille dysfonctionnelle.

— Toi, tu sauves des gens tous les jours, répondis-je. Moi, j'ai piraté l'ordinateur de mon père parce que j'étais jeune et naïve. Nous sommes très différents.

— Ne minimise pas ce que tu as accompli. Moi, j'aide les gens, un par un. Ce que je fais, c'est super, mais c'est de la rigolade à côté de ce dont tu es capable. Je peux construire un igloo. Toi, tu peux déclencher une réaction en chaîne.

— Je ne suis plus la même personne, déclarai-je en fermant les yeux. À l'époque, j'étais perdue et idiote.

— C'est de ça que t'ont persuadée les psys ? Ton père ?

— J'ai grandi. J'ai appris des choses à mes dépens. Je ne suis plus cette fille-là.

— Vraiment ? demanda-t-il en s'avançant vers moi. Alors pourquoi est-ce que tu as accepté de me rencontrer ? Peu de gens l'auraient fait. Pourquoi est-ce que tu as jeté le mouchard posé par ton père sur un train en partance pour le Canada ? Pourquoi est-ce que tu t'es trouvée mal au gala de l'Éducation nationale ? Tu es bien cette fille, Maddie. Simplement, tu te laisses convaincre du contraire.

En le regardant, j'eus la chair de poule. Parfois, parler à Justin, c'était comme être face à un miroir.

— Peut-être que tu as raison. Mais je refuse de blesser mes parents une deuxième fois. Ça n'en vaut pas la peine. Et je sais de quoi je parle.

— On ne te demande pas de faire un choix entre eux et nous, dit-il doucement.

— Mais si, objectai-je.

Un train s'arrêta en gare. Je soupirai. J'étais épuisée.

— J'imagine que toutes tes journées ressemblent à celle-ci, mais moi, je suis à bout. Est-ce que tu peux me laisser le temps d'y réfléchir ?

Ses traits se durcirent mais il acquiesça. Je montai dans le train. Je n'avais pas besoin de regarder par la fenêtre pour savoir qu'il était toujours là, à m'observer. Je m'obligeai à regarder devant moi et laissai ensuite le train me conduire vers un endroit sûr, connu, un endroit où j'étais maîtresse de la situation, où je pouvais mettre de la distance entre moi et les autres et où personne ne pouvait me rappeler qui j'étais parce que personne ne me connaissait. Parfois, c'était à ce genre de vie anonyme que j'aspirais.

14 juin 2060

J'ai discuté en ligne avec Justin l'autre soir. J'ai imprimé notre conversation parce que ses mots me manquent. Ils me rappellent celle que j'ai envie d'être. Ou celle que j'ai toujours été. J'aime bien l'idée de les garder auprès de moi.

BaleyF : Nos discussions me manquent.

MustangV-8 : Alors discutons.

BaleyF : Je peux te poser une question ?

MustangV-8 : Ce que tu veux.

BaleyF : Pourquoi tu détestes à ce point les ordinateurs ?

MustangV-8 : Je ne les déteste pas. Ils ont leurs avantages. Mais la technologie peut être comme une drogue si on ne fait pas attention. Au bout d'un moment, on devient accro. On devient à ce point dépendant des ordinateurs qu'on ne peut plus s'en passer.

BaleyF : Qu'est-ce qui nous différencie des ordinateurs ?

MustangV-8 : Plein de choses, heureusement.

BaleyF : Comme ?

MustangV-8 : Nos cerveaux.

BaleyF : Les ordinateurs ont des cerveaux, en quelque sorte.

MustangV-8 : Mais ils n'ont pas de conscience. Contrai-

rement à nous, ils ne peuvent pas éprouver de la culpabilité, du remords, du regret, de la sympathie.

BaleyF : Les ordinateurs pensent. Ils trouvent des solutions à de nombreux problèmes.

MustangV-8 : Mais est-ce qu'ils ont des émotions ? Peuvent-ils avoir honte, se sentir frustrés, heureux ?

BaleyF : Non.

MustangV-8 : C'est notre conscience qui nous différencie. Qui nous rend humains. Qui fait de nous des artistes, des créateurs, des destructeurs. Surtout des destructeurs…

BaleyF : Tu penses que tes parents sont des créateurs ?

MustangV-8 : Oui, parfois.

BaleyF : Alors tu dois penser que mon père est un destructeur.

MustangV-8 : C'est plus compliqué que ça. Il a lui aussi une mission à accomplir. Mais peut-être qu'on peut le faire changer d'avis ?

BaleyF : Ou peut-être pas. Les gens sont coincés. Ils n'évoluent pas.

MustangV-8 : Pourquoi tu dis ça ?

BaleyF : Comment peux-tu lutter contre la réalité de ce monde ?

MustangV-8 : On veut nous faire croire que tout est figé, mais c'est faux. Rien n'est permanent. La vie, c'est ce qu'on en fait. Elle évolue. Tu vois les choses de façon négative. Autant tout laisser tomber.

BaleyF : La plupart des gens ont envie d'être guidés. C'est tellement plus simple de suivre un chemin tout tracé plutôt que de s'en frayer un tout seul.

MustangV-8 : C'est à cette idée qu'il faut résister. La vie doit être un risque. Ce n'est pas une ligne droite dont on pourrait voir le début et la fin. C'est sinueux, plein de creux, de bosses, de montées, de descentes, et on ne sait jamais ce qui nous attend au prochain tournant. Eh oui, ça fait peur. Mais c'est tout l'intérêt.

BaleyF : Je sais, mais tout est trop chamboulé dans ma vie en ce moment. J'ai besoin d'un peu de temps pour m'habituer à voir la vie autrement.

Mustang V-8 : OK. Mais parfois, plus on est perdu, plus on y voit clair.

- 13 -

Quelques semaines s'écoulèrent. J'étouffais d'ennui et passais mes journées dans ma chambre, à me sentir coincée. Oppressée. Je repris contact avec des personnes que j'avais négligées mais notre amitié me paraissait fausse, absurde, comme tenter de faire passer une carte postale pour la réalité. Je passai des heures à chercher d'autres Justin et d'autres Clare, étudiant différents profils dans les moindres détails. J'avais entendu dire qu'on rencontre toujours les mêmes personnes, mais ce n'était pas vrai. Je n'avais jamais rencontré des gens comme eux. La plupart veulent vous convaincre que ce que vous désirez est hors d'atteinte ; quelques-uns vous hissent sur leurs épaules pour que vous puissiez y parvenir. J'étais sûre d'une chose : je préférais fréquenter ces gens-là.

Je traînais sur mes sites de rencontre habituels et allais au cinéma avec des amis, mais je ne pouvais plus faire semblant. Je n'allais pas au cinéma, je restais assise derrière mon ordinateur pendant qu'on me travestissait la réalité ! Les quelques fois où je tchatai en ligne, j'eus envie de plonger ma main dans l'écran afin de toucher mon interlocuteur. Cette vie stérile ne me convenait plus.

Mes amis étaient devenus des panneaux publicitaires d'eux-mêmes, obligés de faire leur autopromo à coups de couleurs, de clips, de typos pour attirer l'attention. Comment on en était arrivés là ? Pouvait-on se définir aussi facilement ? Avant, je pensais que oui. À présent, je comprenais que ces amitiés numériques n'avaient aucune profondeur. On ne se connaissait pas, on ne pouvait guère parler de choses sérieuses ou intimes. On passait notre temps à donner une fausse image de nous-mêmes, en fonction des modes. Le seul changement consistait à se demander qui il fallait imiter. On n'avait pas le temps de se forger une opinion, alors on empruntait.

Et j'avais été prête à accepter que l'existence n'aurait rien à m'offrir de plus. Mais maintenant que j'avais rencontré Justin, j'étais perdue. Mes certitudes, mes objectifs, mes envies… tout était parti à la poubelle.

Mon téléphone sonna. Quand je vis s'afficher le nom, mon cœur se mit à battre plus vite.

— Salut, dit Clare.

— Qu'est-ce que tu fais ? lui demandai-je.

— Des recherches pour une dissertation sur l'énergie géothermique, répondit-elle. Je m'éclate.

— Oui, on dirait.

— Je crois que j'ai besoin d'une pause, déclara-t-elle.

— Et si on faisait un truc ?

Clare éclata de rire. Son rire était léger, contagieux. Je souris.

— Est-ce que tu trépignes autant d'impatience que moi ? demanda-t-elle.

— On pourrait aller écouter de la musique ? Ou aller à ce club dans Westside ?

— J'allais justement te le proposer. Retrouve-moi à l'arrêt entre Hamersley et la Cinquième.

J'éteignis mon téléphone et bondis, comme si la porte de ma cage venait tout à coup de s'ouvrir. J'observai mon jean ample et mon t-shirt. Des vêtements confortables, rassurants, mais qui ne reflétaient pas mon humeur actuelle. Je fouillai dans mon placard jusqu'à trouver une petite jupe noire – l'étiquette était encore dessus. Je sortis un débardeur bleu moulant que je n'avais jamais mis non plus et découvris une paire de talons oubliés tout au fond. Une couche de poussière s'était déposée dessus ; certainement que ma mère me les avait offerts dans l'espoir que j'aie un jour une allure féminine. Je m'habillai et m'observai dans le miroir. Mes yeux se posèrent immédiatement sur la cicatrice le long de mon mollet. Je repensai avec émotion à cette soirée, à la sensation des mains de Justin sur ma peau.

Avant de perdre ne serait-ce qu'une minute de plus en rêveries inutiles, j'allai dans la salle de bains. Quitte à sortir le grand jeu, autant essayer d'être coiffée. J'ouvris un tiroir sous le lavabo et trouvai du gel lissant, que j'appliquai sur mes cheveux. L'effet était exactement celui désiré. Mes longs cheveux brillaient et retombaient en cascade sur mes épaules. Je mis du gloss rouge sur mes lèvres, du fard à paupières sombre. J'étais encore loin de pouvoir faire la couverture d'un magazine, mais ça irait. À présent, il fallait surtout que j'évite mon père.

Ma mère regardait la télé dans le salon. Elle m'aperçut et me dévisagea des pieds à la tête pendant un long moment.

— Maddie ? C'est vraiment toi ?

Je lui souris.

— Tu as mis des talons, constata-t-elle en se penchant pour les examiner. J'ai dû te les acheter il y a un an, au moins.

Ensuite, elle plissa le front.

— Est-ce que tu as de la fièvre ?

— Est-ce que je peux sortir avec Clare ?

— C'est qui, Clare ?

— Une amie.

Ma mère haussa les sourcils.

— Tu t'es habillée comme ça uniquement pour retrouver une amie ?

— On va dans un club, répondis-je, puis je jetai un coup d'œil inquiet dans le couloir. Où est papa ?

— Il est au téléphone.

Nos regards se croisèrent.

— Tu y vas seulement avec Clare, n'est-ce pas ? demanda-t-elle.

Je hochai la tête. C'était la vérité, mais ma mère ne semblait pas convaincue.

— Alors, oui, tu peux y aller, mais reviens dans quelques heures.

*
* *

Vingt minutes plus tard, notre train entra en gare de Westside. Dans la boîte de nuit pleine à craquer, il faisait chaud et moite et le bruit était assourdissant. Un groupe s'attablait dans un coin et une foule de spectateurs commençait à s'amasser devant la scène. Clare et moi nous sommes installées dans un box tout juste libéré. Elle m'attrapa les deux mains puis se pencha vers moi.

— Je voulais que tu saches que je suis vraiment désolée pour la façon dont s'est conduit Scott.

— T'inquiète. Tu ne pouvais pas savoir qu'il allait me sauter dessus.

— Scott a toujours besoin d'en rajouter dans le sarcasme et le mépris. Il n'a pas pensé une seconde que ce n'était peut-être pas la meilleure tactique à adopter.

Je partis d'un rire léger.

— Peut-être que j'aurais dû te le dire dès le départ, poursuivit-elle.

— Justin aurait dû me dire la vérité, corrigeai-je. Mais je crois comprendre pourquoi il ne l'a pas fait.

J'observai la clientèle, surtout des jeunes de notre âge. Le groupe réglait le son.

— Bref, reprit-elle, sache que ça m'est bien égal que

tu te joignes à nous ou pas. J'ai quand même envie qu'on soit amies.

— Qu'est-ce qui te fait croire que je vais refuser ?

— Mais, s'étonna-t-elle, je croyais que tu avais pris ta décision chez Scott ?

Je lui adressai un sourire malicieux.

— Je déteste qu'on me force la main.

— Tu envisages de nous aider ? dit-elle, et son regard s'illumina.

— Honnêtement, dis-je en haussant les épaules, je ne sais pas. Mais si Justin a attendu presque trois ans pour me poser la question, il peut attendre encore un peu pour la réponse. Il faut juste que je trouve un moyen de vous être utile sans trahir mon père.

Clare me sourit. Puis, tout à coup, un jeune homme se glissa à côté d'elle sur la banquette. Ses épais cheveux châtains lui descendaient dans le cou. Des yeux bleus, identiques à ceux de Clare, se posèrent sur moi.

— Voici mon frère, m'expliqua-t-elle. Il se débrouille toujours pour interrompre mes conversations.

— Noah, dit-il en me tendant la main.

— Salut, répondis-je en lui serrant la main. Moi, c'est Madeline.

Les doigts de Noah étaient rêches, abîmés.

— Il fait partie du groupe, expliqua Clare.

— Je crois qu'on ne s'est jamais vus, déclara Noah.

— Elle a grandi à un kilomètre de la maison, lui dit Clare. C'est fou, non ?

— Et on ne s'est jamais rencontrés ? s'étonna-t-il.

— Je suis une victime de l'EN.

— Ah, je comprends ! dit Noah en regardant sa sœur d'un air amusé. Et tu viens à peine d'être sauvée par les combattants de la liberté.

J'éclatai de rire et Clare leva les yeux au ciel. Noah me regarda en souriant. Ça faisait du bien de rire de nouveau.

— Il faut bien que l'un de nous se batte pour la bonne cause, lui rappela Clare.

— Et il faut bien que l'un de nous écrive des chansons sur le sujet, fit remarquer Noah.

— Noah n'est pas aussi déterminé que certains à changer le monde.

— Non, mais je suis ravi que vous vous en chargiez. Quand ma petite sœur aura sauvé le genre humain de son terrible destin, je lui paierai une bière et je jouerai à la fête.

Je ris encore. Clare soupira.

— Content de t'avoir rencontrée, dit-il, et il partit en direction du bar.

— Il est sympa, dis-je.

— Oui, c'est ce que pensent toutes les filles.

Devant la scène, des spectateurs – surtout des spectatrices – continuaient d'affluer.

Noah revint à notre table avec deux verres.

— C'est moi qui invite, lança-t-il. (Puis il adressa un clin d'œil à sa sœur.) C'est la boisson préférée de Clare !

Et il alla rejoindre ses musiciens en riant.

Je contemplai les boissons roses pétillantes.

— Qu'est-ce que c'est ?

— Une nouvelle boisson énergétique, dit-elle avec une grimace. Franchement, c'est puissant comme de la drogue, mais personne ne s'en est encore aperçu.

J'en pris une gorgée. La quantité excessive de sucre me monta directement à la tête.

— C'est immonde !

— Je sais. Noah en consomme à longueur de journée. Il les a commandées pour m'agacer. Eh oui, c'est ça les grands frères.

À cet instant, le groupe se mit à jouer. La chanteuse avait une voix chaleureuse et suave, le genre de voix qui donne envie de se lover dans les bras de quelqu'un. Clare et moi écoutâmes la musique pendant quelques minutes. Noah jouait de la basse et ses cheveux lui tombaient sur le visage, pour le plus grand bonheur de la moitié des filles de la salle. Leur musique ressemblait à une sorte de rock-reggae.

— Dis-moi, est-ce que Scott est le chef de votre organisation ?

— C'est ce qu'il croit, répondit Clare. Il est très doué en informatique et il a piraté plus de systèmes de sécurité que n'importe qui d'autre. On peut dire qu'il est le cerveau. Mais à mon sens, le chef, c'est Justin. C'est lui que les autres respectent le plus. Il évite les ordinateurs, il est plus au contact des gens. Il a besoin d'être sur le terrain pour avoir le sentiment de jouer un rôle.

— Je crois que Molly ne m'apprécie pas beaucoup, constatai-je.

— Molly n'aime personne. C'est une extraterrestre. Elle a 18 ans, déjà un master de psychologie et elle s'est lancée dans des études de médecine.

J'ouvris la bouche, stupéfaite.

— Personnellement, je n'aimerais pas être aussi intelligente, continua Clare. Parfois, plus tu en sais, plus c'est difficile de profiter de la vie. Elle perd de sa magie. Et si Molly ne te parle pas, c'est sûrement parce qu'elle est en train de t'analyser. C'est son passe-temps préféré. En général, elle ne se trompe pas. Elle sait « lire » les gens, ce qui est très utile vu le nombre d'hypocrites qui viennent nous soutenir.

— Et toi, quelle est ta place ?

Clare avala une gorgée et frémit.

— C'est une bonne question. J'ai grandi avec ces gens, j'ai déjà la chance de les connaître. Justin aime bien que je l'accompagne quand il rencontre d'éventuelles nouvelles recrues, il paraît que je les mets à l'aise. D'après lui, ma force c'est ma capacité à communiquer. Et si un jour on y parvient, j'aimerais participer à la création de véritables écoles.

— Et les autres ?

— Riley est un dieu de l'électronique. Il peut tout réparer – voitures, ordinateurs. Je l'ai même vu réparer une navette en panne. Pendant son temps libre, il pilote des avions.

— Oh, dis-je, impressionnée.

— C'est fou, on dirait que ces types ont tous un superpouvoir. Pat est comme Justin. En plus pragmatique. Il n'a peur de rien. C'est un excellent coursier.

Quand il avait 16 ans, il a établi un record absolu d'exfiltrations en une année.

— Comment ça se fait que je ne vous aie pas trouvés quand j'avais 15 ans ? Et crois-moi, j'ai cherché.

— Tu ne pouvais pas nous trouver, répondit Clare en souriant. On est indétectables.

— Comment ça ?

— C'est simple. On n'existe pas.

Je la fixai, attendant qu'elle poursuive.

— On n'a pas de nom, on n'a pas de site. Si on attirait l'attention sur nous un tant soit peu, on se ferait tous arrêter en moins de deux. On est reliés à des gens partout dans le pays mais on sait rester invisibles. Les autorités ne peuvent pas retrouver des activistes qui n'existent pas.

— Alors comment vous faites pour obtenir des soutiens ?

— On approche ceux dont on sait qu'ils nous sont favorables. C'est nous qui allons vers les autres, et pas le contraire. C'est plus sûr. Et on ne garde aucune trace numérique de nos activités.

Elle parlait d'un air sérieux, ce qui était assez rare pour que je lui accorde toute mon attention.

— L'essentiel de notre activité repose sur une confiance mutuelle. Je ne vois Justin que de temps en temps. Il nous tient au courant de ce qui se passe ailleurs. De ce qui est prévu. On est là les uns pour les autres, c'est ce qui compte. C'est un système qui fonctionne et qui ne nous a pas encore déçus.

Clare but et se mit à tousser ; je proposai d'aller lui

chercher de l'eau. En me dirigeant vers le bar, je remarquai, pour la première fois de ma vie, que des hommes m'observaient. Certains regards s'attardèrent même, ce qui me mit mal à l'aise.

Je demandai deux verres d'eau et, en attendant, me tournai vers les couples qui dansaient et parcourus sa salle du regard. Je tombai sur un visage familier. Mon cœur palpita.

Justin était assis dans un coin et discutait avec Spencer et Ray. Il me vit et hocha la tête. Tout de suite je sentis l'énergie dans la pièce se modifier, comme si on avait baissé les lumières. Il portait un t-shirt à manches courtes qui soulignaient ses bras musclés. Comme d'habitude, il avait les cheveux en bataille, hirsutes, brillants, parfaits. Bien sûr, il fallait que je le croise le soir où je décidais d'avoir l'air nonchalamment belle, alors même que j'essayais de l'oublier.

Je détournai le regard, attrapai les deux verres et rejoignis Clare d'un pas rapide.

— Qu'est-ce qu'il y a ? me demanda-t-elle en percevant mon trouble.

— Justin est là.

— Oui, je sais. Oh ! poursuivit-elle, les yeux écarquillés, tu n'étais pas au courant.

— Non, répondis-je, baissant la tête.

— Je croyais que tu savais qu'il était en ville. Il était déjà là quand on est arrivées. Je pensais que tu l'avais vu.

— Non, dis-je, je ne l'avais pas vu.

— Ne t'en fais pas. Il ne viendra pas nous voir. Il sent bien qu'il ne serait pas le bienvenu.

— Je sais, repris-je en me rongeant nerveusement les ongles. C'est juste qu'il est tellement…

— Présent ?

— Envahissant, soupirai-je.

Je pris une grande gorgée d'eau et attendis que mon cœur se calme. Quand les musiciens firent une pause, Noah vint s'asseoir avec nous. Il tombait vraiment à pic ; il nous raconta des histoires sur ses tournées. Sa présence ne me troublait pas, comme celle de Justin, ce qui me convenait. Au bout de vingt minutes, Noah retourna jouer. Le groupe entama un morceau rapide et Clare m'entraîna sur la piste de danse. Un jeune homme de mon âge sautilla jusqu'à nous avec un de ses amis. Il était plus grand que moi et portait une chemise bleue de la couleur de ses yeux.

— Mike, dit-il en guise de présentation.

— Madeline, répondis-je.

Des gouttes de sueur perlaient sur son front. Il avait les cheveux noirs et ondulés et l'air un peu coincé avec sa chemine boutonnée jusqu'en haut, rentrée dans son pantalon kaki.

— C'est ton petit ami ? demanda-t-il en désignant Noah.

Je ris et secouai la tête.

— Non, je viens juste de le rencontrer.

— Ah, c'est bon à savoir.

Mike dansa près de moi, et son ami, qui s'appelait Chris, s'approcha de Clare.

Quelques chansons plus tard, j'étais en nage et informai Mike que j'allais me chercher à boire. Il me suivit jusqu'au bar. J'avalai un verre d'eau pendant que Mike descendait une téquila. Il m'en proposa une mais son haleine alcoolisée suffit à me retourner l'estomac.

— Non, merci, répondis-je.

Mike but un autre verre et me parla ensuite de son métier de comptable. Il bafouillait et avait le visage couperosé. Quand il avança la main et tripota une mèche de mes cheveux, je me levai.

— Je vais retrouver Clare, dis-je.

Il me suivit à nouveau – à croire que je le tenais en laisse. Je soupirai. Comment allais-je faire pour me débarrasser de lui ? Il savait que j'étais célibataire et je ne voyais pas trop où me cacher. Au milieu de la piste de danse, je cherchai Clare des yeux et la trouvai attablée avec Chris. Ils discutaient. Mike me tendit la main, haussa les sourcils. Je lui offris ma main à contrecœur et il en profita pour me tirer vers lui et pour enrouler ses bras autour de ma taille. Je lui résistai.

— J'ai besoin d'espace ! hurlai-je par-dessus la musique.

Je lui souris pour ne pas paraître trop désagréable. Danser à côté de Mike ne me dérangeait pas trop. Dans ses bras, si.

Il fronça les sourcils.

— Il fait très chaud, expliquai-je.

« Et en plus, tu pues l'alcool », avais-je envie d'ajouter.

Mike recula d'un pas mais garda ses mains sur ma taille.

— Alors comme ça, je t'offre un verre et tu ne veux même pas danser avec moi ?

— Je n'ai pas accepté ton verre, répliquai-je. Et de toute manière, ça ne te donne pas le droit de me tripoter.

— Je ne te tripote pas. On danse, c'est tout.

Il m'enserra de nouveau, plaquant une main dans mon dos et approchant son visage du mien.

Je lui lançai un regard méprisant, qu'il ignora. Au loin, je voyais Clare qui discutait avec Chris. « Super, pensai-je, elle en a pour des heures. » Mike fit courir sa main sur ma taille et je la retirai tout en serrant le poing, prête à le frapper. Visiblement, ce type refusait de comprendre.

Soudain, je sentis une présence à côté de moi. Mike leva les yeux, vit Justin et se figea.

— Je crois qu'elle a été très claire, intervint Justin en fixant Mike de ses yeux sombres et intransigeants.

Mike desserra son emprise.

— Je vais me permettre de vous interrompre, continua Justin.

— Et si on la laissait décider ? riposta Mike, la voix légèrement tremblante.

En moins d'une seconde, je me débarrassai des bras gluants de Mike. Il ricana puis s'éloigna dans la foule et disparut. Alors que la foule applaudissait le groupe, je jetai un regard à Justin. Il observait les musiciens et je vis de la colère dans ses yeux. Il était tendu.

Le groupe entama un nouveau morceau, plus lent. Des couples se formèrent autour de nous. La chanteuse, de sa voix grave, entama le premier couplet d'une chanson que je reconnus : *Entends mon cri, s'il te plaît, et laisse filer ta flèche.* Je me tournai vers Justin, un immense sourire sur le visage. Comme il savait très bien dans quoi il avait mis les pieds, j'attendis qu'il fasse le premier pas. Il me regarda. Je n'avais pas l'intention de céder, et il en était conscient.

Il poussa un soupir de défaite, s'approcha de moi et glissa un bras autour de ma taille. Ensuite, il hésita. Une ride sur son front me conseillait de ne pas crier victoire. Il posa son autre main sur la mienne et nos doigts s'entremêlèrent.

Il fit un pas en avant. Je plongeai dans son regard. Je n'avais jamais vu ses yeux de si près. Ils étaient si sombres que la lumière de la salle s'y reflétait.

La musique envahit l'espace autour de nous. *Ramène ton arc et laisse filer ta flèche.* J'appuyai légèrement sur sa main. À croire que c'était la première et la dernière fois qu'on se touchait et que je cherchais à mémoriser la sensation de sa peau sur la mienne. Me déplacer était compliqué, mon corps était parcouru de mille décharges électriques. Mon plus grand rêve devenait réalité – sauf que mon partenaire semblait assez peu enthousiaste.

Justin refusait de croiser mon regard. Il regardait derrière moi ou bien en direction du groupe. Il se tenait droit, la tête haute, peut-être pour montrer aux autres que nous n'étions qu'amis, que tout ça était totalement platonique. De mon côté, je m'évertuais à réduire la distance entre nous.

Puisqu'il cherchait tant à m'éviter, je me risquai à admirer chacun de ses traits. La lumière qui se reflétait dans son regard. Ses lèvres, si douces. Ses cheveux hérissés qui me donnaient envie d'y passer la main. Ma respiration s'accéléra. J'avais envie de Justin, je n'avais jamais ressenti une pareille envie. Et si je ne pouvais pas le lui dire, peut-être que je pouvais le lui montrer.

Il descendit sa main dans le creux de mon dos. À chacun de ses gestes subtils, mon cœur répondait en bondissant. Il gardait son visage éloigné du mien en dépit de la proximité de nos corps.

— Tu ne peux pas t'empêcher de t'attirer des ennuis, remarqua-t-il.

— On devrait avoir des cartons pour ce genre de situation : « Merci, mais je ne suis pas intéressée. »

Sa lèvre inférieure frémit légèrement.

— Tu aurais pu aussi te montrer honnête.

Il observa un instant nos mains jointes. Puis, enfin, il me regarda et je vis qu'il n'avait pas l'intention de baisser la garde.

— Je ne m'attendais pas à te voir ici, dis-je.

— C'est si terrible ? me demanda-t-il. Je croyais qu'on était amis.

— Je croyais que tu ne pouvais pas être mon ami, lui rappelai-je.

— Peut-être que j'avais tort, dit-il, et sa main descendit un peu plus bas encore. Alors, on fait la paix ?

Je me tus – je comptais lui répondre autrement. Je

fis un pas en avant et me collai à lui. Peut-être que la musique me rendait téméraire ou peut-être que j'avais simplement décidé d'exprimer mes sentiments pour Justin. Il réagit exactement comme prévu : il sursauta, se raidit et s'éloigna de moi le plus possible.

— Merci de m'avoir débarrassée de ce type, dis-je, tout en penchant la tête vers le creux de sa nuque.

Je cherchais à être sexy, ce que je n'avais jamais tenté de ma vie. Comment savoir si ça marchait ?

— J'essayais seulement de t'aider, Maddie, répondit-il d'une voix neutre.

— Je m'apprêtais à le gifler, expliquai-je en souriant.

Il plissa le front. Était-ce à cause de mon commentaire ? De notre proximité ? Les deux ?

— J'ai suivi des cours d'autodéfense, ajoutai-je.

— En ligne ? se moqua-t-il. (Il haussa un sourcil, ce qui le rendit encore plus sexy.) Tu sais, dans la vraie vie, tu ne t'en tireras pas en appuyant sur un bouton.

Plutôt que de débattre avec lui, je dégageai ma main de la sienne et ramenai mes bras sur ses épaules, tout près de sa nuque. Il cessa de respirer.

J'inclinai la tête sur le côté.

— Ça te dérange ? lui demandai-je d'un ton innocent.

Je refusais de le quitter des yeux. D'un seul regard, mon père obtenait des autres ce qu'il voulait. Peut-être que je pouvais faire pareil ?

Je glissai mes doigts dans ses cheveux. Il plissa les yeux. Il savait très bien où je voulais en venir.

— Ce n'est pas toi qui m'as parlé des dizaines de terminaisons nerveuses que j'ai au bout des doigts ? Je ne fais que suivre tes conseils.

Nos visages étaient tout près. Il me regarda d'un air contrarié mais cette fois il ne se détourna pas. Puis il me surprit en posant ses yeux sur mes lèvres. Un instant, je crus qu'il allait m'embrasser. Je sentais son cœur qui battait dans sa poitrine ; je savais qu'il pouvait sentir le mien. Il fit courir une main le long de mon bras, jusqu'à mon épaule. D'un geste hésitant, il passa ensuite sa main dans mes cheveux, sur mon menton, me frôla la joue. Mon cœur battait si fort que je crus qu'il allait exploser. Mes genoux se mirent à trembler.

Des milliards de pensées défilèrent dans ses yeux. Il me dévisageait lentement, comme s'il ne s'était jamais autorisé à bien me regarder. Comme s'il mémorisait mes traits.

Soudain, la chanson se termina. Il ôta sa main de ma taille, se redressa. Retirant mes bras avec réticence, je fis glisser mes mains sur son torse vibrant de chaleur. Il eut un mouvement de recul. Les danseurs autour de nous applaudissaient le groupe mais ils me semblaient si loin... Justin fit un pas en arrière. Des questions tournaient en boucle dans ma tête. « Est-ce que tu m'apprécies ne serait-ce qu'un peu ? Est-ce que tu me détestes ? Est-ce que tu laisseras un jour quelqu'un t'approcher ? »

Le rythme de la musique s'accéléra et les couples se dispersèrent.

Il passa une main dans ses cheveux. Il avait les joues rouges.

— En fait, je n'aime pas danser, dit-il.

Je l'observai. Au milieu de toute cette agitation frénétique, je n'entendais que mon cœur qui hurlait, je ne voyais que ses yeux qui accrochaient la lumière.

— À un de ces jours, me dit-il rapidement. Et essaye d'éviter les ennuis.

Je le regardai s'éloigner. Une violente douleur me foudroya quand il disparut derrière la porte, emportant avec lui toute la beauté du monde.

– 14 –

Je m'attendais à trouver la maison plongée dans le noir et fus surprise de voir que les lumières au rez-de-chaussée étaient allumées. Baley m'accueillit à la porte. Je perçus des voix au salon, tendis l'oreille. Un mauvais pressentiment m'envahit et je frémis. Alors que je refermais la porte, mon père m'interpella.

Son ton me donna la chair de poule. Je me rendis dans le salon et m'arrêtai sur le seuil. Damon et Paul Thompson étaient là et discutaient avec mes parents. Ils se turent en me voyant. Tous les écrans muraux de la maison étaient éteints, le silence me parut pesant. Même ma mère semblait inquiète.

La situation se présentait mal.

— Où étais-tu ? me demanda mon père.

Il était assis à côté de ma mère sur le canapé.

— Je suis sortie avec Clare, répondis-je d'une voix posée.

— Je ne t'ai pas demandé avec qui tu étais, je t'ai demandé où, insista-t-il.

J'observai le visage de chacun, essayant de deviner ce que j'avais pu faire de mal ce soir. Quitter la maison ne constituait pas une violation de ma mise à l'épreuve. Je pris une grande respiration.

— Noah, le frère de Clare, joue dans un groupe et on est allées le voir, expliquai-je. C'était dans un club, dans Westside. Je ne crois pas qu'il ait un nom.

— Noah et Clare Powell ? Ce sont eux les amis de ta fille ? demanda Damon à mon père.

— Je crois que j'ai l'âge de choisir mes amis, Damon, fis-je remarquer. Je n'ai pas besoin d'une baby-sitter.

Mon père se leva.

— Ne parle pas sur ce ton, dit-il. Dans cette maison, tu dois te montrer respectueuse.

— Tu veux dire soumise ? rétorquai-je.

— Quand tu seras indépendante, tu pourras choisir tes amis, dit-il.

— Papa, je suis presque majeure. Tu crois que je vais me réveiller le matin de mes 18 ans et prendre tout à coup les bonnes décisions ?

— Vu tes antécédents, c'est sûr que non.

— Madeline, on se soucie de ton bien-être, c'est tout, intervint Paul.

— Eh bien, ce n'est pas la peine, répliquai-je. Je vais bien. Je suis d'ailleurs bien plus heureuse que je l'ai jamais été. Je rencontre des gens avec qui j'ai envie de passer du temps. Vous n'avez pas besoin de vous inquiéter pour moi.

— Madeline, m'interrompit mon père, Damon est passé ce soir afin que nous discutions de la suite te concernant.

— La suite ? répétai-je.

— Apparemment, cette mise à l'épreuve n'a pas été assez contraignante, poursuivit mon père en hochant la tête. (Il marqua un temps, me regarda.) Nous n'avons pas d'autre option.

— Maddie, ils t'envoient dans un centre de détention, annonça ma mère. Dans l'Iowa.

— Dans l'Iowa ?

— Tu y apprendras l'obéissance, renchérit mon père. Ce que ta mère et moi n'avons pas réussi à t'inculquer.

Je regardai ma mère. Elle écoutait mon père d'un air détaché et semblait sonnée.

— Est-ce que vous allez me dire ce que j'ai fait de mal ? demandai-je. Cette histoire est absurde.

Mon père devint livide.

— Ce qui est absurde, c'est que ma fille fait n'importe quoi depuis qu'elle a rencontré un certain Justin Solvi.

— Papa…

— En l'aidant à secourir un jeune homme à Toledo, tu as violé les termes de ta liberté conditionnelle. Un jeune homme qui, par ailleurs, avait lui aussi enfreint la loi. Sa place était dans un centre de détention. Les gens doivent payer pour leurs erreurs.

Sous le choc, je regardai mon père.

— Je ne pensais pas à mal.

— Les tests ADN sont un très bon moyen de résoudre ce genre d'énigmes, Maddie. Soit dit en passant, je suis content de savoir que ta jambe a bien cicatrisé.

Un nœud se forma dans ma gorge.

— La police nous a contactés aujourd'hui. Ta mère a reconnu que Justin était passé te chercher dans la même voiture que celle dans laquelle vous êtes montés tous les trois, alors que tu venais de te blesser sur un tuyau d'évacuation et que la police vous pourchassait. Les preuves sont là.

Je me tournai vers ma mère. Elle refusa de croiser mon regard.

— Je suis désolée, maman, dis-je d'une voix tremblante. Je n'avais pas l'intention de mentir. Mais je vous jure que je n'ai aidé personne.

— Pour ce qui me concerne, dit Damon, fréquenter Justin Solvi et ses amis suffit à te mériter le centre de détention. Tu n'aurais jamais dû te mêler à ces gens. Ce sont tous des opposants à l'EN. Tu sais qui sont les parents de Justin ?

Je suppliai ma mère du regard pour qu'elle intervienne. Pour qu'elle me croie, me soutienne.

— La discussion est close, déclara mon père. Damon et Paul vont te conduire à l'aéroport.

— Je ne peux même pas me défendre ? demandai-je à mes parents.

— Ne t'ai-je pas interdit de voir ce jeune homme ? me demanda mon père.

Je hochai la tête.

— Ne t'ai-je pas dit qu'il n'exerçait pas une bonne

influence sur toi ? continua-t-il, et je hochai de nouveau la tête.

— N'as-tu pas pris place dans cette voiture à Toledo ?

Je baissai les yeux.

— Maddie, je ne peux pas te sortir de là cette fois-ci, dit mon père. Je ne veux pas attirer l'attention sur notre famille. Tu savais depuis le début que s'il y avait le moindre signe que tu t'opposais même de loin à l'EN, tu irais en centre de détention. Il faut que tu apprennes à subir les conséquences de tes actes.

— Si tu coopères, tu seras relâchée dans six mois, ajouta Damon.

— Six mois ! Maman ?

— Maddie, on ne peut rien faire, dit-elle en m'entraînant à l'écart. Si les médias découvrent que tu étais impliquée dans l'affaire de Toledo et que tu n'as pas reçu la peine adéquate, ton père pourrait perdre son travail. Cette fois-ci, on est dans une impasse. Tu t'es mise toute seule dans cette situation.

Je fondis en larmes. Elle se pencha, attrapa une de mes paires de baskets dans le placard de l'entrée et me serra bien fort dans ses bras.

— Au cas où tu aurais besoin de courir, me souffla-t-elle alors à l'oreille.

Perplexe, je clignai des yeux puis pris les baskets et les enfilai. Ensuite Damon m'agrippa le bras si violemment que je sentais déjà un hématome poindre sous ma peau.

Ma mère me tendit mon sac après en avoir retiré mon téléphone et ma tablette numérique.

Je me tournai vers mon père et l'observai comme on observe un puzzle qui nous résiste depuis des années et qu'on ne peut finir. Je ne vis même pas vraiment mon père. Je vis un homme qui m'était en tous points étranger. Il me rendit mon regard ; ses yeux étaient éteints, absents.

Le téléphone de Damon sonna. Il répondit et hocha la tête.

— La voiture vient d'arriver. Allons-y.

— Tu as demandé une voiture banalisée ? s'étonna mon père après avoir jeté un regard par la fenêtre.

— On ne veut pas attirer l'attention, précisa Damon.

Mon père m'observa un instant d'un air inquiet.

— Comment ça ? demanda-t-il.

— On a eu pas mal de soucis ces derniers temps avec des exfiltrations, expliqua Damon d'un ton hésitant. Les voitures de police sont trop faciles à repérer. Mieux vaut recourir à des véhicules banalisés.

Une voiture noire avec écrit « Navette aéroport de Corvallis » sur les portières était garée dans notre allée. Mon père semblait sceptique et Damon posa une main sur son épaule.

— Ne t'inquiète pas, Kevin. Paul et moi, nous n'aurons aucun mal à accompagner ta fille à l'aéroport. De toute façon, je ne pense pas qu'elle soit devenue experte en évasion.

Paul gloussa et je le fusillai du regard.

Damon m'entraîna dehors et m'ouvrit la portière

arrière de la voiture. Je m'installai sur la banquette, à côté de Paul. Regardant par la vitre, je vis ma mère sous le porche. Elle essayait de rester calme, d'être forte pour moi. Mais je voyais bien dans ses yeux qu'elle était effondrée. Je me tournai ensuite vers mon père. L'espace d'un instant, il me parut aussi anéanti que ma mère. Mais peut-être l'avais-je imaginé, parce que la seconde d'après il affichait son éternel air sévère et méfiant. Je préférais ça à ce que j'avais cru voir. J'avais eu l'impression qu'il pleurait la mort de quelqu'un et je craignais que ce ne soit en effet le cas.

Le chauffeur démarra. Alors que nous partions, je rassemblai mes pensées. Qu'est-ce que m'avait recommandé Justin ? De bien analyser la situation. D'évaluer mes forces. Je fermai les yeux, m'efforçant de réfléchir. Je n'avais pas le temps de pleurer.

La voiture accéléra dans la rue. J'examinai la portière. Je ne vis aucune poignée ; la voiture était-elle une prison avant l'heure ? J'estimais avoir environ vingt minutes avant notre arrivée à l'aéroport.

« Madeline, réfléchis. »

J'étudiai Paul. Il regardait droit devant lui, le menton relevé, le dos raide, les poings serrés, comme s'il était déjà officier de police. Il jouait au dur, mais je le connaissais trop bien pour me laisser berner. Quand on était petits, il passait son temps à râler. Il se plaignait au moindre bobo, il piquait des crises à la moindre contrariété.

Ce qui me donna une idée.

Le chauffeur tourna brusquement ; les pneus de la voiture crissèrent.

Je posai ma main sur mon cœur.

— Je suis malade en voiture, murmurai-je à Paul.

La voiture tourna de nouveau. Je plaquai une main sur la vitre, gardant l'autre sur ma poitrine. Je fis semblant de me concentrer sur ma respiration. Paul me regarda d'un air inquiet.

— Ça va aller, dit-il.

— Est-ce qu'il peut ralentir un peu ? Je crois que je vais vomir.

Paul écarquilla les yeux – se souvenait-il de la même chose que moi ? Il hésita, se tourna vers le chauffeur, puis revint vers moi. La voiture serpentait entre deux voies, dépassant une navette express et un train rapide. Je grognai.

— Est-ce qu'on pourrait au moins baisser la vitre ? suppliai-je tandis que le chauffeur zigzaguait toujours entre les voitures.

Il manqua de percuter une navette et fit une violente embardée sur la gauche.

— Oh là là, marmonnai-je.

Je me mis à tousser. Ensuite, je penchai la tête entre mes jambes.

— Papa ! s'écria Paul.

Damon jura de dégoût puis baissa ma vitre à moitié.

Je relevai lentement la tête et respirai une grande bouffée d'air frais. J'observai ensuite la fenêtre ; l'ouverture n'était pas assez grande pour que je passe à travers – et encore fallait-il que la voiture ralentisse.

Je pouvais essayer de briser la vitre, mais si elle était blindée, je n'y parviendrais pas. Je penchai de nouveau la tête en avant et enfonçai un doigt dans ma gorge jusqu'à ce qu'un reflux de bile acide m'envahisse la bouche. Je toussai. Si je vomissais, peut-être que le chauffeur s'arrêterait sur le bas-côté.

Paul s'éloigna de moi le plus possible.

— Hé, garez-vous. Elle est vraiment malade.

— On ne se gare pas, rétorqua Damon. Elle vomira sur tes genoux s'il le faut.

Je gémis en comprenant que mon plan était en train d'échouer. Alors que je me résignais, le chauffeur intervint :

— Peut-être que vous, ça ne vous dérange pas qu'elle vomisse dans la voiture, mais ce n'est pas vous qui allez devoir nettoyer.

Il engagea la voiture sur une aire d'autoroute tandis que Damon l'insultait copieusement.

— Papa, elle va simplement aux toilettes, dit Paul.

Je me relevai trop vite et eus le tournis pour de bon. La voiture s'arrêta. Damon se tourna vers moi, le visage tendu.

— Tu as deux minutes, dit-il.

Il demanda au chauffeur de déverrouiller la voiture et obligea Paul à m'accompagner. Je sortis de la voiture en titubant puis me dirigeai vers les toilettes pendant que Paul parlementait avec son père. Une fois à l'intérieur, je me précipitai vers un panneau indiquant une sortie à l'arrière du bâtiment. Je franchis les portes battantes en métal au moment où quelqu'un m'interpellait et la nuit fraîche et sombre m'accueillit à bras ouverts. J'avais seulement besoin de quelques secondes d'avance. D'un endroit où me cacher, où patienter jusqu'au matin avant de retrouver Justin. Je pouvais y arriver.

Je remerciai en silence ma mère de m'avoir donné mes baskets. Jamais je n'aurais pu m'enfuir en talons.

J'entendis les portes grincer derrière moi. Paul cria mon nom. Il n'était pas loin et je me mis à courir plus vite.

— Maddie, ça ne sert à rien, s'écria-t-il. Tu ne fais qu'aggraver ton cas !

J'accélérai encore, heureuse de sentir mes pieds rebondir sur le ciment. Je traversai un jardin parsemé d'arbres dans l'espoir de disparaître derrière l'un d'eux puis m'adossai à une maison le temps de reprendre ma respiration et de réfléchir à la suite. Soudain, une alarme retentit. Les lumières à l'extérieur s'allumèrent, inondant la pelouse, et je m'écartai du mur.

Je piquai un sprint dans la direction opposée à la maison et franchis un autre jardin qui disposait aussi de détecteurs de mouvements. Des lumières au sol s'allumèrent et une autre sirène déchira la nuit. Sans paniquer, je poursuivis mon chemin, déclenchant toutes les alarmes de la rue. Pour une évasion discrète, c'était raté. Au bout du chemin se trouvait un parc. Alors que je déclenchais une autre sirène, Paul m'attrapa le bras et me tira violemment vers lui. Je tombai et tentai de lui donner un coup de pied.

Il saisit mes poignets et m'immobilisa.

— Ce n'est pas la peine de me résister, dit-il en s'asseyant sur moi, son visage tout près du mien.

Je m'apprêtais à riposter quand une voix grave et tonitruante résonna au-dessus de nous.

— Mais qu'est-ce qui se passe ici ? demanda un homme.

La seconde d'après, il agrippait Paul. Je me redressai et observai l'homme d'âge moyen, grand et costaud, qui avait immobilisé Paul en lui coinçant les bras dans le dos. Son fils, de même corpulence, se tenait à côté de lui. Ils me regardèrent, remarquèrent mes cheveux ébouriffés et mon t-shirt qui me remontait sur le ventre. Je tirai dessus.

— Il… Il m'a plaquée au sol, expliquai-je, ce qui n'était pas complètement faux.

Paul tenta de se débattre mais l'homme le maintenait fermement.

— Je suis policier, déclara Paul en agitant les bras.

Le fils éclata de rire.

— Policier ? Ouais, très drôle. T'as quel âge ? 16 ans ?

— Mon père s'appelle Damon Thompson. Je travaille pour lui.

— Je me moque de savoir qui est ton père. Visiblement, il ne t'a pas appris les bonnes manières.

Paul se libéra des mains du père, mais le fils le rattrapa aussitôt et le poussa si brusquement qu'il bascula sur le dos. Il retomba lourdement par terre puis chercha à se relever. Peine perdue, le père l'avait de nouveau agrippé.

Percevant un bruit de moteur au loin, je repartis en courant et traversai la rue en direction du parc. J'avisai des arbustes et des bancs mais rien de suffisamment imposant pour que je puisse me cacher derrière. Je poursuivis mon chemin et, alors que je dépassais une rangée d'arbres, quelqu'un jaillit de derrière un tronc et me saisit par la taille. Je poussai un cri et fus soulevée de terre. Quand une main se posa sur ma bouche, je me débattis, filai un coup de pied bien placé à mon agresseur et lui mordis le doigt.

Un grognement agacé me répondit. J'agitai les jambes tandis que l'homme m'entraînait vers une voiture de sport argentée.

— Bon sang, j'essaye de t'aider, me dit-il.

J'eus beau me tortiller dans tous les sens, il ne me lâcha pas. Enfin, il me reposa par terre.

— Je refuse de monter dans cette voiture, déclarai-je.

J'étudiai l'inconnu. Il était trapu, jeune et portait un sweat à capuche noir. Il m'adressa un regard furieux tout en tentant de calmer la douleur dans son doigt mordu.

— Je travaille avec Justin. Maintenant, monte dans cette voiture avant que je ne t'y force.

J'hésitai. Pouvais-je vraiment lui faire confiance ?

— Il va falloir que tu m'y forces, répliquai-je.

Sans attendre, il m'attrapa, ouvrit la portière, me jeta à l'intérieur et me claqua la porte au nez.

Il vint s'asseoir au volant et démarra.

— J'avoue que je n'ai jamais procédé à une exfiltration aussi musclée.

Il glissa un écouteur dans son oreille et se mit à marmonner, si vite que je ne compris rien. Il tourna dans une rue, où un véhicule de police aux gyrophares bleu et rouge roulant vers nous à toute vitesse manqua nous percuter. Jurant, le jeune homme monta sur le trottoir et traversa quelques espaces verts avant de revenir sur la route. Malgré les soubresauts, je regardai derrière moi et vis que la voiture de police pilait et faisait demi-tour afin de nous pourchasser. Le jeune homme prit ensuite un virage serré et ma tête alla percuter la vitre.

— Mets ta ceinture ! hurla-t-il.

Il parla dans son oreillette de nouveau et tourna encore une fois. Quelqu'un devait le guider à distance. La voiture de police nous suivait toujours. Les mains tremblantes, j'attrapai la sangle mais la voiture accéléra, m'écrasant contre le siège. Enfin, je parvins à mettre ma ceinture. Le compteur de la voiture monta jusqu'à 130 km/h – des panneaux limitant la vitesse à 45 km/h défilaient sur le bas-côté. Mon cœur avait depuis longtemps cessé de battre.

Je posai une main sur mon front et sentis un filet de sang chaud et gluant. Le jeune homme avisa ensuite une entrée d'autoroute et s'y dirigea à toute allure. La voiture dérapa. Malgré ma ceinture, je basculai vers la portière et mon poignet tapa contre la vitre. Je poussai un cri.

— Désolé, bredouilla-t-il.

Derrière nous, les gyrophares s'éloignaient.

Alors que nous prenions encore de la vitesse, il pesta. « Sérieux ? » bredouilla-t-il. Il contourna l'entrée de l'autoroute et prit une ruelle à peine assez large pour un véhicule. À deux reprises, la voiture racla contre les murs en béton des immeubles, tout en rebondissant sur des cartons et des détritus qui jonchaient le sol. Une poubelle en caoutchouc vola dans les airs et éparpilla son contenu un peu partout avant de heurter lourdement un mur.

Le chauffeur freina brusquement au bout de la ruelle et partit en direction d'une zone industrielle. Les pneus grinçaient chaque fois qu'il évitait un obstacle. Il longea l'arrière d'un entrepôt, au niveau de la zone de chargement des marchandises, et continua jusqu'à une voie ferrée, qu'il franchit avant d'arriver sur une route de terre. La voiture soulevait tellement de poussière qu'on n'y voyait presque rien, mais j'entendais le bruit des trains – que je ne voyais pas, ce qui m'angoissait. Ballottée dans tous les sens, j'avais l'impression que mon cerveau cognait contre les parois de mon crâne. Nous avons roulé sur cette route de terre pendant des kilomètres, camouflés par un nuage de poussière.

Quand je crus que mon corps ne supporterait plus le moindre cahot, la voiture tourna, repassa au-dessus de la voie ferrée, traversa plusieurs terrains vagues en bringuebalant et retrouva enfin le bitume.

À présent, nous longions une avenue commerciale, flanquée d'immeubles de bureaux froids et sombres.

Le jeune homme communiquait toujours avec quelqu'un grâce à son oreillette, discutant du chemin à suivre.

Des dizaines de rues, de feux, de panneaux de signalisation défilèrent avant que la voiture ralentisse. Il me sembla que nous avions roulé pendant des heures. Quand il freina, je m'aperçus que nous étions dans une zone pavillonnaire tranquille. Il rentra la voiture dans le garage jouxtant une maison et ouvrit sa portière. Une lumière s'alluma.

— On est où ? demandai-je.

Il attrapa un sac de sport sur la banquette arrière.

— Il faut qu'on reste planqués quelques heures, répondit-il, laconique.

Lorsque nous entrâmes dans la maison, une odeur de poussière et de moisi m'assaillit. Nos pas résonnaient dans le couloir et j'en conclus que la maison était vide. Il alla vérifier que la porte d'entrée était bien fermée. Ensuite, après avoir allumé une lampe de poche, il ouvrit une porte sur sa droite et me fit signe de le suivre. J'attrapai la rampe et descendis l'escalier.

En bas, il vissa une ampoule qui pendait au plafond et je pus enfin observer son visage. Il avait les cheveux châtains coupés ras et des sourcils épais. Il me parut jeune, peut-être 15 ans, à peine en âge de conduire.

Il s'assit à une table ronde posée au milieu de la pièce dont le sol était en béton gris et les murs en parpaings de la même couleur. Ça sentait le renfermé. Une rangée de fusils ornait le mur du fond, ce qui me mit mal à l'aise. Je me tournai vers le jeune homme.

Il avait pu me dire qu'il travaillait avec Justin simplement pour que je coopère. Je fis un pas en arrière, cherchant une issue, mais je me trouvais dans un sous-sol sans fenêtre au charme carcéral. On ne pouvait sortir que par l'escalier. Le garçon parlait toujours dans son oreillette.

— Elle était avec un flic, dit-il.

Je vis ses traits se durcir tandis qu'on lui répondait.

— D'accord. Si tu le dis.

Il éteignit son téléphone, se leva. Il farfouilla dans une armoire, parut satisfait de sa trouvaille et retourna s'asseoir. Ensuite, pour la première fois, il me regarda. Je fis de même.

— On va rester ici toute la nuit, me dit-il d'un ton las. Les recherches ont commencé à l'est et à l'ouest mais ils iront au nord après, vers la frontière. C'est à ce moment-là qu'on repartira, en direction du sud.

J'observai le plafond abîmé, craquelé.

— Où on est ?

Il alluma sa tablette et ignora ma question.

— On reprend la route demain matin. On en a pour sept heures.

Il se tourna vers moi et je lui adressai un regard méprisant. Du pouce, il désigna une porte sous la cage d'escalier.

— C'est la salle de bains. Il y a des pansements, si tu en as besoin.

Tâtant ma blessure, je grimaçai. La peau était enflée et la croûte de sang épaisse.

— Si j'étais toi, j'essaierais de me reposer, dit-il, désignant cette fois le lit de camp posé dans un coin. Tu trouveras des habits dans ce sac.

Du pied, il poussa le sac de sport vers moi. Puis il se concentra sur son écran. Visiblement, la minute amicale était terminée.

— Tu penses que je peux dormir à un moment pareil ? lui demandai-je.

— Comment je le saurais ? répondit-il d'une voix neutre.

— Qui es-tu ?

— Moins tu en sauras, mieux ce sera. Je ne peux rien te dire, alors ne me pose pas de questions. Je suis un coursier.

« Un coursier qui n'a jamais appris la politesse », avais-je envie d'ajouter.

— Ce serait possible de parler à Justin ? repris-je.

— Il y a trois autres interventions ce soir, répondit-il en dépliant une carte devant lui. Il est un peu occupé.

— Est-ce que tu peux répondre à une question, au moins ?

Il redressa la tête.

— Est-ce que je dois avoir peur ou être soulagée ?

— Peut-être un peu des deux. Mais sois plutôt soulagée.

Je hochai la tête et poussai un immense soupir. N'ayant rien d'autre à faire, je traversai la pièce et m'assis sur le lit de camp. Le matelas grinça et quelques ressorts s'enfoncèrent dans mes fesses, mais c'était bien d'être assis sur quelque chose de stable qui n'avançait pas à 100 km/h. J'étendis les jambes et m'adossai au mur.

Les heures suivantes me parurent les plus longues de ma vie. Le sous-sol était humide et sinistre. Mon kidnappeur, qui refusait de me dire son nom, passa une bonne dizaine de coups de fil. La seule fois où il me parla, ce fut pour me dire qu'il y avait à manger dans le frigo. J'avais la gorge sèche mais je n'avais pas faim. Baley me manquait. Ma mère me manquait. Savoir que je l'avais déçue m'était douloureux.

Pour patienter, je comptai les briques des murs et les fissures au plafond. En me levant pour m'étirer, je m'aperçus que j'avais toujours mon sac en bandoulière. Je l'ouvris et y trouvai un objet auquel je ne m'attendais pas. Quelque chose de dur, en cuir. Je sortis le journal que ma mère m'avait donné. Je ne me souvenais pas de l'avoir mis dans mon sac. Plongeant la main au fond, je trouvai deux stylos. Je me rassis et ramenai mes genoux contre ma poitrine afin d'y poser le carnet que j'ouvris à une page blanche.

Quand elle se sentait triste, contrariée ou effrayée, plutôt que d'ignorer ses sentiments, ma mère les accueillait. En affrontant ses problèmes au lieu de les éviter, elle les rendait gérables. Cela lui permettait de prendre le contrôle de la situation. De toute manière, les problèmes ne disparaissent pas parce qu'on leur claque la porte au nez. Mieux vaut les inviter à entrer, disait-elle, discuter et parvenir à un accord.

J'observai la page blanche. Un souvenir en particulier remonta à la surface. J'aurais préféré l'ignorer mais je décidai au contraire d'y faire face, de le noter par écrit pour la première fois. C'était mon pire souvenir.

8 juillet 2060

Les Écoles numériques n'ont pas toujours existé. Ma mère est allée dans un lycée public et moi j'ai commencé ma scolarité dans une école primaire classique. Jusqu'à un certain 28 mars, il y a un peu plus de onze ans. Maintenant, c'est un jour de recueillement, de silence, que les historiens ont baptisé 28 M.

J'en ai un vague souvenir. J'étais à la maternelle et je me souviens surtout qu'on nous a autorisés à rentrer chez nous plus tôt, ce qui est génial quand on a 6 ans. Je me souviens de l'expression sur le visage de ma mère quand elle est venue me chercher. Elle m'a serrée dans ses bras si fort que j'ai cru qu'elle allait me briser les côtes. Elle pleurait, ce qui m'a fait peur et a provoqué en moi une crise de larmes. Elle avait le visage rouge, les yeux gonflés. Le pire avait dû se produire : mon chien était mort. J'avais des amis qui avaient perdu leur chien ; on en avait parlé un jour quand le lapin de la classe était mort. Cela faisait partie de la vie.

Ma mère m'a ramenée à la maison, et ma vie a été bouleversée à jamais. Un monde vibrant d'activité s'est effondré. Dans ce monde où je m'étais crue en sécurité, je me sentais à présent en danger. On m'avait appris que la vie m'appartenait. À présent, elle s'offrait à moi derrière un écran.

Mes parents m'ont installée devant ce qui constituerait par la suite l'essentiel de mon univers : un immense écran mural. J'ai fait la connaissance de Millie, ma nouvelle maîtresse. Elle m'a souri et m'a présentée à tous mes nouveaux amis, à travers l'image numérique. Ils m'ont saluée en souriant. J'ai trouvé ça amusant. L'école était devenue une grande émission de télé. On dansait, on chantait. On jouait à la balle au prisonnier virtuelle, on nous lisait des histoires. Quand j'avais une question, l'assistant automatisé de Millie, Pebbles, apparaissait sur mon écran afin de m'aider. Pebbles était une marionnette bleue avec des yeux verts et des cheveux crépus roses. Il me faisait rire et m'assurait que nous étions meilleurs amis.

Je me souviens bien d'une histoire que Millie a lue un jour. À propos d'un monstre aux crocs acérés qui pouvait m'attaquer. Elle m'a dit qu'il vivait dehors, qu'il rôdait en ville. Dans les parcs. Dans les magasins et les immeubles. « Il est dangereux, m'a-t-elle expliqué, parce qu'il est invisible. » Il pouvait me sauter dessus sans prévenir. Mais elle m'a promis que le monstre ne pouvait pas m'attaquer chez moi. Il ne pouvait pas entrer dans ma chambre, ne pouvait pas non plus jaillir de mon écran d'ordinateur. Et je l'ai crue, parce que j'avais 6 ans et qu'à cet âge la maîtresse est une sorte de superhéros et le cerveau d'un enfant une matière organique facile à façonner. Alors j'ai cessé d'aller dehors. Ma maison est devenue mon univers. Mon ordinateur est devenu ma vie.

Avant 28 M, la violence en milieu scolaire ne cessait d'augmenter. Plus de fusillades, plus d'agressions à l'arme blanche, de viols, de drogues, de morts. Ma mère se souvenait d'avoir vu tellement d'affiches annonçant un enterrement sur les murs de son lycée qu'elle avait cessé d'y prêter attention. Les fusillades avaient commencé en petit nombre, en général au sein d'une classe ou en dehors de l'école. Mais les tueurs souhaitaient attirer toujours plus l'attention. Des fusillades ont eu lieu dans les auditoriums, les cantines, lors d'événements sportifs ; le nombre de victimes dépassait souvent la centaine. La plupart des fusillades se produisaient dans des lycées ou sur des campus universitaires. Apparemment, on délivrait facilement des armes aux étudiants. Ils savaient s'en servir. Et quand ils craquaient…

De plus en plus d'élèves choisissaient de prendre des cours en ligne, même lorsque ma mère était lycéenne. Les parents insistaient pour que leurs enfants n'aillent pas à l'école. Ils se sont reportés sur les ordinateurs, unique solution à leurs yeux. Les médias ne faisaient que jeter de l'huile sur le feu. Très vite, les gens se sont coupés les uns des autres. Plus de goûters d'anniversaire. On encourageait les gens à travailler chez eux, à se rencontrer chez eux, à se fréquenter en ligne plutôt qu'en vrai.

Il y a trente ans environ, les clôtures autour des établissements scolaires sont devenues obligatoires. Des policiers stationnaient devant les entrées, des portiques ont été installés. Les élèves se voyaient confisquer leurs objets métalliques, devaient se soumettre à des fouilles et consigner leur sac. Ils devaient porter leurs livres toute la journée et n'avaient le droit de récupérer leurs affaires qu'en sortant. Toute cette sécurité a eu pour effet de rendre les adolescents plus créatifs.

Faire passer des armes dans les lycées était devenu un défi. Le nombre de tueries a augmenté.

Aux infos, on voyait bien que les attentats dans les écoles étaient de plus en plus fréquents. Cent quatre-vingts étudiants ont été tués dans l'explosion d'une aile d'un lycée à Tulsa, dans l'Oklahoma. Je n'étais pas encore née mais ma mère s'en souvient. Les parents inscrivaient leurs enfants plutôt dans des écoles privées. Mais ces écoles ont été prises pour cibles aussi. À Milwaukee, dans le Wisconsin, trois écoles privées ont explosé en même temps. Trois attaques simultanées, le 3 mars. Les gens parlent de ce jour comme J-3 : trois attentats le troisième jour du troisième mois. Le 3 est devenu un chiffre porte-malheur.

Après J-3, mon père a commencé à concevoir des programmes scolaires numériques pour enfants de tous âges. Il était à l'époque proviseur d'un lycée dans l'Oregon. Il était aussi le meilleur procureur de l'État (les proviseurs étaient tous diplômés en droit vu que l'essentiel de leur travail consistait à maintenir l'ordre). Dans le lycée de mon père, sept élèves ont été abattus à côté de son bureau. C'est lui qui a tué l'élève pris d'une folie meurtrière. Tous les proviseurs possédaient une arme et savaient s'en servir.

Mon père a été vite débordé par le nombre de parents voulant inscrire leurs enfants dans des écoles numériques. Il a démissionné de son poste afin de développer des programmes scolaires en ligne pour les enfants de 6 à 18 ans. Pressentait-il les événements à venir ? En tout cas, son concept connaissait un succès grandissant.

Le 28 mars, il y a douze ans, la plus grande vague d'attentats que l'Amérique a jamais connue a frappé les plus faibles. Les enfants. Dix-sept écoles primaires ont sauté en une heure, partout dans le pays. Dix mille enfants sont morts. En une seule heure. Trois mille enfants ont été blessés et, parmi eux, cinq cents sont décédés ensuite à l'hôpital, en général par manque de soins tant le personnel était débordé. Les attentats ont été organisés par un groupe de radicaux appelés les Spades. Les Spades étaient connus pour leurs positions anti-reproduction. Pour lutter contre la surpopulation de la planète, ils voulaient lancer de grandes campagnes de stérilisation. Ils étaient plus que dévoués à leur cause.

*
* *

Quand j'ai quitté l'école ce 28 mars, une partie de ma vie m'a été volée. Mon enfance a été amputée. Pour tous ceux de mon âge, un monde s'est éteint. Certains disent que tant qu'une nouvelle génération n'aura pas pris la place de ceux qui ont été les témoins de ces catastrophes, tout le monde souffrira. Comme si les bombes avaient déposé une couche de débris permanente sur nos vies. La joie avait tiré sa révérence.

Les Écoles numériques I à IV ont vu le jour. Maintenant, on n'a pas le choix. Les cours de soutien en public ne sont apparus que récemment ; dans de nombreux États, ils sont encore interdits. Un écran, c'est comme un gilet pare-balles. Rien ne peut passer au travers, contrairement au corps humain. Alors pourquoi se rencontrer ? De toute façon, les gens se méfient les uns des autres. Ils refusent de se laisser aller ; c'est si bon d'ignorer sa propre souffrance en restant caché derrière son ordinateur.

- 15 -

Alors que je commençais à m'endormir, le garçon se leva et fit racler sa chaise par terre.

— On y va, déclara-t-il.

Je hochai la tête sans rien dire et entrai me changer dans la salle de bains. J'essuyai le sang séché sur mon front. J'avais un beau bleu sur le côté et ma peau était tout amochée, mais mon cœur l'était aussi et je n'avais pas assez d'énergie pour m'en préoccuper. Je le suivis dans le garage en silence et attendis qu'il sorte la voiture et remette l'alarme en marche. Au-dessus des toits, le ciel se colorait de rose. Le quartier baignait dans le calme. Même les arbres étaient immobiles. Je humai l'air, constatant que ça sentait ici comme chez moi : une odeur de plastique émanant des arbres et des pelouses synthétiques.

Je montai en voiture. Sitôt après avoir quitté la maison, le garçon reprit sa conversation avec son interlocuteur mystère, me laissant seule avec mes pensées. Mes yeux brûlaient de fatigue mais mon cerveau en ébullition refusait que je dorme. Nous étions à présent sur une immense autoroute, bordée de chaque côté par des murs de béton de trente mètres de haut. La plupart des autoroutes disposaient de pareils murs antibruit pour qu'on puisse construire des maisons juste de l'autre côté. La terre était une denrée si rare qu'on aménageait aussi des autoroutes au-dessus des immeubles.

Mes pensées étaient aussi mornes et grises que la route. J'avais eu trop de temps pour réfléchir. Trop de temps pour analyser, questionner, hésiter. Le journal dans mon sac me semblait peser cent kilos. Je l'observai, sentant poindre un sentiment de frustration. À quoi ça servait de s'appesantir sur le passé ? Je ne pouvais pas le modifier, je ne pouvais rien y faire. Mon cœur, agacé, bondissait dans ma poitrine. Je détestais le monde qui se dévoilait sous mes yeux, et tous ces gens en qui je ne pouvais pas avoir confiance. Je détestais l'avenir incertain qui me guettait.

Les heures s'égrenèrent. J'avais les yeux ouverts mais je ne voyais rien. Mon corps me paraissait émietté. Je respirais, mon cœur battait, mais je ne me sentais pas en vie.

— On devrait être arrivés dans une heure, annonça le jeune homme, interrompant ma transe.

Je ne pris pas la peine de lui demander où. Peu m'importait de savoir dans quel nouveau sous-sol on allait m'enfermer comme une prisonnière. Je n'avais pas envie de parler. Je m'étais habituée au silence. À croire qu'on m'avait cousu les lèvres.

Je ramenai la capuche de mon sweat-shirt sur ma tête et continuai de regarder devant moi sans voir.

Je basculai dans une sorte de rêverie éveillée dont je ne sortis que lorsque la voiture ralentit. Je me redressai. Le véhicule quitta la route principale pour emprunter une voie résidentielle qui descendait le long d'une colline. La brume côtière s'était levée mais je remarquai à peine le soleil. Cependant, en bas de la colline, un horizon bleu étincelant se dévoila à moi.

Je contemplai la mer. L'eau s'étendait vers l'infini jusqu'à embrasser le ciel. Dès que je vis les vagues ourlées de l'océan, qui scintillaient comme mille diamants sous le soleil, mon moral s'améliora.

Avant d'atteindre la plage, nous avons tourné dans une rue et nous sommes arrêtés devant une petite maison en brique de plain-pied. Une silhouette imposante s'approcha de la voiture. Quand je compris de qui il s'agissait, mon cœur se mit à battre la chamade.

Justin ouvrit la portière. Il m'attrapa le poignet pour m'aider à descendre et je me précipitai dans ses bras. Je le serrai fort contre moi, comme si je m'imprégnais de soleil, d'amour, de joie, de toutes ces choses que je désirais tant. J'enfouis mon visage dans son T-shirt en coton, submergée par la chaleur de sa peau. Je ne m'étais pas rendu compte à quel point j'avais besoin de toucher quelqu'un. Je pris une grande respiration et sentis le vide en moi se résorber lentement. C'est étonnant de constater qu'une seule personne peut être aussi nécessaire à sa propre survie que de l'eau ou de la nourriture.

Il se raidit, surpris par mon élan. Il n'enroula pas ses bras autour de moi mais il me caressa lentement le dos pour me calmer. Des larmes de soulagement s'amoncelaient à l'orée de mes paupières.

— Maddie, tu es en sécurité, dit-il, et sa voix était rassurante. Je ne laisserai personne te faire du mal.

Il n'avait pas besoin de me le dire ; je n'aurais pas été plus en sécurité ailleurs.

Je reculai et trébuchai en arrière ; il me rattrapa. Je baissai ma capuche, me sentant tout à coup étourdie. Le monde tournoyait autour de moi. J'appuyai mes mains sur mes tempes et grimaçai quand la douleur à mon front se raviva.

Il m'étudia et avança la main comme s'il comptait toucher ma blessure mais se ravisa.

— Ça va ? me demanda-t-il.

— Oui.

Il me dévisagea en fronçant les sourcils. J'étais trop épuisée pour me soucier de mon apparence.

— Tu n'as pas dormi ? demanda-t-il.

Le son de sa voix et la tendresse dans son regard me ramenèrent à moi-même – à une version améliorée de moi-même. Le trou dans mon âme se combla et je souris.

— Dormi ? répétai-je, faisant mine de contempler ce concept étrange. Ces seize dernières heures, j'ai enfreint ma liberté conditionnelle, été désavouée par ma famille – et mon chien, ajoutai-je pour souligner l'ampleur du drame –, j'ai été enlevée deux fois et enfermée dans un endroit à peine plus agréable que l'enfer. Disons que les conditions pour dormir n'étaient pas réunies.

— Il n'y a vraiment que toi pour faire preuve de sarcasme à un moment pareil, dit-il en me regardant.

— Je crois que je suis vraiment épuisée, répondis-je.

— Tu dois avoir faim, souligna-t-il.

Il hissa sur son épaule un des sacs que le jeune homme avait sortis du coffre et se tourna vers moi en souriant.

— Des pancakes, ça te dit ?

Je m'attendais à trouver à l'intérieur d'autres lits de camp et des murs sans fenêtres. Quelle ne fut pas ma surprise en voyant que le plancher était en bois ! Je n'avais jamais vu un plancher en bois et le contemplai un long moment. Accroupie, je passai ma main sur les fissures et les bosses, qui conféraient au bois une certaine personnalité, une histoire. Je fis un pas en avant, accueillant avec délice le grincement des lattes. Je marchai plusieurs fois sur les endroits qui grinçaient, complètement émerveillée, jusqu'à ce que je relève la tête et aperçoive Justin et le jeune homme, qui m'observaient comme si j'étais folle.

— Oui, tu es vraiment épuisée, constata Justin.

Je parcourus du regard le reste du salon, orné de vraies plantes suspendues qui diffusaient une odeur de terre. De chaque côté de la cheminée se trouvait un fauteuil rouge. La maison devait avoir plus de cent ans, on ne construisait plus de cheminée pareille à présent ; elles avaient été interdites et remplacées par des écrans projetant une image de feu.

Attirée par les voix des garçons, je pris le couloir en direction de la cuisine.

— Alors, Éric, demanda Justin, tu as eu des problèmes sur cette mission ?

— Non, répondit Éric alors que j'entrais. Hormis le fait qu'elle s'est débattue, m'a mordu et m'a frappé là où ça fait mal, tout s'est très bien passé.

Il nous montra son index où l'on voyait bien la trace de mes dents sur sa peau.

Justin éclata de rire.

— Pardon, dis-je en croisant les bras. Mais je n'ai pas l'habitude d'être attrapée et jetée dans une voiture contre mon gré.

— Maddie, le contraire m'aurait étonné, assura Justin en sortant quelques assiettes d'un placard. Ce que j'aimerais savoir, c'est comment tu as fait pour convaincre un flic de s'arrêter. Et ne me dis pas que tu as prétendu devoir aller aux toilettes.

— Voyons, pour qui tu me prends ? plaisantai-je.

— Alors ?

Je tirai une chaise et m'assis.

— J'ai fait semblant d'être malade.

Justin et Éric me regardèrent d'un air sceptique.

— Je connais les faiblesses de Paul. Nos parents sont amis depuis des années et, quand Paul et moi étions enfants, on passait nos vacances de Pâques tous ensemble. Un jour, je crois que j'avais 5 ans, j'ai dévoré un énorme œuf en chocolat et ensuite Paul et moi sommes allés jouer sur le trampoline qui était dans le jardin.

Éric siffla entre ses dents.

— Oui, trampoline et chocolat ne font pas bon ménage. Je lui ai vomi dessus. Il en avait dans les cheveux, sur les chaussures, partout.

Ils grimacèrent tous les deux.

— Depuis, il est assez sensible sur le sujet.

— Ça se comprend, admit Éric.

— C'est très impressionnant, remarqua Justin.

— Au moins, j'ai réussi à sortir de la voiture, non ?

— Et c'est tant mieux, dit Justin. Sinon, on aurait dû t'appréhender à l'aéroport, ce qui n'est jamais facile.

Les deux garçons se lancèrent dans une conversation sur les événements de la nuit pendant que Justin sortait un saladier du frigo et mettait une poêle à chauffer. Je l'observai avec émerveillement – je pouvais compter sur les doigts d'une main le nombre de fois où j'avais vu ma mère cuisiner.

Tandis qu'Éric lui faisait le récit détaillé de notre aventure, j'observai la cuisine. J'eus l'impression de retourner cent ans en arrière. Sur une étagère étaient rangés des plats et des saladiers argentés. Une série de tasses pendaient à des crochets sous un placard au-dessus du plan de travail. Ouvrant une petite boîte en fer posée sur la table, je découvris à l'intérieur des morceaux de sucre. J'en mis un dans ma bouche et le laissai fondre sur ma langue. Je me sentais bien dans cette pièce si rustique.

Justin posa une assiette avec deux pancakes devant moi. J'examinai les deux disques avec curiosité. J'en avais déjà vu en photo mais je n'en avais jamais mangé. Justin et Éric s'assirent et me regardèrent. Ignorant mes couverts, j'entrepris de rouler le pancake. J'attrapai cette sorte d'énorme cigare et mordis dedans à pleines dents – j'avais très faim. Ils éclatèrent de rire.

— Quoi ? demandai-je, la bouche pleine.

La pâte était plus consistante que je ne l'aurais cru. Je pris une gorgée de jus d'orange afin de faire passer cette masse compacte. J'avais entendu dire que les pancakes étaient comme un morceau de paradis ; j'étais donc frustrée de constater qu'ils n'avaient en fait aucun goût.

Justin me versa un autre verre de jus d'orange. Je le bus, heureuse de sentir la pâte descendre dans mon œsophage.

— Qu'est-ce que tu en penses ? me demanda Justin.

— Je trouve ça insipide, avouai-je. Je suis déçue, je croyais que les pancakes étaient un truc incroyable...

Alors que je m'apprêtais à prendre une autre bouchée, Justin m'attrapa le poignet.

— Oh, dis-je en reposant la crêpe, tu veux peut-être que je me serve des couverts ?

Il fronça les sourcils puis me sourit pendant qu'Éric s'esclaffait. Je me sentis rougir.

— Est-ce que tu peux juste t'arrêter deux secondes ? Tiens.

Il déposa sur la table un bol rempli de fraises, une bouteille contenant un liquide ambré que je ne reconnus pas et une plaque de beurre. Il tartina ses pancakes de beurre et les recouvrit ensuite de fraises et de sirop.

— Qu'est-ce que c'est ? demandai-je en désignant la bouteille.

— C'est du sirop d'érable. Du sucre liquide. La meilleure chose au monde.

Justin se lécha les doigts puis passa sa langue sur ses lèvres. Dans ma tête, je me grondai pour avoir regardé ses lèvres un peu trop longtemps.

Imitant Justin et Éric, je décorai mon assiette de fraises et de sirop. Cette fois-ci, je me servis de ma fourchette et de mon couteau pour découper un bout de pancake que je mis dans ma bouche. La pâte spongieuse et sucrée envahit mon palais.

— Ah oui, bafouillai-je. Maintenant, je comprends pourquoi on en fait tout un plat.

Tout à coup affamée, je dévorai le reste de mon petit déjeuner. Je remarquai ensuite que Justin avait des cernes sous les yeux et en conclus qu'il avait dû passer la nuit à gérer les différentes exfiltrations. Lui et Éric parlaient toujours logistique et je sentis que mon esprit dérivait. Profitant d'une pause dans leur conversation, je posai mes couverts et croisai les bras.

— Maintenant, c'est à moi de poser des questions.

Ils me regardèrent à nouveau. Justin paraissait amusé.

— Ne croyez pas que je n'apprécie pas que vous m'ayez sauvée et nourrie, mais j'aimerais bien qu'on me dise ce qu'il se passe exactement.

Justin attendit un instant avant de répondre.

— Il se passe beaucoup de choses en ce moment, dit-il enfin.

— Pour commencer, je suis où ? soupirai-je.

— Bayside, répondit-il en mâchonnant un bout de pancake.

— Dans l'Oregon ?

— Non, dit-il. Tu es en Californie. Il vaut mieux pour toi que tu ne sois pas dans l'Oregon en ce moment. Ni dans un avenir proche.

— Et plus précisément ? continuai-je.

— On est un peu au nord de San Francisco.

— Est-ce qu'on est à Éden ? murmurai-je ensuite.

Justin secoua la tête et s'essuya la bouche avec une serviette.

— Non.

Je jetai un œil à la pièce, déçue.

— Il y a d'autres personnes qui vivent ici ?

— On a une volontaire qui passe de temps en temps. Elle dépose de la nourriture, entretient la maison.

— Qu'est-ce que vous faites avec les gens que vous sauvez ? À part leur faire à manger ?

— Chaque situation est différente, expliqua-t-il. En général, il existe trois options. Un, la personne peut décider qu'elle n'a pas envie d'être sauvée et peut se rendre, mais ça ne s'est jamais produit. Deux, la personne accepte de nous rejoindre, ce qui est le scénario le plus courant. Les flics sont en fait nos meilleurs recruteurs. Il suffit que Scott pirate la liste des transferts. On gagne beaucoup de temps.

— Vous devriez leur envoyer un petit mot de remerciements.

— Je m'y mets dès cet après-midi, répondit-il, amusé.

— Et pour ceux qui ne veulent pas se joindre à vous et ne veulent pas se rendre aux autorités ? demandai-je.

J'avais le sentiment que cette troisième option me concernait davantage. Justin m'observa un instant.

— On les tue, répondit-il.

Je posai ma fourchette. Je m'attendais à ce qu'il sourie, rie ou au moins me dise qu'il plaisantait, mais il paraissait très sérieux.

— Vous les tuez ? répétai-je.

— Métaphoriquement parlant, reprit-il. On met un terme à leur vie numérique et on les aide à commencer une vraie vie. On leur trouve un endroit où habiter, par exemple. C'est une sorte de renaissance à l'humanité.

— Comment on fait pour tuer quelqu'un numériquement ?

— Ce n'est pas si compliqué. Il suffit d'effacer les fichiers. De toute façon, de nos jours, les gens se résument à du matériel informatique. On leur donne un nouveau nom, un nouveau passé, de nouveaux contacts. Une nouvelle existence. La technologie a quand même ses bons côtés, conclut-il avec un sourire.

— Et en attendant ? poursuivis-je en tapotant la table du bout des doigts.

— Pour l'instant, il faut surtout que tu évites les ordinateurs. Les autorités n'ont pas d'autre moyen de retrouver les gens. Du moment que tu restes à l'écart de leur monde, tu n'existes pas vraiment. C'est d'ailleurs très déprimant quand on y pense.

— Je dois rester planquée ?

— Oui. Ton cas est un peu particulier. Compte tenu de qui est ton père, il va me falloir un peu de temps pour élaborer une stratégie.

— Pourquoi, c'est qui ton père ? demanda Éric.

En guise de réponse, je haussai les épaules.

— Elle s'appelle Madeline Freeman, expliqua Justin en me désignant de sa fourchette.

— Tu es la fille de Kevin Freeman ? s'indigna-t-il, l'air dégoûté.

Je lui lançai un regard agacé.

— J'en conclus que tu ne veux pas mon autographe ?

— Tu essayes de convaincre l'héritière de l'École numérique de se joindre à nous ? demanda-t-il à Justin, qui m'adressa un immense sourire.

— Est-ce qu'on pourrait arrêter de m'appeler comme ça ? bougonnai-je.

Éric secoua la tête, stupéfait. Il se leva, s'étira et annonça qu'il voulait dormir un peu avant de repartir. Justin se leva aussi et ramassa les assiettes.

— On devrait tous aller se reposer, dit-il. Viens, je vais te montrer ta chambre.

Au bout du couloir, il ouvrit une porte donnant sur une chambre toute simple. Un lit double dans un coin, des volets à moitié fermés sur le mur du fond et un double placard de l'autre côté. Une commode avait été installée près de la porte et il y avait un fauteuil à bascule à côté du lit.

— Il doit y avoir des habits là-dedans, dit-il en ouvrant le placard.

J'aperçus une dizaine de paires de chaussures par terre, des sandales ou des baskets – rien de très sophistiqué. Le placard contenait aussi des jeans, des pulls et des T-shirts, en quantité suffisante pour affronter n'importe quelle météo.

— Tu laveras tes sous-vêtements dans le lavabo. On n'en a pas en stock mais on peut en acheter.

Qu'il mentionne mes sous-vêtements me fit rougir, mais Justin ne semblait pas du tout troublé. Tout ça, pour lui, c'était la routine.

— D'accord, dis-je.

J'ouvris un des tiroirs de la commode. Des livres, des carnets, une couverture et d'autres pulls y étaient rangés.

— Dans la salle de bains, tu trouveras une brosse à dents, du savon, etc. Si tu as besoin d'autre chose, dis-le-moi.

— Merci, bredouillai-je.

Je n'avais pas l'habitude qu'on me traite en invitée. Je me rendis compte que c'était la première fois que je ne dormais pas chez moi.

— Je serai au sous-sol, dit-il en se dirigeant vers la porte.

La respiration tout à coup hésitante, je me tournai vers lui. Un sentiment de panique m'envahit. Je ne voulais pas être seule. Il comprit ce que je ressentais

– il devait avoir assisté à ça des centaines de fois. Il fit un pas vers moi.

— Écoute, Maddie, dit-il en me regardant dans les yeux. Je sais que ces dernières heures ont été difficiles, mais je t'assure que tu es en sécurité, ici. Il ne va rien t'arriver, je te le promets. D'accord ?

Je hochai la tête et baissai les yeux.

— Repose-toi un peu. Ensuite, on parlera.

Il ferma la porte derrière lui. Je traversai la pièce, tirai les rideaux. Une fois allongée sur le couvre-lit, je m'aperçus que j'étais tout à fait incapable de garder les yeux ouverts. Mon corps et mon esprit s'effondrèrent d'épuisement et je m'endormis rapidement.

- 16 -

Quand j'ouvris les yeux, les derniers rayons de soleil de la journée filtraient à travers les rideaux fermés. Fronçant les sourcils, j'observai le plafond. Où étais-je ? Où était ma toile murale ? Je tendis la main vers ma table de nuit mais elle avait disparu, remplacée par un fauteuil à bascule. Je le regardai, surprise. Ma mère avait-elle redécoré ma chambre ? Perplexe, je me frottai les yeux. Mes pieds me parurent à l'étroit et je vis une paire de baskets dépasser de sous une couverture. Brusquement, je me redressai.

Peu à peu, les événements de la veille me revinrent en mémoire. Je ne rêvais pas. Je m'étais bien enfuie et j'étais à présent à... Bayview ? Bayside ? Mes yeux se posèrent sur la couverture bleue, qui n'était pas là quand je m'étais endormie. Je remarquai aussi la présence d'une serviette de bain blanche sur la commode.

J'ouvris le placard et attrapai un T-shirt rouge foncé qui me paraissait usé et doux. Je décrochai ensuite un jean à peu près à ma taille.

Je pris une longue douche chaude puis me rendis dans la cuisine tout en m'essorant les cheveux avec la serviette. Justin était assis à la table ; sa présence déclencha en moi des palpitations. Il leva le nez de sa tablette et me demanda si j'avais faim. J'eus une crampe à l'estomac – j'avais faim en effet, mais peut-être pas au sens classique du terme. Comment pouvait-il provoquer une telle réaction en moi ?

— Je ne vais pas te demander de me faire à manger chaque fois. Et tu n'as pas besoin de me border dans mon lit non plus.

— En fait, précisa-t-il avec un sourire, c'était Stacey, notre volontaire.

— Ah, dis-je en rougissant.

— Mais je lui ai bien demandé d'aller te voir, alors ça compte quand même. Elle nous a apporté des provisions. Et non, je ne vais pas te faire à manger. Je vais t'apprendre à cuisiner.

— Tu vas m'apprendre ?

— Je vais t'apprendre à te débrouiller seule.

— Où est Éric ? demandai-je en me retournant.

— Il est déjà reparti.

Je dus lutter pour ne pas sourire, mais je ne pus empêcher mon cœur de sauter de joie. J'étais seule avec Justin. Seule dans une maison au bord de l'océan. Isolée. Tranquille. Tout à coup, j'eus l'impression de vivre un conte de fées.

Eh oui, je suis d'accord, c'était ridicule.

Il s'adossa au plan de travail. De jolies fossettes en demi-lune se creusèrent sur ses joues.

— Alors, qu'est-ce que tu sais cuisiner ?

Je réfléchis un instant, ce qui n'était pas facile vu qu'il me regardait.

— Ma grand-mère faisait la cuisine pendant les fêtes mais elle est morte quand j'avais 10 ans. On peut dire que mes souvenirs ne sont pas très récents.

Il me fit signe de continuer. Je le regardai sans comprendre.

— Qu'est-ce que tu préparais ? demanda-t-il alors.

— Je me souviens d'avoir fait fondre du beurre, répondis-je en haussant les épaules.

— Bien. Maddie, j'ai une règle de base. Avec moi, tu manges de la vraie nourriture. Donc rien de toutes ces cochonneries prémâchées, conçues en laboratoire, enrichies et génétiquement modifiées que tu as avalées pendant des années.

— Waouh ! En fait, tu détestes le confort moderne.

Il prit une grande respiration.

— Ce n'est pas le confort qui me dérange, c'est cette obsession qu'ont les gens de vouloir gagner du temps. Tout est une course, paraît-il, mais je n'arrive pas à comprendre contre quoi.

Il agita la main en l'air.

— Bon, vaut mieux pas que je me lance sur ce sujet. Donc, je disais : avec moi, hors de question que tu manges un bout de carton qu'un scientifique obscur a jugé bon pour la santé.

— Est-ce que tu dénigres la cuisine de ma mère ? demandai-je en haussant un sourcil.

— Oui.

Il transféra les provisions du sac en plastique sur la table et je le regardai, fascinée. Il m'expliqua qu'il y avait là de quoi me faire un sandwich : de la charcuterie, du fromage, de la mayonnaise, de la moutarde, du beurre de cacahuètes, de la laitue, du concombre et des tomates. Il posa deux tranches de pain sur une assiette et me dit de choisir ce que je voulais manger. Mon premier cours de cuisine commençait. J'attrapai d'abord le beurre de cacahuètes. J'en tartinai une tranche de pain et ajoutai ensuite des tomates.

— Voilà, dis-je. Mon premier sandwich maison. Alors, j'ai réussi ?

Il se mit à rire.

— Euh... moi, je ne le mangerais pas.

— Ah bon ?

Je contemplai mon sandwich, vexée. Il m'avait l'air appétissant.

— Il ne s'agit pas d'empiler des trucs. Faire un sandwich, c'est tout un art.

— Manger, c'est tout un art ? demandai-je, incrédule.

Il enleva les tomates de mon sandwich, les mit dans sa bouche et les mangea. De nouveau, je fixai ses lèvres.

— Essaye encore, dit-il en désignant la table.

Cette fois, j'attrapai quelques feuilles de laitue que je disposai sur le beurre de cacahuètes. Ensuite, je débouchonnai la moutarde et en versai sur l'autre tranche de pain en dessinant une étoile. Fière de moi, je montrai mon dessin à Justin. Il fronça les sourcils.

— Tu as dit que manger était un art, fis-je remarquer.

Je plaquai les deux tranches de pain l'une contre l'autre et prit une grande bouchée de mon sandwich beurre de cacahuètes-salade-moutarde. Une brusque nausée me saisit, que je tentai de combattre.

Justin m'observait. Il faisait des efforts pour ne pas se moquer de moi.

— Alors ? demanda-t-il.

Je me forçai à sourire.

— C'est bon. Tu ne sais pas ce que tu rates.

— Ben, voyons, dit-il en souriant.

— Essaye.

J'agitai le sandwich devant lui. Je savais que je flirtais mais je ne pouvais pas m'en empêcher. C'était tellement génial de le faire sourire. Il attrapa le sandwich, le jeta à la poubelle et sortit deux autres tranches de pain.

— Tu sais, Maddie, pour une fille aussi intelligente, tu manques vraiment de sens pratique.

— Tu n'avais qu'à m'interrompre. C'est toi, le prof, protestai-je.

Il tartina une tranche de pain de beurre de cacahuètes.

— Je ne vais pas intervenir chaque fois. Il faut commettre des erreurs pour avancer. C'est comme ça qu'on apprend.

Il ouvrit le réfrigérateur et attrapa un bocal rempli d'une sorte de gelée épaisse et rouge.

— C'est de la confiture, dit-il. C'est ce qui va le mieux avec du beurre de cacahuètes.

J'observai la confiture avec méfiance. Il en mit sur l'autre tranche de pain, rassembla les deux morceaux et déposa le sandwich sur une assiette qu'il poussa vers moi. Puis il prit une banane et la posa aussi sur mon assiette.

— Merci, dis-je, et je m'assis à table.

Le téléphone de Justin sonna.

Il consulta le numéro.

— Il faut que je réponde.

J'acquiesçai et il sortit de la cuisine. Je me tournai vers la fenêtre. Dehors, le soleil se couchait.

Après avoir fini mon dîner, je nettoyai mon assiette et allai dans le salon. Je me rendis compte alors que j'étais enfermée depuis près de vingt-quatre heures. Je trépignais.

Justin remarqua mon agitation.

— Qu'est-ce qu'il y a ? me demanda-t-il.

Je ne voulais pas qu'il se sente obligé de s'occuper de moi. Il avait du travail.

— Je ne tiens pas en place, expliquai-je. Est-ce qu'il y a un tapis de course ici ?

Il secoua la tête.

— Tu aimes les couchers de soleil ?

— J'en ai vu en ligne, répondis-je.

Justin leva les yeux au ciel, enfouit son téléphone dans sa poche et attrapa un sweat-shirt qui traînait sur le canapé.

— Allez, viens.

*
* *

Je trouvai une vieille paire de Converse rouges dans le placard – elles étaient un peu grandes mais ça irait. Je mis un pull et m'attachai les cheveux.

Justin m'attendait dans le jardin et nous descendîmes dans la rue. L'air était épais, salé ; je m'en imprégnai. La brise légère m'apporta le second souffle dont j'avais besoin. Justin bifurqua dans une rue adjacente et continua vers l'ouest, en direction de la plage.

Le bitume laissa la place à du gravier qui laissa la place à du sable. Ce bord de mer n'avait rien à voir avec les paysages escarpés de l'Oregon que j'avais vus petite. Les vagues étaient timides, calmes, comme si la mer avait été en vacances. J'enlevai mes chaussures et remontai mon jean. Justin fit de même.

— C'est quoi, le boulot d'Éric, exactement ? demandai-je.

— C'est un coursier. Il exfiltre les gens comme toi qui sont envoyés dans des centres de détention pour avoir voulu s'opposer à l'EN.

— Tu sais ce qui se passe dans les centres de détention ?

— Pas vraiment. On sait que ce sont des centres de réhabilitation pour adolescents rebelles. Ils sont enfermés jusqu'à ce que les autorités estiment qu'on peut les réinsérer dans la société. C'est-à-dire quand ils sont sûrs qu'ils sont devenus inoffensifs. Mais on ne peut pas empêcher les gens d'avoir un avis sur la vie qu'ils mènent. C'est dans la nature humaine.

— Et toi, tu as été coursier ?

— Oui, pendant un temps, répondit-il. C'est un bon entraînement, un bon apprentissage. Mais c'est trop prévisible. Maintenant, je supervise, comme j'ai fait avec toi et Éric.

« Prévisible », pensai-je. Ce n'était pas vraiment le mot que j'aurais employé pour décrire les deux interventions auxquelles j'avais assisté. Que pouvait-il bien considérer comme surprenant ?

— Après une exfiltration, on ne fait que rouler pendant des heures ou rester enfermé dans un sous-sol, poursuivit-il. Ce n'est pas très intéressant.

— Justin, on nous a tiré dessus.

Il rit.

— Les balles ne peuvent pas tuer. Tu n'es pas au courant de la loi ? Maintenant, les armes à feu ne peuvent que t'assommer pendant quelques minutes. Les balles les plus dangereuses ne le sont pas plus qu'un bon somnifère. Ça fait partie de toute cette mouvance en faveur de la paix, contre la violence. Pour le coup, je suis plutôt d'accord.

Je m'arrêtai et observai le ciel. Justin se tint à côté de moi. Nous restâmes silencieux un moment. Une série de nuages flottait à l'horizon et le soleil disparaissait derrière, projetant des rayons bleu métallique et rose à la surface de l'eau. Le vent se leva et Justin mit sa capuche. Il fourra ensuite ses mains dans ses poches et se tourna vers moi.

— Ces dernières vingt-quatre heures ont été intenses, dit-il.

— Depuis que je t'ai rencontré, ma vie a pris un autre rythme, le corrigeai-je.

— Et qu'est-ce que tu en penses ? demanda-t-il.

Il me regardait d'un air sincère, ce qui était toujours le cas quand il m'écoutait.

Je soulevai du sable du bout du pied.

— Tu as sûrement déjà vu ça des centaines de fois. Comparée aux autres filles, comment je m'en sors ?

— Qu'est-ce que tu veux dire ? Tu sais, la plupart des gens dans ta situation sont en général désorientés. Ils peuvent avoir peur, être en colère, soulagés ou en larmes. Mais au moins, ils ressentent quelque chose. Tu n'es pas obligée d'être tout le temps aussi réservée.

Je le regardai un instant.

— Peut-être que je suis toujours sous le choc.

— Peut-être que tu ne sais tout simplement pas être honnête. Peut-être que tu as tellement l'habitude de dire aux gens ce qu'ils veulent entendre que tu as oublié de t'écouter. Ou bien peut-être que tu ne sais bien t'exprimer que derrière ton écran, vu que c'est plus facile que de regarder les gens en face.

— Pourquoi est-ce que tu t'en prends à moi ?

Son visage se radoucit.

— Pardon, dit-il. Mais j'ai peur que, parce que c'était mal vu chez toi, tu ne refuses de te confier. Je ne veux pas que tu fasses pareil avec moi. Tu as une voix, un cerveau, des pensées. Sers-t'en.

Je croisai les bras. Il avait raison et, pour la première

fois de ma vie, j'étais avec quelqu'un qui s'intéressait à ce que je pensais. Je n'étais plus avec mes parents, à devoir procéder avec prudence pour ne pas énerver mon père et ne pas trahir ma mère – comme si avoir une opinion était une honte.

Tout en réfléchissant, je me mis à marcher sur la plage.

— Autant que tu me dises ce que tu as sur le cœur, continua Justin. Je ne suis pas ton père, je ne vais pas te punir si tu me contredis.

— Je vais bien, répondis-je d'un ton hostile.

— Si tu as besoin de parler, je suis là. Crois-moi, tout garder en soi, ce n'est pas une bonne solution. On finit toujours par craquer.

Je pris une grande respiration. Ce qu'il ne pouvait pas comprendre, c'était que toutes mes questions et préoccupations ne concernaient pas mes parents, ni même moi ou ma situation. Oui, j'avais le cerveau en ébullition, mais mes pensées tournaient autour de Justin. J'avais l'impression qu'en le perçant à jour je pourrais résoudre le plus grand mystère de mon existence.

— Parfait, soupirai-je. Tu veux savoir ce qui m'agace plus que tout ? C'est toi.

— Moi ? Qu'est-ce que j'ai fait ?

— Tu aides les gens, tous les jours. Et ils t'adorent, te font confiance. Mais tu ne laisses personne t'approcher. Je t'ai observé. Tu ériges un mur entre toi et les autres, même tes amis. Et personne ne peut le franchir.

Il m'observa longuement. Les derniers rayons du soleil donnaient à ses yeux des reflets ambrés. Puis il hocha la tête.

— Tu as raison.

— Ah bon ? m'étonnai-je, surprise qu'il cède aussi facilement.

— Je m'interdis de m'attacher aux autres, dit-il en toute simplicité – comme si cela allait répondre à toutes mes questions.

— Et pourquoi ?

Il plissa le front, frustré, puis pivota dans l'autre sens et s'éloigna. Je le rattrapai.

— Hé, lançai-je. C'est toi qui as dit qu'on devait parler de nos sentiments. Cela dit, c'est intéressant. Dès qu'il s'agit de parler de toi, tu…

— Je m'énerve ? m'interrompit-il. Je te l'ai déjà dit, il ne faut pas compter sur moi. J'ai trop de choses à faire.

— Ce n'est pas vrai. Moi, je compte sur toi. Plus que sur n'importe qui d'autre.

Justin s'arrêta et m'adressa un regard sévère.

— Eh bien, tu ne devrais pas.

— Pourquoi ?

— Ma vie… – il marqua une pause afin de trouver ses mots – n'est pas normale.

— Et alors ? Tu penses peut-être être le seul à avoir des problèmes ? La question, c'est de savoir si tu vas les laisser régenter ta vie. Je ne te voyais pas comme ça.

Son visage s'illumina de surprise.

— Tu vois comme ça fait du bien de dire ce qu'on a sur le cœur ?

Je ne pus m'empêcher de sourire. Oui, c'était un sentiment presque magique. Un poids qui disparaissait enfin. Une sorte de ménage qui désencombrait le corps et l'esprit.

— J'ai quarante domiciles différents, poursuivit-il. Je conduis plus de soixante-cinq voitures différentes. Je dors quand je peux. Dans la vie, il faut faire des choix, et j'ai fait les miens. Avoir des amis, c'est un engagement que je ne peux pas me permettre.

— Sans doute que c'est la vie que tu as menée jusque-là. Mais rien ne dit que tu ne puisses pas en changer.

— J'adore mon métier. Tu sais combien de personnes comme toi j'ai aidées ? Des centaines. Peut-être un millier. On récupère la moitié des gens qui sont envoyés en centre de détention. C'est à ça que je veux dévouer ma vie. Maddie, tous les jours, notre liberté est mise à mal. Combattre l'École numérique, c'est plus important que tout. Même si cela oblige à quelques sacrifices.

— Lesquels ?

— C'est évident, non ? Vu l'existence que je mène, je suis seul. Je ne peux pas demander à une fille d'être avec moi si je ne peux la voir qu'une fois par mois. Et je ne veux pas imposer mon mode de vie à quiconque. C'est trop égoïste. Mon travail passera toujours en premier.

— Donc, si je comprends bien, comme ta mission

consiste à offrir aux gens une vie meilleure, tu ne peux pas profiter de la tienne ?

— J'en profite, déclara-t-il d'un ton pincé.

— Ça m'étonnerait. Vu que tu nies ce qui fait de toi un être humain.

— C'est ma décision. Et je me suis promis de n'entraîner personne là-dedans. Je travaille mieux seul.

Je compris à sa voix que cette conversation était terminée. Je me tournai vers la mer, essayant de donner un sens à ses paroles. Justin m'avait éveillée à un monde nouveau. Mais peut-être avait-il besoin à son tour d'être éveillé à ses sentiments ?

Il me comprenait mieux que personne. Et peut-être que j'étais la seule à être suffisamment têtue pour avoir envie de le comprendre, lui.

Le soleil disparaissait à l'horizon. Les nuages prirent une teinte orangée.

— C'est le meilleur moment, dit-il en s'asseyant.

Je m'assis à côté de lui sur le sable et ramenai mes genoux contre ma poitrine. En silence, nous avons contemplé l'océan, le ciel et les nuages, qui se lançaient dans un superbe tour de magie. Ils me donnèrent l'illusion que mes problèmes pouvaient tout simplement être jetés à la mer et engloutis par l'eau. Observer le va-et-vient des vagues me calma. Je me tournai vers Justin, plus que consciente de notre proximité. Il avait les bras serrés autour des genoux et les yeux rivés sur le spectacle au loin.

— C'est pour ça que je me bats. Pour cet instant précis, murmura-t-il. Regarde cette plage. Elle est déserte. Le monde réel s'agite devant nous et il n'y a personne pour l'admirer. On s'est coupés du monde dans lequel on vit. On ne le connaît pas. Les gens savent que l'océan existe mais ils ne l'ont jamais vu. Ils savent que le soleil existe mais ils n'ont jamais senti ses rayons sur leur peau. Alors que la seule raison d'être en vie, c'est de pouvoir apprécier des moments pareils.

La lumière se répandit à l'horizon puis s'estompa. Je ne voulais pas admettre que c'était mon premier vrai coucher de soleil, ou que ces minutes passées avec Justin étaient les plus intenses et les plus intimes de ma vie. Pour autant, j'avais enfin ma réponse. Justin m'offrait le monde entier. Mais il me refusait la seule chose que je désirais.

- 17 -

Le lendemain matin, je fus réveillée par un bruit tonitruant, semblable à celui d'un marteau frappant du métal. Je ramenai mon oreiller sur mon visage et criai : « Stop », ce qui suffisait en principe à éteindre mon réveil électronique. Le martèlement persista. C'était quoi cette chanson rock débile ? Je me redressai dans le lit. J'avais de nouveau oublié que je n'étais pas chez moi. Le bruit provenait de dehors.

J'entrai dans la cuisine, attrapai une tasse et y versai du café. L'odeur chassa les dernières traces de sommeil de mes yeux. Ensuite, guidée par ce boucan infernal, je sortis. Justin était penché au-dessus du capot d'une voiture, une casquette de base-ball vissée à l'envers sur la tête. Son débardeur blanc était recouvert d'huile de moteur, son jean aussi, qui lui tombait sur les hanches, révélant le haut de son caleçon vert.

Je me raclai la gorge. Il se retourna et me sourit, d'un sourire qui se voulait réservé, poli – qui gardait ses distances.

— Alors comme ça, tu fais la cuisine et tu répares des voitures, dis-je. Tu ne trouves pas ça contradictoire ?

Il s'assit sur le trottoir réchauffé par le soleil et je m'installai à côté de lui. Il s'adossa à la voiture puis but à sa bouteille d'eau.

— C'est vraiment si bizarre ? me demanda-t-il.

Je pris une gorgée de mon café et l'observai. Sa peau recouverte de sueur scintillait au soleil. Il avait le visage rouge, les mains et les ongles noirs de graisse. C'était très séduisant.

Il se tourna vers moi et je fis mine de regarder ailleurs.

— Oui, c'est bizarre de t'imaginer en train de semer la police un jour et de faire une tarte aux pommes le lendemain.

— Je ne fais pas de tartes aux pommes, protesta-t-il, comme si j'avais insulté sa virilité. Je fais des gâteaux au chocolat.

J'éclatai de rire.

Il descendit la moitié de sa bouteille d'eau. Les muscles de sa nuque tressautaient tandis qu'il buvait et j'entendais l'eau couler dans sa gorge. J'observai le fin duvet sur son menton, sous ses pommettes, au-dessus de sa lèvre supérieure. Puis ses épaules, les muscles de ses bras. Il semblait ne se rendre compte de rien.

Je dirigeai ensuite mon regard vers la maison.

— Quand est-ce qu'on repart ? demandai-je.

— Pas avant quelques jours.

— On doit rester ici ?

— Pourquoi, ça t'embête ? s'inquiéta-t-il.

Je haussai les épaules, essayant de ne pas m'attarder sur ses yeux que le soleil éclairait.

— C'est toujours mieux qu'un centre de détention.

Il ramassa un tournevis en souriant.

Je remarquai alors une cicatrice rosée sur son épaule. Elle débutait sous la bretelle de son débardeur et descendait visiblement sous son T-shirt.

— Un accident de travail ? demandai-je.

— Non, ça date de quand j'étais petit, dit-il.

— Qu'est-ce qui s'est passé ?

Il me surprit en croisant les bras et en retirant son T-shirt. Il avait de longues cicatrices sur le torse et le ventre, jusqu'à la taille. Bien sûr, je remarquai au passage ses muscles fermes et son ventre luisant de sueur. Ces cicatrices me le rendaient encore plus sexy, comme s'il était une sorte de superhéros avec des blessures de guerre.

Je me penchai en avant. On voyait en effet à leur surface lisse et à leur coloration pâle que les cicatrices remontaient à son enfance.

— On dirait des marques de brûlure, dis-je.

Il acquiesça et reprit une gorgée d'eau. Il ne paraissait pas avoir honte de sa peau abîmée. Au contraire, il paraissait fier.

— Qu'est-ce qui s'est passé ? répétai-je.

— J'ai toujours été attiré par le feu, expliqua-t-il. Depuis que je suis tout petit. Quand j'avais 3 ans, mes parents m'ont emmené camper. Ils ont fait un feu de camp. Dès qu'ils ont eu le dos tourné, je m'y suis précipité. Je me suis bien brûlé.

Observant ses blessures, je grimaçai.

— Il paraît que je n'ai même pas crié, même quand la douleur s'est intensifiée. On était au milieu de nulle part. Mes parents n'ont pu que me recouvrir de linges mouillés. Mais il paraît que j'étais tout à fait calme. Depuis, mes parents pensent que je résiste au feu, conclut-il en souriant.

J'examinai une des cicatrices sous sa clavicule. D'un geste hésitant, j'avançai ma main puis passai mon index sur la boursouflure rosée. Justin sursauta légèrement quand je le touchai. Lui avais-je fait peur ? Peut-être que ma main était froide… Néanmoins, je poursuivis, frottant la cicatrice lisse et délicate comme de la soie. Il me regardait, l'air prudent ; pour autant, il ne m'interrompit pas.

Je retirai ma main.

— Je n'ai jamais vu de feu, avouai-je.

— C'est un truc incroyable.

— Vraiment ?

— Ce crépitement, cette odeur de fumée, ces flammes orangées qui deviennent parfois bleues, vertes, violettes. La façon dont le feu danse, pénètre en toi. C'est tellement beau qu'on a envie de le toucher, même si on ne peut pas. Je crois que c'est de là que vient ma fascination.

Il se tourna vers moi.

— Et la chaleur, poursuivit-il. C'est extraordinaire.

Il me regardait mais il était en fait ailleurs, perdu dans ses pensées, en train d'imaginer le feu, de le sentir.

— C'est une force parmi les plus puissantes. Mais les gens détestent le feu parce qu'ils ne peuvent pas le maîtriser.

J'étudiai son torse de nouveau. À l'École numérique, j'avais appris que le feu était une menace, quelque chose d'incontrôlable qui ravageait tout sur son passage. J'avais vu de nombreux reportages sur des feux de forêt, des incendies industriels, des explosions en temps de guerre – le feu détruisait plus de vies que n'importe quel autre élément.

— Ça a l'air effrayant, murmurai-je.

— Non, ça ne l'est pas, répondit-il. C'est simplement ce qu'on veut te faire croire. Le truc, c'est de le respecter. Les gens refusent de comprendre que la nature est plus forte que nous. Et même si ça nous déplaît d'être les plus faibles, elle le sera toujours.

— Tout le monde n'est pas résistant au feu, rétorquai-je avec un sourire.

— Je pourrais facilement y remédier, dit-il à propos de ses cicatrices.

« Ce serait bien dommage, pensai-je, elles sont magnifiques. »

— Mais je n'en ai pas envie, reprit-il. J'aime bien les défauts. C'est ce qui nous différencie des autres.

Je remarquai qu'il regardait mon mollet.

— C'est ma seule cicatrice, dis-je.

Justin tendit la main et caressa délicatement la zone tendre et enflée de ma jambe. Ma blessure n'était pas encore tout à fait guérie. La sensation de ses doigts sur ma peau déclencha une série de chocs électriques dans tout mon corps. Il leva les yeux, sa main toujours posée sur ma jambe.

— C'est une bonne cicatrice, déclara-t-il en souriant.

J'étais incapable de ne pas le regarder. J'en avais même le vertige. Il déplaça doucement sa main sur mon poignet et le fit pivoter pour que ma paume soit vers le ciel. Mon cœur battait à tout rompre. Il effleura mon tatouage ; son geste me coupa le souffle.

— Je l'aime bien, dit-il.

Le soleil tapait si fort que je sentis une goutte de sueur dégouliner à l'arrière de ma nuque. Tous mes sens étaient en alerte. C'était toujours le cas quand j'étais avec Justin. À présent, les rayons du soleil me paraissaient intenses, le bruissement des feuilles dans les arbres assourdissant, l'odeur de l'huile de moteur saturait l'air et la pression de ses doigts sur ma peau enflammait chacune de mes cellules.

Il se détourna légèrement et je pus de nouveau respirer.

Je trouvai alors le courage de baisser le bras jusqu'à ce que nos deux paumes se touchent. Je caressai le bout de ses doigts, chauds et rugueux. Ce geste infime fut un de mes grands instants de bravoure. Une prise de risque énorme. Nous restâmes ainsi un long moment, puis il retira sa main. Il se redressa, serra la mâchoire, prit une grande respiration.

— Tu sais que tu me rends complètement fou ?

Je lui souris, ravie – après tout, j'étais dans le même état, non ?

— Je te signale que c'est toi qui t'es déshabillé, l'informai-je en agitant la main.

Il me regarda, stupéfait. À croire qu'il ne se rendait pas compte de l'effet qu'il avait sur les filles. Cela dit, à la réflexion, peut-être qu'il l'ignorait vraiment. Il ne pensait jamais à lui.

— Maddie, c'est impossible, dit-il. Alors arrête de me torturer.

— Je ne cherche pas à te torturer, répondis-je. Je distille des indices subtils.

— Subtils ? répéta-t-il en haussant un sourcil. Comme ta petite danse de séduction l'autre soir au club ?

Il me dévisageait. Je me sentis rougir.

— Je me suis laissé emporter par la musique, dis-je d'un air innocent.

— Ah, c'était donc ça !

Gênée, j'éclatai de rire.

— Je pense que tu en fais toute une histoire pour rien.

— Moi ?

— C'est pas comme si je te demandais de m'épouser.

Il cligna des yeux, plissa le front.

— On pourrait simplement s'embrasser, continuai-je. Si tu veux. Ça me va.

Ma propre audace me sidérait.

— Tu es vraiment la fille la plus bizarre que j'ai jamais rencontrée, dit-il comme s'il pensait que je plaisantais.

Il ramassa sa bouteille d'eau et m'adressa un regard en coin.

— Tu as déjà embrassé un garçon ? me demanda-t-il en buvant un coup.

— Dans le monde numérique, c'est assez compliqué, répondis-je en souriant. Un jour, je me suis entraînée sur ma main. Ça ne m'a rien fait.

Justin manqua s'étrangler avec son eau. Je plaquai ma main sur ma bouche.

— J'ai dit ça à haute voix ?

— Oui, parvint-il à répondre, toussant et riant en même temps.

— Effacer, effacer, effacer, lançai-je en appuyant sur un bouton imaginaire. Vraiment, cette option me manque.

— Mais non ! Ce sont ces phrases-là qui sont vraies. Les gens ont toujours envie d'effacer ce qui est authentique.

Son regard s'illumina d'un coup.

— Tiens, j'ai une idée. Qu'est-ce que tu aurais envie de dire si tu savais que tu pouvais l'effacer immédiatement après ?

L'observant, je sortis les premiers mots qui me traversèrent l'esprit.

— J'adore tes lèvres.

Il eut un mouvement de surprise.

— Sérieux ?

— Je ne fais que dire la vérité, me défendis-je. (Me penchant vers lui, je poursuivis :) Est-ce qu'il t'arrive de regarder tes lèvres dans un miroir et d'être complètement fasciné ?

Il cligna des yeux. Sûrement qu'il me prenait pour une tarée. Une tache rouge apparut sur sa joue.

— Peut-être qu'on ne devrait pas jouer à ce jeu.

— Non, non, c'était ton idée. À ton tour.

Il se tourna vers moi. Complètement. Puis il fit pivoter mes épaules pour que je sois bien en face de lui. Ses longues jambes chevauchaient les miennes ; un nœud se forma dans ma gorge. Il planta ses yeux dans les miens.

— Je t'aime bien, dit-il d'une voix grave. Plus que je ne devrais. Tu provoques en moi des sensations surprenantes.

Ses paroles me laissèrent bouche bée.

— Je ne fais que dire la vérité, s'excusa-t-il en souriant.

— Et tu veux l'effacer ?

C'était la chose la plus incroyable que j'eusse jamais entendue.

— Oui.

— Pourquoi ?

— Je ne veux pas t'entraîner dans ma vie. Tu ne sais pas ce que ça implique. Moi, oui.

— Je croyais que tu me trouvais attirante ?

— Évidemment, répondit-il en me regardant. Tu t'es vue ? Tu es sublime.

Je détournai les yeux, gênée. Sublime ? Moi ?

— Et tu ne le sais même pas, ce qui est une des choses que je préfère chez toi.

— D'accord, les sentiments sont partagés, parvins-je à bredouiller. Alors pourquoi est-ce que tu t'y opposes ?

Justin secoua la tête.

— Tu n'as rien écouté de ce que je t'ai dit hier ?

— Et toi non plus, tu n'as rien écouté de ce que je t'ai dit ?

— C'est fou ce que tu es têtue.

— Toi, tu es têtu et bête.

Il me sourit, d'un immense sourire qui creusa ses jolies fossettes.

— Tu es tellement charmante quand tu es honnête.

— Pourquoi est-ce que tu résistes ? répétai-je.

Il me prit les mains et me dévisagea longuement.

— J'ai besoin que tu m'écoutes, d'accord ?

Je hochai la tête.

— Je ne suis pas idiot. Je vois bien qui j'ai en face de moi. Mais…

Il fixa l'horizon un instant, et je vis ses yeux se voiler.

— La vérité, c'est que dans quelques jours je partirai. Qui sait quand on se reverra ? Dans un mois, deux ? Et ensuite deux ou trois fois par an, pendant quelques jours. Tu as trop à donner pour te satisfaire de cette situation. Moi, je ne te laisserai pas te contenter de ça. Tu mérites mieux.

— Ne t'inquiète pas pour moi, répondis-je. Tu ne me feras pas souffrir. Au moins, pour une fois, j'aurais éprouvé quelque chose.

Nos regards se croisèrent. Oui, c'était un vrai soulagement de pouvoir enfin avouer tout ça.

Il me lâcha les mains, sans rien dire. Je me levai et il me regarda marcher vers la maison. Je savais qu'il ne me suivrait pas. Et il resta en effet assis. Mais peut-être que le message était passé. Il m'avait poussée à m'ouvrir au monde, à imaginer une vie différente de celle dont je me contentais. Peut-être que j'avais la même influence sur lui.

- 18 -

Justin passa la journée à travailler. Il descendit au sous-sol et ne remonta que pour aller chercher quelque chose à manger dans la cuisine. Il avait son écouteur à l'oreille et ne cessait de marmonner. Ne voulant pas l'embêter, je restai dans mon coin. Sans mon téléphone, ma tablette et mon ordinateur, je ne savais pas quoi faire. Tout de même, ils auraient pu installer une télévision.

Je décidai de ranger les placards dans la chambre d'amis. J'empilai les pulls et les sweat-shirts bien comme il faut, par tailles et par couleurs. Je fis de même avec les chemises et les T-shirts, les associant comme on faisait parfois dans les boutiques en ligne. J'alignai les chaussures par terre, des plus grandes aux plus petites.

Ensuite, j'allai dans la cuisine me faire un sandwich. Je dînai seule. Une fois mon repas terminé, je retournai dans ma chambre et m'assis par terre, contre le lit. Je ramassai mon sac et le vidai, à la recherche d'un truc pour m'occuper. Je trouvai un stick à lèvres que je m'appliquai – je n'avais vraiment rien à faire. Observant la pièce, j'eus envie de crier. La maison était trop calme. Ma chaîne hi-fi et ma toile murale me manquaient.

Comme s'il avait perçu mon impatience, Justin vint frapper à ma porte. Je lui dis d'entrer. Il s'était douché et portait à présent un bas de survêtement et un T-shirt blanc. Il sentait le savon. Ses cheveux mouillés brillaient. Sur le seuil, il hésita ; on aurait dit qu'une barrière invisible l'empêchait d'entrer.

— Tu ne vois pas que je suis occupée ? dis-je.

— Tu as besoin de quelque chose ?

Mon pied droit se balançait nerveusement de droite à gauche.

— Je n'ai pas l'habitude d'être à ce point débranchée.

— Débranchée ?

— Je n'ai jamais passé une journée sans mon ordinateur. Je n'ai pas de téléphone, pas de musique, pas de télé, pas de toile murale. J'ai l'impression d'être en désintox.

Comme pour confirmer mes dires, mon pied se mit à trembler. Peut-être que j'étais accro à la technologie et que j'étais simplement en état de manque.

Il s'appuya contre le chambranle de la porte.

— Si j'avais su que tu te ferais arrêter aussi vite, j'aurais essayé de te sevrer plus tôt.

Je lui souris tout en me rongeant un ongle.

— Merci.

— Tu ne peux communiquer avec personne en ce

moment. Je ne sais pas encore ce que je vais faire de toi.

Il parlait d'un ton léger – à croire qu'héberger une jeune fugitive était anodin.

— Je sais. J'essaye simplement de ne pas perdre la raison.

Mon pied trembla de nouveau.

— Je réfléchis trop. D'habitude, je n'ai pas le temps de réfléchir.

Justin entra dans la pièce, s'adossa au mur et croisa les bras.

— Il y a des livres dans le salon, dit-il d'un ton songeur. Tu les as vus ?

Je hochai la tête. Mais j'étais trop agitée pour lire. Il examina le bazar que j'avais créé sur la moquette et quelque chose attira son regard. Mon journal.

— C'est à toi ?

— Oui, répondis-je. Ma mère me l'a donné. C'est un vrai, avec du vrai papier.

— Tu t'en sers ? me demanda-t-il, intrigué.

Je hochai la tête de nouveau, agacée.

Il m'observa avec prudence.

— Tu écris à la main ? C'est très vieux jeu, plaisanta-t-il.

Il se laissa glisser le long du mur et s'assit en face de moi. Nos genoux se touchaient presque. Il me demanda s'il pouvait le voir et j'acquiesçai. Il l'ouvrit, le feuilleta attentivement. Pendant ce temps, j'observai ses pieds nus et ses coudes posés sur ses genoux.

— Un peu illisible, ton écriture, dit-il.

Je poussai un long soupir. Il me regarda d'un air curieux.

— Tu veux que je parte ? me demanda-t-il.

— Non, répondis-je, surprise. Pourquoi je voudrais que tu partes ?

— Il y a quelque chose qui te dérange, et c'est dans cette pièce.

Il observa les murs, le lit, la commode. Je soupirai une deuxième fois.

Il regarda alors le journal dans ses mains. Oui, il pouvait lire dans mes pensées.

— Ah, dit-il. C'est ça.

Je jetai un regard hostile au journal. Il resta silencieux, attendant que je m'explique.

— Ma mère collectionne les livres anciens et m'en offre de temps en temps. Elle m'a donné celui-là pour mon dix-septième anniversaire.

Il ne me quittait pas des yeux. Pour une fois, je réussis à ne pas me laisser distraire.

— Elle affirme que cela fait du bien d'écrire ses pensées, et donc je m'y suis mise. Et elle a raison, ça m'oblige à ralentir, à rassembler mes idées, mais… il ne se passait pas grand-chose dans ma vie. Jusqu'à récemment.

Justin me fit signe de continuer. Touchée par sa sollicitude, je poursuivis.

— Ma première tentative parle des arbres. Sûrement parce que c'est de là que vient le papier. C'est drôle, je n'avais jamais pensé aux arbres avant de m'asseoir et d'écrire dans ce journal. J'ai alors pris conscience de ce que je vivais dans une ville où les arbres ne poussaient pas. Je me suis demandé à quoi ressemblait le monde il y a cinquante ans, avant que les gens s'enferment chez eux. Y penser me contrariait.

« J'ai arrêté d'écrire sur ce sujet parce que ça me rendait trop triste. Les jours suivants, je n'ai cessé de penser à ces arbres que je n'avais jamais vus. Et puis l'idée qu'on m'avait privée de ce monde-là m'a mise en colère. Tout comme le fait que les gens avaient si vite baissé les bras. Quelqu'un a inventé les arbres en plastique et c'était pratique, alors tout le monde a sauté dessus. Et un problème de résolu !

« Tout ce que j'écris me surprend, surtout parce que c'est déprimant. Je me demande si j'ai vraiment eu une amie sincère, je me rends compte que ma vie est un mensonge. Je me remets en question, je remets en question mes parents, la notion d'amour. Mais sans doute que ma vie est déprimante.

Je tirai sur les fils de la moquette.

— Le pire, c'était l'autre soir, repris-je, et un frisson glacial me parcourut le dos. Quand j'ai passé la nuit je ne sais où. Ce sous-sol… ressemblait à une morgue. Ça m'a fait penser à 28 M et à tous ces enfants.

Ma voix s'était mise à trembler. Je me calmai.

— J'ai écrit sur ce sujet et sur la naissance de l'EN. Avant, je ne m'étais jamais autorisée à m'y attarder. Personne n'en parle, c'est un sujet interdit. Mon père était proviseur dans un lycée où une fusillade a eu lieu. Sept élèves ont été tués.

Je relevai la tête. Nous nous sommes regardés.

— Mon père a abattu le tireur.

— J'en ai entendu parler, dit-il. Je suis désolé, Maddie.

— C'était douloureux de revenir sur ces événements, physiquement douloureux. Ça m'a rendue malade.

— Oui, mais ça t'a éveillée au monde, murmura-t-il.

Déconcertée, je haussai les épaules.

— Savoir, c'est douloureux, je sais, reprit-il. On ne peut plus ignorer ce qui se passe autour de nous. On ne peut plus faire semblant d'être aveugle. C'est plus facile d'ignorer un problème que de l'affronter.

— Toi, tu n'ignores rien du tout.

— Depuis toujours, ma mère m'encourage aussi à tenir un journal, continua-t-il. Parfois, je ressens la même chose que toi. Mais je crois que ta mère a raison. C'est bénéfique. Et qui sait, un jour tu auras peut-être une bonne nouvelle à raconter.

Justin se leva. Je regardai le journal qu'il avait laissé sur la moquette. Je ne le détestais plus autant.

— Tu devrais te coucher, dit-il. Demain sera une grosse journée.

— Pourquoi ?

Il m'adressa un sourire si éclatant que mon cœur en oublia de battre.

— C'est une surprise.

- 19 -

Cette fois-ci, je fus réveillée par un bruit de moteur. J'enfouis mon visage dans mon oreiller en râlant. Il était 9 h 30, mais je me sentais épuisée. J'avais mal dormi, me réveillant en sursaut avec des images de mes parents et de la police plein la tête. Je m'extirpai du lit et me traînai jusqu'à la cuisine.

Une poêle avec un couvercle attendait sur le feu. Je soulevai le couvercle et admirai les œufs brouillés mélangés à des tomates et à un autre truc vert et feuillu. J'en versai un peu dans une assiette, me demandant si Justin en aurait un jour marre de m'éduquer. J'aurais aimé avoir quelque chose à lui apprendre, être autre chose qu'une délinquante juvénile affamée, effrayée et exigeante.

Alors que je plantais ma fourchette dans les œufs, j'entendis la porte du garage s'ouvrir. Mon assiette à la main, je sortis. Justin contemplait une énorme boîte.

— Salut, dit-il.

— Salut, répondis-je, et je soulevai mon assiette. Désolée que tu sois obligé de me nourrir non-stop.

— Maddie, dit-il en levant les yeux au ciel, arrête de t'excuser chaque fois que je cuisine.

— OK, dis-je en enfournant ma fourchette dans la bouche.

Je m'assis par terre et me concentrai sur mon petit déjeuner.

— Si tu veux, j'ai un service à te demander.

Je relevai la tête, revigorée.

— J'ai besoin de la liste des mots de passe de ton père, d'une copie de ses dossiers et d'une explication sur la façon d'accéder à ses différents profils…

— Ce n'est pas à ça que je pensais.

Je baissai les yeux, agacée qu'il puisse me voir uniquement comme un moyen de parvenir à ses fins. Un investissement. C'était d'autant plus agaçant que, moi, je le considérais presque comme l'amour de ma vie.

— Clare m'a dit que tu y avais repensé, c'est tout, dit-il.

— Tu as parlé à Clare ? demandai-je en posant ma fourchette.

— Oui…

— Elle va bien ? Il s'est passé un truc entre elle et ce Chris qu'elle a rencontré au club ? Et cet imbécile de Mike, il a fini par comprendre ?

Justin me dévisagea un instant.

— OK, dit-il, je ne sais pas dans quelle dimension tu viens de basculer, mais ce sera sans moi.

— Comment ça ?

— Bavarder… entre filles. Je ne fais pas ça, moi.

— Justin, je ne peux parler à personne. Il faut que tu me serves d'intermédiaire.

— Tu crois que je vais parler de garçons à Clare ? Tu sais, j'ai une réputation à défendre.

— Désolée. Mais je me sens un peu isolée en ce moment.

— C'est temporaire, me rappela-t-il.

— Bon, c'est quoi cette surprise ? demandai-je, d'autant plus méfiante qu'il me semblait vibrer d'impatience.

— Ça vient d'arriver par la poste, répondit-il en désignant la boîte.

— Pourquoi tu reçois des paquets alors que personne n'est supposé savoir qu'on est là ?

— C'est-à-dire que… (Il hésita quelques secondes.) C'est mon anniversaire, aujourd'hui.

— Justin…

Il m'interrompit d'un geste de la main.

— Non, pas la peine d'en faire toute une histoire. Je ne le fête pas vraiment. Du moins, pas comme la plupart des gens.

— Ça veut dire quoi ?

— D'habitude, je travaille le jour de mon anniversaire, alors je n'ai pas le temps d'y penser. Mais mon père m'envoie toujours un cadeau. Tu veux le voir ? demanda-t-il d'un air malicieux.

Je hochai la tête. Il ouvrit la boîte et en sortit un objet enveloppé dans du papier bulles. Il le retira, révélant une sorte de coquille en métal grande comme un ballon de football avec des fils qui pendaient à une extrémité. Il l'examina puis la fit tourner dans sa main comme s'il s'agissait d'une pierre précieuse. Je m'approchai pour mieux voir.

— Ton père t'envoie un vieux truc en métal pour ton anniversaire ? demandai-je, perplexe.

Justin me sourit.

— Il aime bidouiller, répondit-il, et son regard accrocha le mien.

Ses yeux brillaient d'excitation, ce qui me rendit nerveuse.

— Il a une passion pour… l'aérodynamique. Entre autres…

— L'aérodynamique ? m'étonnai-je en reculant déjà.

— C'est un inventeur à la retraite. Mais il n'a pas perdu la main. En général, il m'envoie ses dernières inventions pour que je les teste. Son dernier engin… avait un problème de moteur, alors il m'en envoie un autre pour que je voie si ça marche.

— C'est chouette, dis-je d'un ton prudent – je ne comprenais toujours pas ce que ce morceau de métal était supposé accomplir.

Il tendit le doigt vers le garage et je me retournai. J'aperçus un petit véhicule, de la taille d'une voiture de golf. L'habitacle noir était à peine assez grand pour deux personnes. Les portières ne s'ouvraient pas, il fallait passer par-dessus pour y entrer. L'avant de la voiture était de forme conique, ce qui lui donnait la forme d'un missile.

Justin attrapa un outil sur l'établi. Sur un des côtés du véhicule, je lus « Fusée des sables » écrit en rouge.

— Qu'est-ce que c'est ? demandai-je.

Je m'accroupis pour observer les roues. Elles étaient trop petites et fragiles pour rouler longtemps.

— Je ne sais pas trop, dit-il. On verra bien.

— On ?

Justin fixa le moteur à l'arrière de la voiture. Au passage, je remarquai que la carrosserie était molle, semblable à du caoutchouc.

— Les inventions de ton père sont-elles sans danger ? demandai-je.

— Ça n'aurait aucun intérêt !

— Tu l'as déjà conduite ? insistai-je, de plus en plus inquiète.

Il secoua la tête. Après avoir vissé quelques boulons, il alla s'installer dans le siège conducteur. Il démarra et la voiture prit vie en toussotant. Le moteur faisait un bruit étrange, différent de celui d'un moteur de voiture classique – un genre de sifflement, comme un serpent. Je regardai Justin. Une lueur de folie dansait dans ses yeux, ce que je trouvai à la fois sexy et terrifiant.

— Tu viens ?

J'avalai ma salive.

— Où ça ?

— Sur la plage, me répondit-il comme si c'était évident.

Je lui offris un sourire timide.

— Peut-être que je peux simplement te regarder ? suggérai-je.

À sa fébrilité se mêla de la déception. Vaincue, je soupirai et acceptai de l'accompagner.

— Mais il faut que je me change, dis-je.

Je courus dans ma chambre et passai un débardeur et un short. Le ciel était bleu et il faisait déjà chaud et humide. Je retournai dans le garage, m'attachai les cheveux. Justin était de nouveau penché sur le moteur qui ne m'inspirait pas du tout confiance.

— Tu es prête ? me demanda-t-il.

Acquiesçant, je me hissai dans la voiture.

— Tu es sûre ? continua Justin en s'installant à côté de moi.

— Allons-y avant que je change d'avis, répondis-je.

Je serrai ma ceinture le plus possible et récitai une prière dans ma tête. Peut-être que si on s'écrasait, Justin me prendrait dans ses bras et m'embrasserait avant que je ne pousse mon dernier soupir ? Du coup, ma mort prochaine me parut moins tragique.

Nous étions si près du sol que je pouvais le toucher. Les deux mains sur le volant, Justin sortit le véhicule du garage et accéléra gentiment dans l'allée.

Le moteur siffla, la voiture bondit et je fus projetée en arrière. Je fermai les yeux, effrayée. Puis je partis en avant quand Justin freina brusquement. J'ouvris les yeux. Nous étions déjà à l'autre bout de la rue, dans le jardin d'un voisin, à quelques mètres à peine de sa porte d'entrée. Nous avons observé la porte un instant puis nous nous sommes regardés. Je fis de mon mieux pour rire, mais j'aurais tout aussi bien pu me mettre à pleurer.

— Ça va ? me demanda-t-il.

Je me frottai l'arrière de la nuque.

— Oui. De toute manière, les muscles du cou ne servent à rien.

Une fois convaincu que j'allais bien, Justin reporta son attention sur sa machine. Un immense sourire éclaira son visage.

— Excellente reprise, se réjouit-il. Je crois que cette petite merveille et moi, on va très bien s'entendre.

Il recula et s'engagea dans la rue. Alors que nous roulions vers la plage, je tentai de partager son enthousiasme. Le véhicule avançait avec tant de fluidité sur la chaussée qu'on aurait cru qu'il glissait sur de la glace. Je ne perçus aucun cahot.

Sur la plage, Justin orienta la voiture vers le sud. Il n'y avait personne, ni sur la plage ni au loin. Il avança vers la mer, où la surface était plus plate et le sable plus compact.

— Tu es prête ?

Je le regardai un instant. Il fit ronfler le moteur.

— Je crois.

— Tu crois ?

— Oui, mais... Pourquoi tu as pensé que ça me plairait ?

— Qu'est-ce qu'il y a sur ton poignet ?

— Un oiseau, répondis-je en baissant les yeux.

— C'est pour ça que j'ai pensé que ça te plairait. Enfin, si ça marche.

Avant que je puisse protester, Justin appuya sur l'accélérateur. L'engin partit à toute allure, me coupant la respiration. Je poussai un cri mais le moteur faisait un tel vacarme que ma voix fut étouffée.

La seconde d'après, j'entendis un craquement, comme si la voiture avait perdu un morceau. Je criai de nouveau puis me tus en voyant des ailes en plastique se déplier de chaque côté de la carrosserie. Un claquement sec retentit quand elles furent bien tendues. Accrochée à ma ceinture, je sentis le véhicule se soulever et décoller. Je fermai les yeux. « Nous n'allons pas vraiment voler, me dis-je. Peut-être simplement planer à quelques mètres du sol. » Justin éclata de rire et j'ouvris les yeux, juste à temps pour voir la plage s'éloigner. Le bolide s'éleva au-dessus de l'océan et le moteur cessa de siffler. Nous étions à cinquante mètres de hauteur ! Je pouvais voir la côte, les falaises, les montagnes brunâtres dans l'arrière-pays. Même un immense sommet recouvert de neige au loin, que jamais je n'aurais vu depuis la maison.

— Elle n'est pas faite pour voler longtemps, me dit-il en criant – le vent était assourdissant. Ni très haut. Et pour la descente, on sera en chute libre.

J'étais tellement émerveillée par la vue que je l'écoutais à peine. Laissant le vent nous porter, Justin m'expliqua que la montagne aux neiges éternelles était le mont Shasta. On voyait aussi San Francisco, à l'horizon. L'océan en dessous ressemblait à une plaque de verre bleutée et polie, sur laquelle voguaient des bateaux. Le littoral ondulait au fil de l'eau, comme une danseuse du ventre.

Nous étions tous les deux tellement accaparés par le paysage que nous n'avons pas remarqué que nous chutions un peu trop vite.

En voyant l'océan se rapprocher à vive allure, je me mis à paniquer.

— T'inquiète, on ne va pas exploser en mille morceaux, me dit-il.

— Me voilà rassurée !

Justin paraissait plus songeur qu'inquiet. Nous étions pourtant bien bas, et l'océan se rapprochait de plus en plus.

— Voyons à quoi ça sert, ça, dit-il en tirant sur un levier sous son siège.

Un grincement sonore retentit sous nos pieds. Je me penchai sur le côté pour voir.

— Qu'est-ce qui se passe ? demandai-je.

Tout à coup, les deux ailes se détachèrent. Terrifiée, je me tournai vers Justin.

— Peut-être que je n'aurais pas dû faire ça, marmonna-t-il.

Je me jetai vers l'extérieur, comme si j'avais pu rattraper les ailes et les recoller à la voiture. Ensuite le bolide plongea dans l'eau et une immense vague nous submergea.

— On va mourir ! hurlai-je.

M'attendant à sombrer au plus profond de l'océan, je fus surprise de constater que ce n'était pas le cas. Justin me tira le bras et désigna le côté de la voiture.

La carrosserie en caoutchouc s'était remplie d'air et gonflée comme un zodiac. Nous flottions à présent sur l'eau.

Trempés et abasourdis, nous échangeâmes un regard. Les vagues nous berçaient gentiment.

— C'était génial ! s'écria Justin en passant une main dans ses cheveux. On recommence ?

Je secouai la tête et plaquai ma main sur ma poitrine dans l'espoir de ralentir les battements frénétiques de mon cœur. Il me sourit.

— Et maintenant, le test ultime. Soit il nous faudra pagayer avec les mains, soit le moteur fonctionne toujours.

Il alluma le moteur, qui ronfla tranquillement.

— Mon père n'a pas perdu la main, on dirait !

La voiture accéléra en direction de la côte.

— Attends, dis-je en attrapant le bras de Justin.

Il retira son pied de la pédale et me regarda d'un air anxieux.

— Qu'est-ce qu'il y a ?

— On ne peut pas juste se laisser porter ? Quelque temps ? Ce n'est pas tous les jours qu'on peut flotter ainsi sur l'océan…

Il acquiesça et éteignit le moteur. Le monde devint silencieux. Nous laissâmes l'embarcation dériver avec le courant. Basculant la tête en arrière, je contemplai cet immense ciel bleu au-dessus de moi. Justin se recula dans son siège et croisa les mains derrière sa tête. Il ferma les yeux, prit une grande respiration et soupira lentement.

Aucun de nous ne parla pendant le trajet de retour. J'avais envie d'écouter, de me concentrer sur le bruit de l'eau. Je trempai ma main dans l'océan, laissant les vagues engloutir mon bras et m'éclabousser le visage. Je léchai mes lèvres, surprise par le goût amer et salé. J'avais envie de graver en moi cette plage qui nous attendait à l'horizon, ces filaments de nuages au-dessus de nous.

Perdue dans l'infini du ciel, j'aurais aimé arrêter le temps. Mais c'est parfois dangereux d'admirer le ciel trop longtemps. On se prend à rêver. On finit par croire que l'impossible est accessible. Et un certain jeune homme en particulier.

Quand le dessous de la voiture heurta le sable, Justin bondit avec agilité hors du véhicule et atterrit dans l'eau. Je défis à mon tour ma ceinture et il m'aida à descendre. Le courant avait ramené aussi les ailes à bon port ; nous avons attendu qu'elles sèchent avant de les replier et de les ranger dans la voiture. Le véhicule était léger et Justin n'eut aucun mal à le tirer derrière lui.

Alors que Justin rangeait la voiture dans le garage, j'observai mes bras, rougis par le soleil. Il ferma la porte du garage et me regarda. De nouveau, je sentis vibrer en moi cette énergie, cette électricité qui me parcourait quand il m'observait. Il avait pris un léger coup de soleil, ce qui accentuait la noirceur de ses yeux.

— Super promenade en voiture, dis-je. Enfin, en avion. Et en bateau.

— Désolé si tu as eu peur de mourir.

— Oh mais je n'ai pas eu peur. C'était juste un effet secondaire.

— Bien sûr, répondit-il – et il me sourit.

Je lui souris en retour. Un coup de vent souleva mes cheveux et rabattit quelques mèches sur mon visage. Contre toute attente, il attrapa une mèche qu'il ramena derrière mon oreille, laissant ensuite ses doigts traîner sur ma tempe.

Je le dévisageai, incapable de bouger. De respirer.

Mais il retira sa main et se redressa.

— On part demain matin, dit-il brusquement, comme s'il voulait vite passer à autre chose.

— Demain ?

Je n'avais plus qu'une seule soirée avec lui.

— Je ne peux pas..., bredouilla-t-il. On ne peut pas... Il faut que je me remette au travail.

— Où on va ?

— Je t'emmène chez mes parents.

— À Éden ? dis-je, surprise.

Cette idée était pour moi aussi absurde que s'il m'avait dit qu'on allait sur une autre planète.

— Tu seras là ? demandai-je.

— Je vais être pas mal occupé ces prochains temps, dit-il. Mais je passerai te voir.

Le ton de sa voix avait changé – froid, détaché.

— Oh, murmurai-je.

— J'attendrai que tu sois bien installée avant de m'en aller.

J'entendis les paroles de Justin mais elles me semblèrent lointaines, comme s'il me parlait à travers un mur. Je crois qu'une partie de mon cerveau s'était éteinte.

— Mieux vaut faire tes bagages ce soir, poursuivit-il. On va partir tôt.

Et sans rien ajouter, il se dirigea vers la porte.

– 20 –

Ce soir-là, je m'installai dans le salon et tentai de m'intéresser à un roman, mais mon esprit se mit bien vite à dériver. Je savais que Justin était au sous-sol, seulement je ne voulais pas le déranger. Il avait passé une bonne partie de la journée avec moi, ce qui était un privilège vu combien son temps était précieux. Cependant, j'étais désormais habituée à sa présence ; j'en avais même besoin.

Des bruits étranges me parvenaient du sous-sol et je tendis l'oreille. Je parcourus le couloir, curieuse. Je ne voulais pas interrompre une conversation téléphonique, mais Justin ne parlait à personne. Ça ressemblait plutôt à la télévision. Poussant la porte, je descendis l'escalier. Quand j'arrivai en bas, Justin releva la tête. Il était assis sur le canapé, l'air détendu, une canette de soda à la main. D'un pas rapide, je m'approchai de la télévision.

— Elle est là depuis le début ? m'exclamai-je.

J'observai le sous-sol, où se trouvait un bureau avec un ordinateur. Sur une grande table à côté s'étalaient des écrans et des tablettes. Le canapé et la télévision étaient dans un coin. Devant le canapé on avait posé un tapis. Perplexe, je regardai le match de basket à la télé puis Justin.

— C'est mon truc, dit-il. C'est comme ça que je me détends.

Il prit une gorgée de son soda et me sourit. Il avait encore les joues un peu rouges.

— Bon, répondis-je. Puisque c'est ton anniversaire, je ne vais rien dire. Et puis c'est sûr que c'est mieux que de jouer au baby-sitter.

— Tu veux te joindre à moi ? dit-il après un temps de réflexion.

J'eus envie de refuser, de faire semblant de pouvoir me débrouiller sans lui.

— Je ne veux pas te déranger. Tu dois apprécier de pouvoir être un peu seul.

— Toi, non, dit-il brusquement.

Il avait raison, je ne m'étais pas encore habituée à être seule avec mes pensées.

— J'y travaille.

— Oui, répondit-il en se redressant. Il faut un peu de temps.

Il se leva du canapé et s'avança vers moi. Une idée ridicule me traversa l'esprit : il allait me prendre dans ses bras. Mais il me dépassa sans me regarder et continua jusqu'au réfrigérateur. Il alla ensuite se rasseoir, une tablette de chocolat à la main.

Il m'en offrit mais je refusai.

— Maintenant, je connais ton grand secret, plaisantai-je. Le basket et le chocolat.

— Ouaip, dit-il en mettant un carré dans sa bouche.

Il me gratifia d'un sourire paresseux qui creusait davantage ses fossettes.

Je m'assis à côté de lui sur le canapé, si près que je fus obligée de me concentrer sur ma respiration – je sentais la chaleur irradier de sa peau. Je me forçai à regarder le match, mais le moindre de ses mouvements m'en détournait : quand il buvait, mâchait un bout de chocolat, fixait la télé. Je croisai les bras fermement sur ma poitrine. Lors d'une publicité, je me tournai vers lui et vis qu'il me regardait. Ses lèvres paraissaient douces dans la lumière.

— Ça va ? me demanda-t-il.

Et tout à coup, je sentis que ça n'allait plus. J'avais les nerfs en pelote. Je ne savais pas à quoi m'attendre à Éden. Qui serait là ? Combien de temps faudrait-il que j'y reste ? Pourrais-je un jour rentrer à la maison ? Un immense trou se forma dans mon ventre. Ma vie entière avait été chamboulée et plus rien ne serait comme avant. C'était trop rapide, j'avais l'impression d'avoir été emportée par une tornade.

Justin posa sa canette et se tourna vers moi.

— Parle, dit-il.

— Je ne sais pas quoi dire.

Il avait vu juste : j'étais un mur. Mais je n'en avais pas envie. Surtout pas avec lui. Je croisai son regard, si intense, si attentionné, et toutes mes pensées s'éparpillèrent. Pourquoi ne pouvais-je pas avoir une conversation normale avec lui ? Pourquoi est-ce que mon cœur s'étranglait chaque fois qu'il me regardait ?

— Ça a un rapport avec tes parents ? me demanda-t-il.

— C'est tout. Je suis passée d'une vie parfaitement régentée à rien. Une page blanche. Et tu ne seras même pas là.

— Je serai là un jour ou deux, dit-il dans l'espoir de me calmer.

Je luttai pour ne pas paraître blessée. Il m'avait déjà consacré tellement de temps. Je me comportais comme une enfant gâtée.

— Maddie ?

Rien à faire, je cédai à la panique. Tout à coup, mes poumons se vidèrent, comme si quelqu'un les écrasait.

— Je sais que c'est facile à dire et difficile à croire, dit-il en m'obligeant à le regarder, mais ça va aller. L'endroit où je t'emmène est super, tu vas très bien t'en sortir.

— Oui, soufflai-je.

Mais ça n'irait pas ! Sans lui, ça n'irait jamais.

— Je sais que ce n'est pas chez toi. Mais c'est ta vie, maintenant.

Des larmes roulèrent sur mes joues, que je chassai vite de la main.

— Je ne suis pas courageuse, dis-je. Je ne sais pas pourquoi tu crois que je le suis, parce que c'est faux.

— Mais non, répondit-il d'une voix sincère.

— Si, c'est vrai, protestai-je. J'ai peur des araignées.

Et des greniers. Je refusais même de descendre seule au sous-sol.

Il m'adressa un sourire timide.

— Et là, je fais une crise de panique.

— Tu es sensible, dit-il. Et c'est bien. Il y a tellement de choses qu'on ne maîtrise pas : ce qui nous arrive, les réactions des gens. Et s'en inquiéter, c'est du temps perdu. Mais tu peux contrôler la façon dont tu réagis à tous ces événements. C'est ça, le truc.

Il se tut et je tentai de reprendre ma respiration, mais l'air se coinçait toujours dans ma gorge, comme si on m'étranglait.

— Tu veux que je te montre une technique qui t'aiderait à te détendre ? me demanda-t-il.

Je haussai les épaules, convaincue que je n'y parviendrais pas de toute manière.

— Tu dois apprendre à t'évader. Évidemment que tu as du mal avec le silence, tu as toujours été entourée de bruits, de distractions. Tu n'avais presque pas à penser, une machine s'en chargeait pour toi.

Passant ma main sur mes yeux, je hochai la tête.

— Ça, plus tout le reste, tu dois te sentir…

— Terrifiée ?

— Le calme doit t'apaiser, pas te stresser.

— Je veux bien essayer.

— Très bien.

Il éteignit la télévision et la pièce se fit plus sombre – seule une lumière de l'autre côté était allumée.

— Mets la tête en arrière et ferme les yeux.

Je lui jetai un regard sceptique mais lui obéis.

J'appuyai ma tête contre le dossier du canapé, fermai les yeux. À présent, je n'entendais plus que les battements de mon cœur et le va-et-vient de ma respiration.

— Imagine un endroit idyllique, un endroit où tu sais qu'il ne peut rien t'arriver.

Je plissai les lèvres, espérant qu'une image surgirait dans ma tête.

— OK…

— Qu'est-ce que tu vois ?

— Du noir.

Justin attendit patiemment que la situation évolue. Mais je ne voyais absolument rien.

— Peut-être que je n'ai pas d'endroit idéal.

— Un endroit tranquille. Où tu te sens en sécurité, répéta-t-il.

Je fis un réel effort – sans résultat.

— Ça ne marche pas.

— C'est parce que tu regardes avec tes yeux, Maddie, me dit-il d'une voix posée. Regarde avec ton esprit. Imagine un endroit que tu adores.

Je poussai un long soupir en pensant à la journée parfaite qu'on venait de passer.

— La plage, répondis-je.

— Bien. Maintenant, décris-la-moi.

— Comment ça ? demandai-je en rouvrant les yeux. C'est une plage.

— Il faut que tu te concentres, dit-il, toujours aussi calme. Imagine-la bien.

Je refermai les yeux. La plage qui apparut dans ma tête sortait tout droit d'une carte postale.

— Essaye de la décrire, continua-t-il.

— Il y a de l'eau, du sable, un ciel bleu, répondis-je.

Je sentis Justin bouger à côté de moi. Soudain agacée, je rouvris les yeux et me levai, posant mes mains sur mes hanches.

— Pardon, mais me donner l'impression que je suis débile ne va pas m'aider à me détendre.

— Il s'agit d'utiliser ton cerveau, répondit-il, imperturbable. Une partie de ton cerveau dont tu ne te sers jamais à l'EN.

— À quoi ça me sert de fermer les yeux et de faire semblant ?

— Le but, c'est d'imaginer. De laisser ton esprit vagabonder.

— La plage est juste là-derrière, dis-je en désignant le mur du fond. Tu sais à quoi elle ressemble. On trouve des millions de photos en ligne si besoin. Je suis désolée, mais on est bien loin de l'escapade idyllique, là.

Une lueur amusée traversa son regard.

— Bon, ça y est, tu as fini ?

— Oui, j'ai fini de jouer au jeu de « décrire mon endroit idéal ». Parce que je n'y arrive pas.

— Tu serais du genre à laisser tomber ?

Contrariée, je me mis à jouer avec la fermeture Éclair de mon sweat-shirt.

Il ne me quittait pas des yeux et je vis disparaître son éternelle réserve. Enfin, il baissait les armes.

— Je veux bien t'aider mais il faut que tu y mettes

du tien, reprit-il. Et ne dis pas que tu n'y arrives pas, ça m'énerve.

Justin se pencha en avant et tapota le tapis à ses pieds. Je m'assis devant lui en soupirant.

— D'accord, dis-je en repliant mes jambes. Allons-y pour le cours de relaxation.

— Recule, me dit-il.

Ce qui me surprit.

Il ramena doucement mes épaules en arrière, entre ses jambes, jusqu'à ce que ma nuque repose sur le canapé. Ses genoux frottaient contre mes épaules. Quand il m'attrapa les bras et les posa dessus, je sentis ma respiration s'accélérer. Je fermai les yeux.

— Tu te souviens de m'avoir demandé ce qui nous rend humains ?

Je hochai la tête, luttant pour ne pas frémir quand il posa ses mains sur ma tête.

— Ce sont nos sens. C'est ce qui nous différencie des ordinateurs. L'odorat, la vue, le toucher, le goût, l'ouïe. Peu importe les mondes virtuels que les ordinateurs peuvent créer. Est-ce qu'un ordinateur peut faire ça ? me demanda-t-il en me caressant les cheveux.

Je restai sans voix puis parvins à murmurer :

— Non.

— Bien, continua-t-il d'une voix chaleureuse. Ne te contente pas de regarder l'océan, Maddie. Promène-toi sur la plage. Regarde autour de toi. Respire. Écoute.

Je retournai au bord de l'océan. Un jour, quand j'étais petite, ma grand-mère m'avait emmenée à Newport. Nous avions passé la nuit dans un hôtel près de la plage, fait une promenade le long de la mer le lendemain matin. Le ciel était gris, le vent soufflait fort. J'avais adoré me trouver ainsi au milieu des éléments, sentir sa main dans la mienne.

— Je la vois, dis-je enfin.

Justin appuya légèrement sur mon crâne, et je résistai pour ne pas gémir.

— On est à quel moment de la journée ?

— C'est le matin, répondis-je. Le soleil est encore bas à l'horizon. Il se lève à peine au-dessus des falaises. Il y a de la brume.

— Décris la brume.

J'esquissai un sourire. De sa main, il me caressa la joue.

— En fait, le brouillard est si dense que je le sens sur ma peau. C'est comme de marcher dans les nuages.

Je me tus, laissant l'humidité cristalline de la brume me chatouiller le visage.

— Regarde la mer, poursuivit-il.

— Elle est agitée. D'immenses vagues se percutent les unes les autres. Elles s'écrasent avec une telle violence que des jets d'écume remontent jusqu'au ciel.

J'y étais. Je voyais tout. Je sentais tout.

— L'air est humide mais pas trop froid. J'ai une veste, un bonnet. J'ai enlevé mes chaussures et le sable glacial m'engourdit les pieds. Il se glisse entre mes orteils à chaque pas. Je ramasse des galets. Il y a des gens sur la plage mais je ne les distingue pas bien à cause du brouillard. On dirait des ombres flottantes.

Mes bras me parurent tout à coup très légers.

— On perçoit quand même les rayons du soleil à travers la brume. Et une odeur de sel, de rosée.

Je pris une grande inspiration et sentis l'air remplir la moindre de mes alvéoles. Puis j'expirai, chassant en même temps mes soucis. J'étais parfaitement calme.

J'étais tellement bien que je ne m'étais pas rendu compte que Justin était à présent assis à côté de moi. Néanmoins, je sentis le sel dans ses cheveux, le soleil sur sa peau. J'ouvris les yeux. Son visage était tout près du mien, et mon cœur bondit. L'instant d'après, il posa ses deux mains sur mes joues, m'attirant vers lui. Il ferma les yeux et je fis de même. Quand il m'embrassa, mes lèvres prirent feu, puis mon visage tout entier, comme marqué par l'empreinte de ses doigts. Il entrouvrit la bouche et je l'imitai – il avait un goût sucré.

Nos gestes me paraissaient évidents. Naturels. À croire qu'on avait été programmés pour ça. Qu'on aurait dû s'embrasser bien avant.

Emporté dans son élan, il plaqua ses lèvres contre les miennes, avança sa langue dans ma bouche. Je l'entendis gémir. Survoltée, je passai une main dans ses cheveux.

Je chiffonnai son T-shirt dans ma main et le tirai vers moi au moment où il m'enserra la taille. Il décolla ses lèvres une seconde, le temps de sourire.

Tous mes doutes s'envolèrent. J'avais la tête, le cœur, l'estomac, l'âme complètement sens dessus dessous. Il ne m'embrassait pas parce que je le lui avais demandé. Il débordait de désir, ça se voyait. Et il ne se contentait pas de me frôler, il m'explorait, comme s'il avait attendu toute sa vie pour me toucher. Il m'embrassait avec passion et je fondis en lui, m'agrippant à son cou. Il posa de nouveau ses mains sur mon visage et me caressa les joues, le menton, la nuque. J'eus l'impression qu'il avait le pouvoir de me briser. J'avais envie que ça ne s'arrête jamais. Et si ses mains semblaient encore hésitantes, la force de ses baisers acheva de me convaincre.

Il recula un instant et nos lèvres se décollèrent, mais il garda ses mains sur mon visage, refusant de me lâcher. Il était aussi essoufflé que moi. Il me parut fébrile, perdu, heureux. Nous nous sommes regardés, cherchant à reprendre notre respiration.

Je ne pus m'empêcher de sourire.

— C'est ma partie préférée du cours, dis-je.

Il baissa les bras, passa la main dans ses cheveux que j'avais tout ébouriffés, se frotta le visage. Ses lèvres étaient rouge foncé et j'avais très envie de les goûter de nouveau.

— Ça n'en fait pas partie, répondit-il.

Je ne voulais pas qu'il ait une seconde pour réfléchir, qu'il ait la moindre occasion de s'enfuir.

Je me penchai vers lui. « Encore », pensai-je.

— Ça devrait…, murmurai-je, et j'appuyai mes lèvres contre les siennes – déjà, l'embrasser me paraissait familier. Il m'embrassa à son tour puis enroula ses bras autour de mes épaules.

— Tu as un goût de chocolat, bredouillai-je.

— Tu as un goût extraordinaire, dit-il.

Je sentis son souffle sur ma langue. C'était la chose la plus incroyable au monde et je lui souris.

Je glissai ma main dans ses cheveux et le tirai vers moi, manquant nous étouffer.

Tous mes sens me paraissaient exacerbés, mon cœur battait la chamade. Nous nous embrassions comme si nos vies en dépendaient.

Nous avons perdu toute notion du temps.

Nous fîmes de rares pauses afin de reprendre notre souffle.

L'humeur de Justin changea cette nuit-là. Il se montra bien plus tendre avec moi que je ne l'aurais cru possible. Lui qui avait toujours été distant et prudent, à présent il ne pouvait plus me lâcher. Il me touchait sans cesse. C'était à se demander comment il avait fait pour résister à ses pulsions pendant tout ce temps, surtout que cette intimité semblait lui plaire. Comment un garçon aussi sensuel pouvait-il à ce point garder ses distances avec les autres ?

— Sens ça, me dit Justin à un moment.

Il posa ma main sur son cœur. J'avais l'impression qu'un batteur minuscule s'en donnait à cœur joie dans sa poitrine. Au moins, je n'étais pas la seule à avoir une légère crise cardiaque chaque fois qu'on se frôlait.

Je lui souris. Tout ce que j'avais pu un jour désirer était à portée de main. J'avais envie de figer l'instant et de passer l'éternité ici, avec lui.

- 21 -

Le courage, l'espoir, l'audace vivent en nous. Et si on ose y puiser, rien ne peut nous résister. Voilà ce que je me disais alors que nous nous rendions à Éden. J'espérais que mon avenir ne se résumerait pas au fait de devoir fuir mon passé. Et surtout, j'espérais que ce qui s'était passé entre moi et Justin n'était pas qu'une folie passagère. Il n'en parla pas pendant le trajet et moi non plus ; parfois on peut tout gâcher avec des mots.

« Peut-être, pensai-je, qu'il vaut mieux avancer à tâtons dans la vie – éteindre la lumière, faire confiance à ses sens et tant pis si on trébuche de temps en temps. Sans doute que tomber amoureux s'apparente à ce même sentiment : tâtonner dans le noir jusqu'à trouver quelqu'un sur qui s'appuyer. »

Quittant l'autoroute, Justin s'engagea dans la rue principale d'une petite ville. À l'entrée se trouvait un grand panneau jaune nous souhaitant la bienvenue à Edgewater. C'était un panneau à l'ancienne, en bois, pas un écran publicitaire. Je m'attendais à tomber sur des barrières de sécurité et des vigiles chargés de nous enregistrer, mais nous sommes entrés en ville sans croiser quiconque.

— On est où ? demandai-je.

Justin me regarda d'un air surpris.

— On est arrivés. On est à Éden.

Je regardai par la vitre. De nombreux magasins ornaient la rue principale, où se promenaient des badauds, seuls ou en famille.

J'avais été loin d'imaginer une ville pareille. Nous poursuivîmes sur une route pavée, passant devant une épicerie, des restaurants, des cafés. Dans un jardin public, des gens pique-niquaient sur l'herbe. Il y avait même un hôtel à Edgewater, comme me l'indiquait le panneau peint suspendu au-dessus d'un auvent vert. Mais qui viendrait en visite ? Je remarquai ensuite une voie de chemin de fer parallèle à la rue. Un train nous dépassa.

Des yeux, je cherchais les clôtures.

— Comment ils font pour savoir qui entre et qui sort ?

— Quoi ? répondit-il, le front plissé.

— Ils autorisent n'importe qui à venir ? continuai-je, stupéfaite. On ne doit pas s'enregistrer quelque part ?

— Enfin, Maddie, tu t'attendais à quoi ? À un asile psychiatrique ?

— Je ne sais pas, bredouillai-je. Mais à quelque chose de fermé, au moins.

— Ta conception d'Éden est celle d'un endroit barricadé ? me demanda-t-il, perplexe.

— Je croyais que c'était un lieu d'exil, expliquai-je en haussant les épaules.

— Non, mais c'est en effet ce que le gouvernement veut nous faire croire. Les clôtures sont dans nos têtes, c'est tout. Tous ceux qui sont ici l'ont choisi. Du moment qu'ils restent tranquilles et ne posent pas de problèmes, le gouvernement les ignore. On compte de nombreuses villes de ce type dans le pays mais elles ne figurent pas sur les cartes et donc sont difficiles à trouver. Des villes où poussent des arbres. Où les gens se promènent dehors, des gens dont la vie n'est pas régentée par la peur. Mes parents n'ont même pas de verrou à leur porte.

Observant les pelouses sur le bas-côté, je demandai à Justin de s'arrêter. Il se gara près du trottoir et, avant même qu'il s'arrête, je bondis de la voiture. J'avais déjà touché de la vraie herbe, une fois, au zoo de Portland. C'était doux, spongieux, fragile. Si on appuyait trop dessus, on se retrouvait les mains pleines de terre. Si on y enfonçait ses doigts, on pouvait en arracher des morceaux. Que des gens vivent avec une plante aussi délicate m'épatait. La pelouse synthétique de chez moi résistait à tout. Elle ne s'affaissait pas avec le temps, ne jaunissait pas au soleil. Elle survivait aux mauvais traitements des hommes, ce qui n'était pas le cas de la nature.

Je m'agenouillai et passai mes paumes sur les brins. L'herbe naturelle n'était pas uniforme, certains endroits étaient plus touffus, d'autres plus verts. Elle avait sa propre personnalité. Justin sortit aussi de la voiture et s'adossa à un arbre. Je l'examinai. Pour commencer, l'arbre diffusait une odeur intense, moite, terreuse. Les feuilles frémissaient sous la brise et cela ressemblait au bruit de la pluie – contrairement aux feuilles en plastique qui s'entrechoquaient. Je frottai une feuille entre mes doigts, appréciant sa surface soyeuse. De minuscules veines y couraient, similaires à celles qui couraient sous ma peau.

— C'est assez génial, non ?

Je hochai la tête, submergée de sensations, et plaquai ma main sur le tronc de l'arbre, espérant presque sentir son pouls.

— Et puis ça remet les choses à leur place, poursuivit-il.

— Comment ça ?

— On ne fait que passer. La planète nous survivra et les gens s'illusionnent en pensant qu'ils peuvent la soumettre. En pensant qu'ils ont le pouvoir de la détruire, aussi. Nous n'aurons jamais ce pouvoir. Les humains sont une espèce comme une autre. Vouée à disparaître.

— C'est difficile de croire que tes parents peuvent vivre aussi librement, dis-je, songeuse. Parce qu'ils ont enfreint la loi, ils ont le droit d'être en vacances jusqu'à la fin de leurs jours.

— Maddie, il faut que tu saches…, dit-il, sérieux. Ton père pense que mes parents sont morts.

— Hein ? Et pourquoi il penserait une chose pareille ?

— Parce qu'il a participé à leur procès ; il était rattaché au procureur qui les a poursuivis. Quand mes parents ont enfreint les termes de leur mise à l'épreuve et ont été condamnés, ton père a exigé la peine de mort. Et son avis a beaucoup compté.

Mon père avait demandé la mise à mort de quelqu'un ? Choquée, je m'agrippai à un bout d'écorce.

— Je ne voulais pas te le dire mais ça ne sert à rien de te le cacher. Mes parents ont consacré une bonne partie de leur vie à lutter contre l'École numérique. Ils ont un casier judiciaire chargé qui les qualifie de terroristes, ricana-t-il. Et ces temps-ci, on exécute les terroristes.

— Je n'arrive pas à croire que mon père ait fait ça.

— Ton père est très puissant, Maddie, plus que tu ne crois. Il a conçu le programme le plus influent du pays. Le président l'appelle pour lui demander son avis !

— Comment tes parents ont fait pour s'échapper ?

— Ils ne m'ont jamais raconté toute l'histoire. Mais ils connaissaient visiblement quelqu'un qui les a aidés à s'évader. Ils ont été libérés la nuit précédant leur exécution mais leur mort a été enregistrée. Quelqu'un affirme en avoir été témoin. Ton père pense qu'ils ont été tués.

— Et tu acceptes de m'aider ? demandai-je, la tête baissée. Moi, la fille de celui qui a essayé de tuer tes parents ?

— Je ne t'ai jamais considérée ainsi, me répondit-il d'une voix sincère. Et mes parents te vénèrent pour ce que tu as fait.

— C'est parce qu'ils ne connaissaient pas la réelle identité du pirate, fis-je remarquer. Quand ils ont appris qu'il s'agissait de la fille de Kevin Freeman, qu'est-ce qu'ils ont dit ?

— Le pouvoir, ça peut servir à faire le bien ou le mal, à promouvoir la liberté ou à renforcer la dictature. Tu as grandi en voyant ton père s'en servir d'une certaine façon et tu as décidé de prendre la direction opposée. Voilà ce qu'on pense. Tout est une histoire d'équilibre. C'est ce qui fait la vie. Peut-être que ton rôle, c'est de brider les élans de ton père.

— Tu entends toujours te servir de moi pour l'atteindre, n'est-ce pas ? plaisantai-je.

Justin fronça les sourcils.

— Tu le penses vraiment ?

Je secouai la tête. Je m'étais plus ou moins débarrassée de ce doute.

— Bon, on repart ?

Justin me parla de la maison en bord de mer de ses parents. Apparemment, c'était comme un hôtel dans le sens où elle était ouverte à tous. La maison était nichée sur une crête sablonneuse qui surplombait l'océan. Ses parents se déplaçaient à vélo ou à pied – le centre-ville n'était pas loin. Il m'expliqua aussi qu'Edgewater commençait à attirer des touristes. Quelques universités numériques proposaient même des excursions en ville dans le cadre d'études d'écologie.

La voiture s'arrêta devant une grande maison victorienne à un étage, qui paraissait ancienne même si la peinture jaune lui conférait un air joyeux. Une terrasse l'entourait sur trois côtés. Des pots débordant de fleurs rose et orange y étaient suspendus. Je poussai un soupir de soulagement. C'était tout à fait à mon goût. Des vélos s'entassaient dans le jardin et un petit chemin en pierre menait à la porte d'entrée.

Justin attrapa mon sac en toile dans le coffre. Au même moment, la porte s'ouvrit et une femme descendit avec hâte les marches du perron.

— Justin ! s'écria-t-elle.

Je reconnus sa mère sans problème ; elle avait le même sourire et les mêmes fossettes. Ses longs cheveux noirs grisonnaient par endroits. Elle était petite, plus petite que moi, et portait des lunettes rouges. Elle enserra Justin au niveau de la taille et il dut se plier en deux pour l'embrasser.

— Tu as bien reçu le cadeau d'anniversaire de ton père ? demanda-t-elle en levant les yeux.

— Oui, et c'était… intéressant.

— Je ne veux même pas le savoir, dit-elle. Ce serait bien qu'un jour il t'offre un cadeau qui ne mette pas ta vie en danger.

Elle se tourna ensuite vers moi.

— Tu dois être Madeline.

J'acquiesçai et elle me prit immédiatement dans ses bras, me serrant bien fort. Ensuite elle me dévisagea.

— Dieu que tu es jolie ! s'exclama-t-elle.

Je rougis de honte.

— Justin, tu ne m'avais pas dit que Madeline était une vraie poupée.

— Sûrement parce que ce mot ne fait pas partie de mon vocabulaire, répondit-il.

— Ces temps-ci, on ne sait jamais, continua-t-elle en me regardant de ses yeux étincelants. Vu ce que les gens mangent… Sans compter qu'ils ne font pas de sport et ne prennent jamais le soleil. Ils sont tous de plus en plus laids ! Et pas que physiquement. Émotionnellement et mentalement, aussi. Tous des zombies numérisés.

J'essayai de ne pas rire. Je comprenais mieux d'où Justin tirait son côté cynique. Ma mère aurait adoré Elaine. Malheureusement, aucune réunion familiale ne serait jamais à l'ordre du jour.

— À quoi tu t'attendais ? lui demanda Justin.

— Oh, je ne sais pas trop. C'est un plaisir de te rencontrer enfin, Madeline. On t'a cherchée pendant longtemps.

— Oui, trois ans environ, dis-je.

Elle m'entraîna bras dessus bras dessous vers la terrasse comme si nous étions de vieilles copines. Justin nous suivit.

— Tu fais ici comme chez toi, me dit-elle. Pas besoin de demander la permission pour quoi que ce soit.

— Merci, dis-je. (Chez moi, il me fallait demander

la permission pour tout.) Cet endroit est vraiment magnifique.

— Oui, on adore.

— Où est Thomas ? demanda Justin.

Je fus surprise qu'il puisse désigner son père ainsi, et de manière aussi décontractée. Je n'avais jamais appelé mon père par son prénom. Cela me paraissait trop impersonnel.

— Qui sait ? Il est parti faire une randonnée sur la côte. La belle vie, quoi !

— Maman, vous l'avez mérité, répondit Justin. Ne sois pas aussi sévère avec lui.

— Il revient demain. Nous n'étions pas bien sûrs de votre jour d'arrivée.

Alors que nous étions tous les trois sur la terrasse, elle s'arrêta pour nous regarder et prit un air préoccupé.

— Vous semblez épuisés. Vous n'avez pas dormi ?

Justin attrapa sa mère par les épaules et la poussa vers la porte avant qu'elle puisse me voir rougir. Nos regards se croisèrent un instant et il me sourit. Il est vrai que, dans la mesure où j'avais passé la nuit à embrasser son fils, parler à Elaine me semblait un peu bizarre.

Dans l'entrée, j'essuyai mes chaussures sur le paillasson. Sur une table s'empilaient des livres et des boîtes ; des manteaux et des chapeaux pendaient à des crochets le long du mur. Des chaussures s'amassaient près de la porte. J'adorais le charme de ce bazar. Ici, il y avait de la vie – contrairement à chez moi.

— C'est un peu le chantier, pardon, me dit Elaine.

(Elle se mit à rire.) Mais qui a le temps de penser au ménage ? Il y a tellement de choses plus intéressantes à faire.

— Ma mère dit toujours..., commença Justin.

Il attendit que sa mère termine sa phrase.

— Ah bon ? s'étonna-t-elle.

Justin leva les yeux au ciel.

— Oh, non, reprit-elle. Madeline va penser que je suis trop critique.

— Mais tu l'es, répondit Justin.

Je l'observai, intriguée. Elle me regarda et agita les mains.

— Disons que, d'après moi, les maisons trop propres sont tenues par des gens ennuyeux. Et je préfère éviter les gens ennuyeux.

— Ça me paraît sensé, dis-je.

— Il y a toujours du passage, ici, Madeline, et c'est impossible de tout ranger. Parfois, c'est la foire d'empoigne ! Mais je vous ai quand même préparé des chambres en haut.

Soudain, elle plaqua la main sur sa bouche.

— Oh mais vous devez être affamés ! Je crois qu'Erica a apporté des restes ce matin.

— Elle ne cuisine pas non plus, me murmura Justin à l'oreille. C'est mon père qui s'en charge.

— Justin, je t'entends ! cria-t-elle par-dessus son épaule.

La maison d'Elaine et Thomas sentait le bois et le café. La mienne ne sentait rien. Elle était aussi bien moins colorée que celle-ci, ce qui me troubla un peu.

Les murs de l'entrée étaient jaune citron, ceux du couloir étaient d'un bleu presque turquoise et craquelés par endroits. Chez moi, le plancher était recouvert de moquette ignifugée ou de parquet flottant et les murs étaient plus blancs que blanc.

Je n'avais pas très faim, j'étais surtout épuisée. Mais Elaine me versa un bol de soupe qu'elle accompagna de petits pains chauds. Le bouillon de poulet était riche et salé et je terminai mon assiette, rassasiée. En même temps, cela ne fit qu'accentuer ma fatigue.

— Justin, cette jeune fille est épuisée. Qu'est-ce que tu lui as fait ?

Je m'efforçai de nouveau de ne pas rougir. Justin fouillait dans un placard et ne parut même pas l'entendre.

— Tu ne l'as pas nourrie ? poursuivit-elle. Elle est toute maigre !

— J'ai du mal à dormir en ce moment, dis-je.

Ce qui était la stricte vérité, après tout.

— Ici, tu peux te détendre. Vous devriez peut-être aller vous coucher tôt, tous les deux. Une bonne nuit de sommeil vous fera le plus grand bien.

Je dis bonne nuit à Elaine et la remerciai pour le dîner. Elle me serra de nouveau dans ses bras. Ensuite, je montai à l'étage avec Justin qui me conduisit à une chambre. La pièce sous les toits était petite mais disposait d'une grande fenêtre donnant sur l'océan. Il déposa mon sac sur le lit.

— Si tu as besoin de quoi que ce soit, dis-le-moi.

Hochant la tête, je me dirigeai vers la fenêtre, que j'ouvris. La nuit était belle, calme ; l'air sentait la mer. Je me retournai vers Justin et le regardai. Il fit de même. J'avais le sentiment que nous luttions tous les deux contre quelque chose. Il hésita, comme s'il s'apprêtait à faire un pas en avant, mais il choisit de reculer. Il prit ensuite une grande respiration et passa la main dans ses cheveux qu'il décoiffa.

— Bonne nuit, Maddie, murmura-t-il.

Il sortit de la pièce sans ajouter un mot.

J'observai l'espace vide dans la chambre. Il m'avait à peine touchée aujourd'hui. Il avait maintenu entre nous une distance polie, amicale. J'étais inquiète. J'aurais aimé entrer dans son cerveau et ouvrir grand toutes les fenêtres de son âme qu'il cherchait à verrouiller.

*
* *

M'agitant dans mon lit, je contemplais la lune, visible à travers les rideaux qui ondoyaient. Mon cerveau était épuisé mais mon corps pas du tout, et je savais pourquoi. Mais alors que je m'apprêtais à aller le retrouver, j'entendis la porte s'ouvrir et sentis son énergie envahir la pièce avant même de le voir. Je me redressai, à la fois fâchée et soulagée. Il se retourna doucement, referma la porte. Puis il s'approcha de moi et je rabattis les draps.

— Ça ne te dérange pas ? demanda-t-il en montant sur le lit.

Ses mains se posèrent sur mes joues et ses lèvres sur les miennes.

— Pourquoi tu as mis autant de temps ? demandai-je entre deux baisers.

— J'ai attendu que ma mère dorme, m'expliqua-t-il.

— Tu ne m'as même pas embrassée pour me dire bonne nuit, marmonnai-je.

Il recula la tête et m'observa.

— Tu crois que j'aurais pu m'arrêter là ?

À l'entendre, j'étais complètement folle.

Il me caressa les lèvres avec le pouce puis se pencha vers moi.

Je n'avais pas envie de penser, j'avais déjà du mal à respirer. Il ne me restait plus qu'à sentir. Je laissai ma main courir sur son bras, sur son visage. Jamais je ne pourrais me lasser de la sensation de sa peau contre la mienne, de la chaleur de son corps. Plus je l'embrassais, plus j'avais besoin de l'embrasser. J'enfouis ma langue dans sa bouche. M'attrapant une jambe, il me hissa sur lui.

Dans le noir, nous étions en sécurité. Personne ne pouvait nous voir, nous juger. Nous étions tous les deux, ensemble, avec l'impression de pouvoir enfin échapper à notre condition, à toutes ces questions qui ne manqueraient pas de se poser. C'était facile d'oublier qu'il y avait d'autres gens sur cette planète, et même d'autres planètes et des étoiles. Embrasser quelqu'un, c'est créer un univers à soi dans sa tête. Moi, j'avais l'impression de voir enfin le monde en couleurs. On peut être aussi bien envoûté par une seule personne que par un ciel rempli d'étoiles.

J'entremêlai mes doigts aux siens. Il me serra la main et une douleur agréable fleurit dans ma poitrine.

- 22 -

Quand je descendis le lendemain matin, une fête se déroulait dans le salon. Stupéfaite, j'observai la vingtaine de personnes qui discutaient et buvaient du café tandis que la porte grillagée de l'entrée ne cessait de claquer. Des enfants et des chiens couraient partout, et je faillis trébucher sur un ballon de foot qu'un gamin vint récupérer à mes pieds. Dans la cuisine, je trouvai Elaine en grande conversation avec six autres femmes. Des montagnes de nourriture s'amoncelaient sur la table. Je ressentis un pincement au cœur en pensant à ma mère, qui aurait adoré toute cette effervescence. Elaine parlait vite en faisant de grands gestes ; j'étais fascinée. Elle me vit, me sourit et se dépêcha de planter un baiser maternel sur mon front.

— Cette magnifique jeune fille est notre invitée d'honneur, annonça-t-elle à ses amies.

Le rouge me monta aux joues.

Elle fit les présentations mais je ne retins pas les noms et me contentai de sourire poliment. Quelqu'un me mit ensuite une tasse de café dans les mains et, avant même que je puisse parler, Elaine me tendit un plat débordant de muffins.

— Madeline, tu peux emporter ça sur la terrasse ? Thomas s'y trouve avec Justin. Va vite le voir, il a très envie de faire ta connaissance, m'encouragea-t-elle.

Justin était assis sur la terrasse qui surplombait l'océan. Les vagues s'écrasaient au loin, au-delà d'une petite dune de sable et de quelques buissons. Il se tourna vers moi, tout comme l'homme qui était assis à côté de lui. Il était aussi baraqué que Justin. Il avait aussi les mêmes yeux, le même regard assuré.

— Je vois qu'Elaine t'a déjà mise à contribution, me dit-il tout en attrapant le plat de muffins.

Il me serra la main, me dévisagea puis m'adressa un immense sourire, comme si j'étais une amie intime de la famille, ce qui me mit mal à l'aise – n'étais-je pas plutôt une ennemie intime ?

— Madeline, me dit-il, ça fait longtemps.

Je fronçai les sourcils. À l'entendre, on se connaissait déjà.

— Ce que je veux dire, c'est qu'on t'a cherchée pendant longtemps, rectifia-t-il. (Je hochai la tête.) Est-ce que Justin t'a fait faire le tour de la maison ?

Justin et moi avons secoué la tête. Ils se levèrent tous les deux – même taille, même carrure – et Thomas regarda son fils avec surprise.

— Tu ne lui as pas montré la salle informatique ?

— C'est à toi de le faire, répondit Justin. C'est sa salle de jeu, me confia-t-il ensuite.

— Vous avez des ordinateurs, ici ? m'étonnai-je.

— Madeline, me dit Thomas, nos modes de vie sont peut-être arriérés mais pas nos méthodes.

Dans le couloir, il ouvrit une porte menant à un immense garde-manger. Ensuite, il composa un code sur un boîtier électronique fixé au mur. L'une des parois s'ouvrit et une porte métallique apparut derrière. On aurait dit l'ouverture d'un abri antiaérien.

Je regardai Thomas, impressionnée. De toute évidence cette vieille maison victorienne n'était pas dotée à ses débuts d'une cachette secrète sécurisée. Il posa son index sur un écran qui scanna son empreinte digitale et la porte bourdonna. Thomas appuya ensuite sur un interrupteur, révélant un escalier. Nous descendîmes tous les trois et arrivâmes dans une pièce de la taille d'une salle de conférence. La totalité du mur du fond était occupée par un écran. Des dizaines d'ordinateurs étaient installés sur des tables dispersées çà et là. Mon regard fut immédiatement attiré par les écrans, comme si j'avais été en manque. Une large table ronde avec quatre machines se trouvait au centre.

Je passai ma main sur un des claviers et souris. J'avais l'impression de revoir un vieil ami ; nos chemins s'étaient séparés et je n'étais pas sûre que nous puissions nous entendre de nouveau, mais cela faisait plaisir de le revoir. Mes doigts et mes yeux avaient touché tant de choses ces dernières semaines. Et dire que ce clavier et cet écran avaient été, à un moment donné de ma vie, mon seul univers.

Ensuite, je remarquai sur l'une des tables la présence d'un Cerebrix, branché à un des ordinateurs. Stupéfaite, je m'en approchai. Un Cerebrix est un décodeur qui permet d'infiltrer n'importe quel site Internet – d'un compte bancaire personnel aux fichiers top secret d'une multinationale. Ce logiciel pouvait décrypter le moindre mot de passe, le moindre code de sécurité et dénicher une information, qu'elle ait été sauvegardée, transférée ou jetée. Je savais que très peu de gens avaient accès à cet outil – mon père en avait un et j'avais appris à m'en servir. Alors que des gamins de mon âge discutaient, flirtaient et assistaient à des concerts numériques, moi je téléchargeais illégalement des dossiers gouvernementaux confidentiels.

— Comment vous avez eu ça ? demandai-je en désignant le disque dur externe en forme de C.

— Ah, c'est un secret ! répondit Thomas d'un air malicieux.

Sa décontraction me choqua. Nous n'étions pas en train de parler du dernier écran plasma, il s'agissait d'un outil gouvernemental sophistiqué.

— Vous savez ce que vous risquez si on découvre que vous en avez un ? continuai-je.

— Je serai exécuté sur-le-champ, j'imagine, répondit-il de ce même ton léger.

Il avait déjà failli être exécuté, pensai-je en serrant les dents. Perplexe, j'observai Justin et son père. Est-ce qu'ils pensaient tous être immortels dans cette famille ?

— Mais je ne suis pas vraiment inquiet, Madeline, répondit-il. C'est moi qui l'ai conçu, qu'il y en ait un qui traîne chez moi n'a donc rien d'étonnant.

— Vous avez conçu le logiciel Cerebrix ?

— Il l'a inventé, précisa Justin.

Thomas hocha la tête.

— C'est la plus grosse erreur de ma vie, soupira-t-il.

Il tira une chaise et nous invita à nous asseoir devant l'ordinateur. J'observai de nouveau Thomas, qui m'apparaissait désormais à la fois comme un héros et un méchant. Il avait inventé un logiciel très controversé qui permettait au gouvernement d'espionner n'importe qui !

— Quand j'avais l'âge de Justin, je travaillais pour une entreprise d'ingénierie informatique à Phoenix, spécialisée dans les systèmes d'information et de communication militaires. En créant ce logiciel, je pensais qu'il servirait à la défense du pays – c'est ce qu'on m'avait dit. On y recourrait pour pirater les sites ennemis afin de geler leurs échanges ou de voler des plans d'attaque. C'était à l'époque où les États-Unis se sentaient menacés par la Chine, avant le Grand Gel de 2040.

J'étais au courant du traité du Grand Gel signé en 2040. Tous les pays du monde disposant de têtes nucléaires s'étaient mis d'accord pour détruire leurs armes. Une sorte de déclaration de paix universelle. Le traité était ratifié tous les dix ans et toujours en vigueur.

— J'étais prêt à tout pour empêcher une guerre nucléaire, continua Thomas. C'est pour ça que j'ai accepté de concevoir ce logiciel. Mais on m'avait menti, il ne devait pas servir à protéger. Le gouvernement a transformé mon invention en un système d'espionnage à grande échelle. Ils l'ont utilisé pour surveiller nos moindres faits et gestes. Ils savent ce qu'on regarde, ce qu'on mange, à qui on parle. Ils peuvent lire tous nos messages. La vie privée n'existe plus. Voilà le genre de pouvoir que j'ai donné au gouvernement.

— Mais puisque vous l'avez inventé, vous pouvez le détruire, non ?

— Le temps que je comprenne ce qu'ils avaient en tête, c'était trop tard. Tous les fichiers que j'avais créés leur appartenaient. J'étais jeune à l'époque, je faisais confiance. Je n'ai pas pensé à ajouter une faille. C'est tellement facile de faire confiance à la technologie, de penser que la découverte et l'innovation sont un perpétuel pas en avant. Devant tant de nouvelles opportunités, on ne pense pas aux conséquences. Mais le réel se charge toujours de nous remettre à notre place quand on est trop prétentieux.

— Et maintenant, vous cherchez à vous rattraper ?

— Disons que j'ai trouvé une façon de mettre mon invention au service d'une bonne cause. D'une cause pacifique.

— Vous vous en servez pour combattre l'École numérique, dis-je, sidérée de rencontrer l'homme dont l'invention avait joué un si grand rôle dans ma vie. Mais puisque vous avez Cerebrix, pourquoi n'avez-vous pas pu accéder aux fichiers de mon père il y a cinq ans ?

— C'est une bonne question, me dit Thomas en souriant. Le Cerebrix a quelques limites. Il sert aussi de pare-feu contre d'autres pirates. Une sorte de garde du corps permanent. Comme ton père en a un – et ils ne sont qu'une douzaine aux États-Unis à en avoir un –, nous étions dans une impasse. Deux Cerebrix se neutralisent.

« Quand Justin et moi avons compris que les fichiers de ton père avaient été piratés depuis son ordinateur, cela nous a semblé logique. C'était le seul moyen possible. Il fallait accéder à son ordinateur et démanteler le système de sécurité, ce que tu as fait, j'imagine.

Je secouai la tête. Je n'avais rien démantelé du tout. Il haussa les sourcils.

— Comment tu as procédé, alors ? me demanda-t-il en souriant.

Qu'il soit aussi fier de moi me parut étrange. Damon et mon père – les deux seules personnes à qui j'avais raconté mon « exploit » – n'avaient pas été aussi encourageants.

— Quand j'étais petite, je passais beaucoup de temps à jouer dans le bureau de mon père. Comme il travaillait tout le temps, c'était la seule façon de le voir. Je le regardais travailler sur son ordinateur, ce dont il ne s'est jamais rendu compte. Parfois, il se servait d'une dizaine de mots de passe avant d'accéder à un site. J'ai commencé à les mémoriser, parce que j'étais impressionnée et parce que je voulais savoir si je pouvais les retenir. C'était comme un jeu.

Justin et son père me regardaient tous les deux avec intensité.

— Les enfants adorent imiter leurs parents, fis-je remarquer. Le hasard a fait que mon père était le président de l'École numérique. Alors je l'étais moi aussi.

— Mais son clavier doit être sensible aux empreintes digitales, non ? me demanda Thomas.

— Je me suis servie d'un lecteur de pensées, expliquai-je. Mon père m'en avait acheté un. Je connaissais ses mots de passe et les endroits où étaient stockées ses données, le lecteur m'a permis d'y accéder sans toucher le clavier.

— C'était très malin, dit Thomas.

— C'était très facile.

Il me regardait toujours avec admiration ; comme j'aurais aimé que mon père me regarde ainsi, et pas avec son éternel air déçu.

— Je vais te montrer quel impact ton action a eu sur notre organisation, dit-il.

Du coin de l'œil, je vis Justin s'éloigner et monter l'escalier. Mais j'étais trop fascinée par les tableaux et les graphiques que Thomas avait affichés sur les écrans pour y prêter attention. Devant moi se dressait la liste des milliers de soutiens qui les avaient rejoints à la suite de ma rébellion. Moi, j'avais inspiré tous ces gens ? Mon père avait bien entendu fait en sorte que je n'en sache rien. Pas étonnant que Justin m'ait cherchée pendant près de trois ans. Il avait raison. J'étais la clé dont ils avaient besoin.

Le restant de l'après-midi, Thomas me montra les recherches qu'ils avaient effectuées sur moi au cours des dernières années. J'avais l'impression de voir un documentaire sur ma vie. Pour la première fois, je me sentis fière. Peut-être que je n'avais pas agi de manière inconséquente, peut-être que j'avais bien fait. J'avais franchi les frontières d'un monde auquel j'avais toujours appartenu.

— Et qu'est-ce que vous faites dans cette pièce ? demandai-je à un moment donné.

— De la formation, surtout. On fait venir des gens de tous âges et de tous bords qui veulent abolir l'École numérique et recommencer leur vie. On remet la société sur de bons rails.

À cet instant, il leva la tête. Justin redescendait les marches.

— Maddie, il y a quelqu'un qui veut te voir, annonça-t-il.

Avant qu'il puisse en dire plus, une voix résonna en haut.

— Madeline ! cria Clare.

Je bondis de ma chaise, manquant la renverser, et me précipitai dans l'escalier. Clare se tenait dans la cuisine avec Pat et Noah. Je me jetai dans ses bras.

— Qu'est-ce que vous faites là ? leur demandai-je, plus que surprise.

— Justin m'a dit que tu étais ici. Quand j'ai appris ce qui t'était arrivé, j'ai eu du mal à y croire.

Pressentant que Clare et moi allions bavarder, Noah et Pat reportèrent leur attention sur la nourriture. Des gens allaient et venaient dans la cuisine, comme si on était à la cantine.

— Il s'est passé tellement de choses, poursuivit Clare. Déjà, j'aurais dû me douter que Justin avait quelque chose à voir avec la panne de courant à Toledo…

Elle haussa les sourcils alors qu'il entrait dans la cuisine et mon cœur tressauta. Est-ce qu'un jour je pourrais le regarder sans que mon corps entier s'affole ?

— Ensuite, on a appris que tu avais échappé aux flics et que tu avais été exfiltrée. Comment tu as réussi un truc pareil ? Bref, je savais que tu n'étais pas en centre de détention, mais comme Justin ne nous donnait pas de nouvelles, j'étais inquiète. D'ailleurs, tu me dois une explication !

Elle lui adressa un regard sévère et il se contenta de plisser le front.

— Je ne savais pas qu'il fallait te tenir au courant, se défendit-il.

Me tournant vers Pat et Noah, je leur demandai combien de temps ils comptaient rester. Le visage de Clare s'assombrit. Noah leva les yeux au ciel.

— Sœurette, je ne peux pas rester à la maison toute ma vie, dit-il.

— C'est stupide, Noah, répondit-elle. Tu n'as même pas fini l'EN IV.

Je les regardai tous les deux, cherchant une explication.

— Noah estime qu'il n'a pas assez de groupies, me dit Pat.

— Non… enfin, si, dit Noah en me souriant. Je déménage à L.A. avec le groupe. Pat vient avec nous.

— Los Angeles ? m'étonnai-je.

— Non seulement mon frère s'en va, s'indigna Clare, mais il emmène son groupe et un de mes meilleurs amis avec lui. Toi, tu n'es plus à Corvallis, ce qui veut dire que Justin ne viendra pas aussi souvent non plus. C'est vraiment nul.

Elle s'effondra sur une chaise près de la table.

— Il te reste Molly et Scott, dis-je.

— Oh, super. On va bien se marrer !

— Au moins, tu n'as pas enfreint la loi à plusieurs reprises et été déshéritée par ta famille…

Pat et Noah hochèrent la tête.

— Tu vois, Clare, dit Pat, dès que tu te sens triste, pense à Maddie. Finalement, ta vie n'est pas si déprimante.

— Je te remercie pour ta compassion, dis-je, moqueuse.

— De rien ! répondit-il en me souriant.

Je vis alors que Justin observait Pat avec attention. Une lueur traversa son regard, comme s'il venait d'avoir une idée. L'instant d'après, il avait disparu. Tout comme mon père, Justin savait garder ses sentiments pour lui.

Noah et Pat se levèrent afin d'aller chercher leurs affaires. Clare m'attrapa la main.

— Il faut que je te parle, dit-elle en m'entraînant sur la terrasse.

Elle me prit le bras et nous poursuivîmes notre chemin jusqu'à la plage. Avant de parler, elle jeta un coup d'œil derrière elle pour s'assurer que personne ne nous suivait.

— Bien, dit-elle, ses yeux plantés dans les miens. Qu'est-ce qu'il s'est vraiment passé ces derniers jours ?

L'immense sourire qui illumina mon visage suffit amplement à répondre à sa question.

— J'arrive pas à y croire ! Quelqu'un a enfin réussi à pénétrer à l'intérieur de la forteresse qu'est Justin Solvi.

— Comment ça ?

— C'est évident, non ? Justin Solvi est inaccessible, dit-elle.

Elle prononçait son nom comme s'il avait été une célébrité. Sans doute que, dans son milieu, c'était le cas.

— Je ne l'ai jamais vu ne serait-ce que regarder une fille.

Elle écarquilla les yeux, presque sous le choc.

— Waouh… Il doit être amoureux.

Un élan d'espoir me saisit, mais je le rejetai bien vite.

— N'importe quoi…

— Mais si ! Justin passe sa vie à travailler. Quand il vient ici, il travaille. Quand il traîne avec ses amis, il travaille. C'est tout ce qu'il sait faire.

— Vraiment ?

— Il n'a jamais pris un jour de congé. Jamais ! Je le connais depuis dix ans et il n'a jamais pris une journée pour lui. Il ne pense jamais à lui.

— Oui, le monde entier passe avant. Je crois même qu'il ne se considère pas comme un individu. Il pense qu'on est tous reliés les uns aux autres.

— On dirait un saint. C'est très agaçant.

J'éclatai de rire mais Clare parlait sérieusement.

— Je ne plaisante pas. Je me sens tellement égoïste par rapport à lui. C'est fou !

Elle laissa planer un silence.

— Alors, est-ce que vous sortez ensemble ? me demanda-t-elle ensuite.

Je ris de nouveau. Cette idée me paraissait plus que bizarre.

— Aucune idée. Tout ce que je sais, c'est que Justin va bientôt repartir et que je ne sais pas quand je le reverrai.

— C'est sûr que tu n'as pas choisi le garçon le plus facile à aimer.

— C'est sûr…

Clare me regarda quelques secondes.

— Tu l'aimes vraiment ?

Je hochai la tête sans hésiter.

— Maddie, il faut que je te prévienne : il se referme parfois très vite. J'aime Justin comme un frère mais je déconseillerais à toutes mes amies de sortir avec lui. Je pense qu'il va suivre un chemin semblable à celui de ses parents.

« Justin ne l'avouera jamais, continua-t-elle, mais grandir sans ses parents l'a beaucoup affecté. Il ne sait que se tenir à l'écart, loin des autres. Et à mon avis, il n'a pas envie d'imposer ce mode de vie à quelqu'un. Il affirme qu'il ne ressent ni amertume ni colère, mais ça n'a quand même pas dû être facile d'être ainsi abandonné, ballotté d'un endroit à un autre comme une pauvre valise qu'on ne sait pas où ranger. Sa conception de la vie est très claire, et d'après lui on ne peut pas tout avoir.

Je hochai la tête de nouveau. Je pensais la même chose qu'elle, malheureusement. Je craignais que dès que nous serions séparés, dès qu'il retournerait à sa routine, il ne laisse la distance s'installer entre nous.

Clare me prit la main.

— Mais ça, c'était avant qu'il ne fasse ta connaissance. Et peu importe qu'il soit têtu comme une mule. Parfois, il suffit de rencontrer la bonne personne pour que notre façon de voir le monde évolue.

Le soleil se couchait quand Clare et moi rentrâmes à la maison. Le ciel vira au violet et l'air se rafraîchit. Je montai dans ma chambre prendre un pull. En redescendant, je croisai Justin et sa mère qui me regardaient d'un air de défi.

— Quoi ? demandai-je.

— On a une tradition, ici, m'expliqua Elaine. On aime bien accueillir les gens de manière chaleureuse, si tu vois ce que je veux dire.

Je les regardai sans comprendre.

— Viens dehors, me dit Justin.

Je suivis Justin et Elaine qui sortirent par la porte d'entrée principale. Dans le jardin, des gens s'étaient regroupés autour d'un trou cerclé de pierres. À l'intérieur, on avait empilé des morceaux de bois, des feuilles et des brindilles.

Rapidement, les convives s'installèrent sur des chaises, des couvertures posées par terre. Quelqu'un se mit à jouer de la guitare.

— À toi l'honneur, me dit Justin.

Il me tendit une boîte d'allumettes que je pris en hochant la tête. Je n'avais jamais craqué une allumette mais j'avais vu des gens le faire dans des films. Je sortis une allumette et la frottai contre le côté de la boîte. Elle s'alluma dans un souffle et je l'observai, fascinée. C'était magique. Je découvris l'odeur de la fumée, du soufre. Je compris ce que Justin avait voulu dire. Qui n'aurait pas eu envie de toucher cette douce lueur orangée ?

Je jetai ensuite l'allumette sur le tas. Immédiatement, des flammes surgirent et je fis un pas en arrière. Le feu prenait de l'ampleur, cherchait à attraper de ses bras sinueux quelque chose à dévorer. Clare, Pat et Noah avancèrent les mains afin de sentir la chaleur. Moi, je reculai jusqu'au porche, où je me sentais en sécurité. Les flammes dansaient majestueusement devant moi et j'entendais le feu consumer le bois, craquer, crépiter. Des bouffées de chaleur et de fumée me frôlaient par vagues.

— Mon Dieu, murmurai-je alors que Justin s'approchait de moi.

Je ne pus m'empêcher de penser à tous ces incendies meurtriers que j'avais vus à la télé. À mes yeux, le feu incarnait la mort, la destruction. Comment pouvait-on apprécier une présence en laquelle on ne pouvait pas avoir confiance ?

— Ça ne m'a pas l'air fiable, dis-je.

— Tu ne crains rien, m'assura-t-il. Du moment que tu ne t'approches pas trop.

Je secouai la tête.

— Maddie, le feu, c'est aussi la vie, continua-t-il – à croire qu'il lisait dans mes pensées.

Il me tira gentiment en avant mais je demeurai rivée sur place.

— Il est trop près de la maison, poursuivis-je en regardant Justin. Il faut être fou pour prendre un tel risque.

J'avais haussé la voix malgré moi. Quelques personnes se retournèrent, dont Elaine.

— On allume un feu pratiquement tous les soirs, me dit-il d'une voix calme. Ce n'est pas l'ennemi que les médias dépeignent. Toute ta vie, on a décidé à ta place. Maintenant, tu dois te faire ta propre opinion.

Je ne lui répondis pas. Je vis Elaine installer une chaise tout près des flammes rugissantes et s'y asseoir. Gardant mes distances, je frissonnai.

— Regarde-moi.

Il m'attrapa délicatement le menton et m'obligea à lever la tête. Les flammes se reflétaient dans ses yeux.

— Tu ne peux rien affirmer tant que tu n'as pas essayé. En ce moment, ton cerveau est tout embrouillé. J'ai besoin que tu te détendes. D'accord ?

Je sentis l'angoisse monter en moi. Il m'en demandait trop.

— Que je me détende ? Que j'abandonne toutes mes certitudes ? Que je n'aie plus peur de ce qui m'effrayait et que je craigne ce que je pensais être inoffensif ?

— Si tout va bien, tu n'auras plus peur de rien.

— À t'entendre, c'est facile.

— Tu dois me faire confiance. Tu peux remettre en cause tout ce que je te dis et m'obliger à te l'expliquer des centaines de fois, mais sans rien rejeter. Je ne chercherai jamais à te modeler, encore moins à te tromper. Ni moi ni personne ici. Tu comprends ?

J'acquiesçai lentement, pris une grande respiration et allai m'asseoir sur une couverture à côté de Clare. Pat s'assit de l'autre côté et Justin alla s'installer en face, à côté de Thomas.

Contemplant les flammes, je tendis l'oreille. Elles avaient une voix propre, un chant, un rythme qui nous enveloppa peu à peu. Pendant les heures qui suivirent, le feu nous rapprocha les uns des autres. Clare, Pat, Noah et moi, allongés sur la couverture comme si nous étions sur notre île privée, avons contemplé le ciel. Pat nous raconta des histoires sur le groupe. Il ne jouait pas mais servait de manager et d'attaché de presse. Dès qu'il mentionnait la Californie, Clare protestait.

— Vous aviez plein de contrats dans l'Oregon, dit Clare à son frère. Et de nombreux fans.

— Ouais, mais il n'y a qu'une vingtaine d'endroits où on peut jouer dans l'Oregon, répondit Noah. Il y en a près de deux cents en Californie.

Le feu éclairait les visages et dessinait de larges ombres sur le sol.

— Je dirai à mon frère de venir à tes concerts, dis-je à Noah.

Je sentis que Justin me regardait et je me tournai à temps pour saisir une lueur dans son regard. Mon instinct me poussa à aller lui parler, mais son père lui murmura quelque chose à l'oreille et ils se lancèrent dans une discussion à deux.

Quand le feu commença à s'éteindre, les gens se dispersèrent. Je décidai d'aller dans la cuisine chercher un verre d'eau mais m'arrêtai dans le couloir lorsque retentit la voix de Clare.

— C'est quoi ton problème ? demanda-t-elle.

— Je crois que Pat l'aime bien, lui répondit Justin à voix basse.

— Tu tiens à elle, Justin, pourquoi tu refuses de l'admettre ? renchérit Clare – elle luttait manifestement pour ne pas crier.

— Bien sûr que je tiens à elle, répondit-il. Mais ça ne veut pas dire que j'en ai le droit.

— Ne sois pas ridicule. Tu penses vraiment qu'elle va s'intéresser à Pat uniquement parce que toi tu penses que c'est une bonne idée ?

— Je ne pourrai pas être là pour elle si elle en a besoin. Pat, oui. C'est logique.

La tête contre le mur, j'observai le plafond. Alors c'était pour ça qu'il s'était tenu à l'écart ce soir !

— Il y a un léger problème avec ta super idée. Elle t'aime, espèce de débile profond.

La facilité avec laquelle Clare prononça ces mots me déconcerta.

— Ne me traite pas de débile profond.

— D'accord, espèce d'abruti.

— C'est mieux, soupira-t-il. La meilleure chose que je puisse faire, c'est de la laisser tranquille. Je ne veux pas qu'elle souffre.

— Tu devrais t'écouter un peu plus, tu sais ? Toi aussi, ton cerveau est tout embrouillé. Démêle-le et vois où ça te mène.

Je me tenais à côté de la salle de bains ; je fis claquer la porte. Ils se turent et j'entrai dans la cuisine comme si de rien n'était.

— Salut, lançai-je.

— Salut, me répondit Clare.

Elle me sourit d'un air prudent. Alors que je me servais un verre d'eau, Justin sortit de la pièce. Je le regardai partir puis me tournai vers Clare. Elle soupira et sortit à son tour afin de rejoindre les autres dehors. Reposant mon verre sur la table, je m'aperçus que mes mains tremblaient.

- 23 -

J'eus envie de faire comme si tout allait bien, comme si Justin n'avait pas l'intention de me quitter. Je montai dans ma chambre, me lovai dans le fauteuil près de la fenêtre et tirai les rideaux afin de voir l'océan. La lune projetait une lumière argentée sur l'eau, et je crus qu'elle m'éclairait le chemin, qu'elle me conviait à croire en mes rêves. Je ne sais pas combien de temps je restai là, perdue dans mes pensées, hypnotisée par les vagues scintillantes au loin.

J'entendis la porte grincer et me retournai. Justin entra et s'assit sur le bord du lit. Il sentait le feu de bois.

J'adorais qu'il soit près de moi – c'était même affreux.

— Tout le monde est parti se coucher, me dit-il d'une voix rauque.

Je regardai la lune une dernière fois, me levai et m'assis sur ses genoux. Ma témérité le surprit dans un premier temps, puis il se détendit et me serra dans ses bras. Je nichai ma tête dans le creux de sa nuque et me concentrai sur les battements de son cœur.

— Je pars à Portland demain matin, me murmura-t-il à l'oreille.

Je hochai la tête, sachant ce qui allait suivre.

— Je ne vais pas revenir tout de suite. Tu penses que ça va aller ?

Il se détacha légèrement afin de me regarder. Je hochai de nouveau la tête parce que je ne voulais pas qu'il s'inquiète. De toute manière, être exigeante, collante ou capricieuse ne servirait qu'à éloigner Justin. Et sa mission comptait tant à ses yeux.

— Je sais ce que tu essayais de faire, ce soir, dis-je.

Il plissa le front un instant puis acquiesça lentement.

Je plantai mes yeux dans les siens.

— Tu n'as pas envie de moi ? lui demandai-je.

Je sentis son torse se gonfler de surprise. Il tendit le bras et m'effleura la clavicule, la poitrine. Mon cœur battait la chamade et il y posa sa main un instant. Nos yeux se croisèrent et je vis qu'il hésitait.

— Ne le gâche pas pour moi, me dit-il en appuyant davantage sur mon cœur, qui tambourinait violemment.

— Pourquoi pas ? murmurai-je.

— Parce qu'il est trop extraordinaire. Et que je ne peux pas t'offrir le mien.

Il se sentait mal, coupable – ça se voyait sur son visage. J'étais triste pour lui.

— Tu mérites d'être avec quelqu'un qui peut, continua-t-il.

Il retira sa main.

— Arrête de nier tes sentiments, répondis-je. Sinon, je serai obligée de te séduire à nouveau.

Il me souleva et m'allongea sur le lit à côté de lui, comme si j'avais été légère comme une plume. Il posa ses deux mains sur mes joues et m'observa longuement. Je fixai ses yeux noirs. Il était tellement parfait.

— Je ne cherche pas à nier mes sentiments, dit-il. J'ai déjà essayé et c'est une perte d'énergie. Un jour, tu m'as expliqué que tu avais besoin de temps pour t'habituer à être débranchée. Eh bien, il faut que tu me laisses le temps aussi. Je ne pensais pas que je laisserais une telle chose m'arriver un jour. Tu es la première personne à m'avoir défié et tu avais raison. Je passe ma vie à aider les autres à trouver leur humanité et je me refuse la mienne. Parfois, on a besoin que quelqu'un vienne nous ouvrir les yeux. Mais donne-moi un peu de temps. C'est tout ce que je te demande.

— Tes parents soupçonnent quelque chose ? demandai-je.

Il hocha la tête et je rougis de honte.

— Je suis vraiment transparente à ce point ?

— Non, c'est moi. Ma mère m'a fait la remarque dès que je lui ai dit que je t'avais rencontrée. Elle me connaît trop bien.

— Qu'est-ce que tu leur as dit ? Qu'on sortait ensemble ?

— On n'est pas du genre à mettre des étiquettes.

Je fis courir mes doigts sur son torse, au-dessus de ses cicatrices.

— Mais tu définirais ça comment ?

— Je n'ai jamais pensé te définir.

Je posai ma tête à côté de la sienne, jusqu'à toucher son front.

— Je ne dirais pas que tu es mon ami.

Il réfléchit un instant.

— Je déteste la notion de « petite amie ». C'est trop commun.

Il fit remonter son bras le long de ma taille et posa tendrement ses lèvres sur les miennes.

— Rien ne peut définir notre situation.

— Alors quoi ? dis-je en glissant mes mains dans ses cheveux. On est des super amis ?

— D'accord.

Il m'adressa ensuite un immense sourire et me serra contre lui.

— Au risque de paraître peu romantique, je commence à te considérer comme ma meilleure amie.

Je fis la grimace.

— Du moment que tu as envie d'embrasser ta meilleure amie…

Plutôt que de me répondre, il me caressa les lèvres du bout des siennes, m'embrassant à peine.

— C'est ça qui me rend fou, murmura-t-il en me regardant. J'adore la façon dont ton cerveau fonctionne et j'adore le fait que parfois il se mette en pause.

Comme je levais les yeux au ciel, il poursuivit.

— Mais, surtout, j'adore te regarder te réveiller. C'est comme si tu voyais le monde d'un œil neuf tous les matins. Je ne sais jamais comment tu vas réagir.

« Moi non plus », pensai-je. Posant ses mains sur mon visage, il m'embrassa, m'embrassa vraiment, et je lui ouvris mon cœur, mon esprit, mon âme.

*
* *

Le lendemain, je me réveillai seule. Il régnait dans la maison un vide étrange et je sus qu'il était parti. En principe, je sentais toujours sa présence – il dégageait une telle énergie –, même quand il n'était pas dans la même pièce. J'observai le plafond, m'enjoignant de me lever. Puis j'entendis frapper à ma porte et Clare passa la tête. Je la voyais du coin de l'œil mais je ne me détournai pas du plafond.

— Maddie, ça va ? me demanda-t-elle.

Elle s'avança jusqu'au lit et me regarda, les bras croisés.

— Il est presque midi.

— Est-ce qu'on m'attend quelque part ? demandai-je d'un ton las.

— Maddie, lève-toi.

Elle retira la couverture et les draps mais j'étais trop triste pour bouger. Elle s'assit au bord du lit.

— C'est pas comme si tu n'allais plus jamais le voir, dit-elle.

— Ce n'est pas ça, dis-je en me redressant. C'est que j'ignore ce que je fais ici. Je mets sa famille en danger. Je n'ai pas accepté de vous aider, donc je n'appartiens même pas au groupe. Et on voudrait que je traîne tranquillement comme si j'étais en vacances ?

— Écoute, je sais que c'est difficile, me dit-elle avec un sourire. Parfois, dans la vie, il y a des moments où on a l'impression de stagner. Et tu ne peux rien y faire. Tu dois patienter. Tu es coincée ici jusqu'à ce qu'on trouve une solution. Profites-en. Mais tu ne mets personne en danger en étant ici, alors sors-toi cette idée de la tête.

Je soupirai, fâchée de me montrer aussi égoïste alors que j'aurais plutôt dû être reconnaissante. Pourquoi est-ce plus facile de rester au lit et de se morfondre que de se lever et d'apprécier ce qu'on a ? Pourquoi est-ce si simple de s'attarder sur ce qui nous manque ?

— Pat et moi, on va rester ici pendant quelques semaines pour te tenir compagnie.

— Et Noah ?

— Il part pour L.A. demain, grommela-t-elle. Il va enregistrer un album. Pat le rejoindra ensuite pour leur trouver un appartement.

Je posai gentiment ma main sur l'épaule de Clare. Au moins, je n'étais pas la seule à me morfondre.

*
* *

Les semaines suivantes passèrent lentement. Je tentai d'aider Elaine et Thomas du mieux possible mais il leur fallait chaque fois me former. Pat me montra comment tondre la pelouse, pour moi la tâche la plus incongrue au monde – surtout quand on a toujours eu un jardin synthétique.

Il m'expliqua comment aller et venir avec la tondeuse de manière régulière, et tout dans ce boulot me plut : l'odeur de l'herbe coupée, les sillons tracés par la tondeuse, qui me donnaient l'impression de marquer le sol de mon empreinte. De plus, c'était un moyen idéal pour bronzer.

Elaine m'apprit à faire une liste de courses et à m'orienter dans un supermarché, notamment quand il fallait trouver des ingrédients étranges comme du piment ou des poireaux. Thomas me fit suffisamment confiance pour inscrire mon empreinte digitale dans le boîtier contrôlant la porte d'accès à la salle informatique et je pus utiliser les ordinateurs. Je passai de longues heures avec lui à visiter les sites qui m'avaient été interdits. Il me montra aussi comment accéder aux fichiers de la police pour être au courant des transferts.

Clare m'emmena faire de longues promenades sur la plage et Pat m'apprit à jouer aux cartes. Sinon, on regardait des films, on se rendait en ville pour boire un café ou assister à un mini-concert. Mais il manquait à ma vie un élan qu'une seule personne pouvait me fournir.

Trois semaines après le départ de Justin, je me trouvais assise à côté d'Elaine devant le feu. Clare, Pat et Thomas visionnaient l'un des concerts de Noah sur un écran mural à l'intérieur. Sans trop savoir pourquoi, être au sous-sol me mettait mal à l'aise. Tous ces écrans stériles, ces images numériques, ces mondes virtuels me déprimaient. Je passais le plus de temps possible dehors ; entourée de vie, je me sentais moins seule. L'air frais était devenu mon sanctuaire. Je dormais même avec la fenêtre ouverte, quitte à me réveiller frigorifiée en pleine nuit.

Regardant le feu, je pensai à Justin. Il ne m'avait pas contactée une seule fois depuis son départ. Même pas pour prendre de mes nouvelles. Trois semaines, c'est très long quand quelqu'un nous manque.

— À quoi tu penses, Maddie ? me demanda Elaine.

Je la regardai. Dans ses yeux, la forme de son visage, son air soucieux, je voyais Justin.

— Je me sens inutile, lui avouai-je en contemplant les flammes. Justin est quelque part et il risque sa vie tous les jours en aidant les autres. Moi, j'apprends à tondre la pelouse. À arroser les plantes, à faire des pâtes.

— On ne change pas du jour au lendemain, répondit-elle d'un ton léger. C'est un lent processus. Tous ceux qui acceptent ce mode de vie doivent repartir de rien, comme toi. C'est une tout autre culture.

Je hochai la tête et tentai de me convaincre que, mine de rien, je progressais.

— Contente-toi de faire des petits pas. La vie, ce n'est que ça. Des petits pas, tous les jours. Mais au bout d'un moment, quand tu regardes en arrière, tu te rends compte que tu as bien avancé. Il m'a fallu du temps pour accepter cette idée, mais c'est vrai. Sois patiente.

— C'est juste qu'il me manque.

— Je sais, dit Elaine. À moi aussi, il me manque. La distance, c'est un poids qui pèse plus lourd que tout.

— Ça fait mal, admis-je en appuyant sur ma poitrine au niveau de mon cœur. Comme si quelque chose s'était fissuré.

— Mais tu dois remplir cet espace par toi-même, Maddie, me conseilla-t-elle. Ne compte pas sur l'autre pour combler ton manque. C'est dangereux.

— D'après vous, j'ai tort de tenir à votre fils ? demandai-je, quelque peu perdue.

— Bien sûr que non, me dit-elle avec tendresse. Mais il ne faut pas que tu aies besoin de lui. Il faut que tu te sentes bien toute seule, avec toi-même. Prends le temps d'apprendre à te connaître, de découvrir ce que tu as envie de faire avant de te soucier de Justin.

— Il est bien décidé à rester seul et c'est ça qui me dérange. Ce n'est pas sain de s'isoler de la sorte. Ne devrait-il pas y avoir un juste milieu ?

Elaine me regarda avec curiosité. Puis une pensée illumina son regard et un immense sourire s'afficha sur son visage. J'adorais son sourire.

— C'est intéressant. Je me demande si tu aurais dit la même chose il y a un an. Maddie, tu es une jeune femme pleine d'assurance. Je crois que c'est ça que Justin aime particulièrement en toi.

— Mon père pense que je suis naïve.

— C'est comme ça que les adultes considèrent les élans de la jeunesse. Et ils veulent te convaincre que c'est une faiblesse alors que c'est une force. Justin s'en est rendu compte.

Elle me regarda avec intensité.

— Maddie, c'est une qualité séduisante. Surtout ne la perds pas. Si tu as confiance, si tu crois en toi, tu peux tout accomplir.

Elle se leva et posa sa main sur mon épaule avant de me laisser seule devant le feu. Observant les flammes qui dansaient, je souris. Elle m'avait mise à l'épreuve, ce soir. Et j'avais réussi.

- 24 -

J'étais dans la cuisine en train d'essayer de me faire un croque-monsieur, et ça se présentait mal. Une des tranches de pain était brûlée et le fromage à l'intérieur n'avait même pas fondu. Je baissais le feu sous la poêle quand, tout à coup, Clare ouvrit la porte de la cuisine, me faisant sursauter. Je poussai un cri et laissai tomber ma spatule.

— Madeline, vite, descends.

Elle avait le visage pâle et le regard affolé. J'éteignis le brûleur et descendis au sous-sol avec Clare. Elaine et Thomas étaient déjà là, assis devant un écran mural, l'air très préoccupés.

Sur l'écran se trouvaient Scott et Molly. La pièce était plongée dans le silence et je compris que l'heure était grave.

— Qu'est-ce qui se passe ? demandai-je.

— Ton père a organisé une conférence de presse à Portland, me dit Elaine. Et des milliers de personnes en faveur de l'EN y assistent.

Elle alluma un autre écran. Des journalistes télé

envoyés sur place filmaient des militants de l'EN hystériques amassés devant une estrade où mon père devait apparaître dans peu de temps. Ils faisaient des signes à la caméra et brandissaient des affiches.

J'observai la foule sans comprendre. Les défenseurs de l'EN n'assistaient jamais aux conférences de presse. Ils restaient tranquillement chez eux, seuls, bien cachés derrière leurs ordinateurs.

— On n'a jamais vu un truc pareil, dit alors Molly. En général, les seules personnes qui assistent à ce type d'événements, ce sont les opposants.

La place où se tenait la conférence de presse était bondée – des gens, jeunes et vieux, qui proclamaient leur soutien à l'EN. Un frisson me parcourut l'échine.

— Et où sont les manifestants ? demandai-je.

— On ne sait pas, répondit Scott. C'est bien là le problème. Ils devraient être plusieurs centaines.

— Justin nous a contactés en nous disant que la situation dérapait, mais c'était il y a quelques heures.

— Justin est à Portland !

L'idée qu'il ait pu lui arriver quelque chose me donna la chair de poule.

— Je ne parviens pas à le joindre, déclara Thomas. Pat est avec lui et il est injoignable aussi. Impossible de contacter qui que ce soit. Ce n'est pas normal.

— Certainement qu'ils ont tous été arrêtés, dit Scott. C'est la seule explication possible.

— Il faut qu'on le sorte de là, murmura Elaine.

— À quelle heure est prévu le discours ? demanda Thomas à Scott.

— Dans une heure, répondit Scott, puis il se tourna vers moi. Peut-être que tu peux convaincre ton père de le relâcher ? Ou bien tu peux te rendre. Toi en échange de Justin.

— Non, intervint Thomas. On ne peut pas risquer de perdre Maddie, et Justin préférerait plutôt aller en prison. Maddie peut nous aider.

Je regardai Thomas. « Mais c'est votre fils », pensai-je.

Molly leva les yeux au ciel.

— En théorie, oui. Mais pour le moment, à part nous mettre en danger, elle n'a rien fait. Et on ne va pas attendre qu'elle se décide à nous rejoindre. Il y a des gens qui risquent la prison, des gens qui se battent vraiment à nos côtés.

Je lui adressai un regard méprisant et me levai.

— Eh bien arrêtons de perdre du temps, alors, dis-je. J'ai assisté à certaines de ces conférences. Je peux vous aider.

Ensuite, tout se passa très vite. Quelques minutes plus tard, Thomas nous conduisait, Clare et moi, à un aérodrome privé où un jet affrété par Scott devait nous emmener à Portland. Nous avons regardé les infos pendant le trajet. Je n'arrivais toujours pas à y croire.

Thomas ouvrit le portail de l'aérodrome avec une carte magnétique et roula jusqu'à un hangar. Il me tendit un sac à dos contenant une tablette et un téléphone et nous avons échangé un regard qui en disait long. Puis je hochai la tête, attrapai le sac, descendis de la voiture et courus rattraper Clare.

Dans l'avion, Clare sortit d'une de ses poches un petit objet qu'elle me tendit. Ça ressemblait à un tube de rouge à lèvres.

— Tu es sûre que c'est le bon moment pour se maquiller ? lui demandai-je, perplexe.

— C'est un pistolet à impulsion électrique portable, m'expliqua-t-elle en souriant. Mes parents m'obligent à en avoir un sur moi.

Elle enleva le bouchon et me montra le bord en métal.

— Si quelqu'un t'agresse, tu lui appliques ça sur la peau et il reçoit un choc électrique.

— Ça fait de gros dégâts ?

— Non, c'est assez inoffensif, en fait. Noah, Pat et moi, on jouait au chat avec quand on était petits. La personne reste figée pendant une petite minute, ce qui te donne le temps de t'enfuir. Mais ça peut être très utile.

— Merci, répondis-je en le mettant dans ma poche.

L'avion atterrit à Portland dans un autre aérodrome privé. Une camionnette noire nous attendait sur le tarmac.

— Pourquoi on ne prend pas une navette ? demandai-je alors que nous courions vers le fourgon. Ce serait plus rapide, non ?

— Sans doute, mais on ne peut pas prendre le risque que tu sois repérée. La police te cherche toujours. Dès que ton empreinte sera scannée, on entendra des sirènes.

— Peut-être que j'aurais dû rester à Éden, grognai-je. Je vous complique la vie, on dirait.

— Non, tu nous aides à ramener Justin. On ferait tous l'impossible pour lui.

Riley se tenait au volant de la camionnette. Il nous informa que mon père venait de commencer son discours. Nous pouvions suivre la conférence depuis un écran dans la voiture.

— On a des nouvelles de Justin ? demandai-je.

Riley secoua la tête, ajoutant qu'aucun manifestant n'était présent.

Nous franchîmes le Freemont Bridge, en direction des gratte-ciel du centre-ville de Portland. Par la vitre, je cherchais les foules de manifestants pro-EN, mais la ville était tranquille. Riley ralentit en approchant de Waterfont Park, un jardin public au bord de la rivière Willamette bordé de buissons et d'arbres synthétiques. Au loin, j'aperçus la scène et l'éternel essaim de journalistes et de photographes qui suivaient mon père comme son ombre.

Sur la scène, derrière un pupitre truffé de micros et encadré par des agents de sécurité, se tenait mon père. À une centaine de mètres derrière lui, je remarquai un groupe de gens parqués comme du bétail dans un enclos.

— Au moins, maintenant, on sait ce que sont devenus les manifestants, dit Clare.

Elle fit défiler les chaînes sur l'écran jusqu'à tomber sur Scott et Molly, toujours assis dans le salon de Scott.

— Ils ont été regroupés derrière une clôture électrique, dit-elle. Vous avez déjà vu un truc pareil ?

Elle dirigea son téléphone vers les opposants afin que Scott puisse les voir.

Je me tournai vers le parc, cherchant les militants.

— Tu es sûr qu'on est au bon endroit ? demandai-je à Riley. Où sont les gens ? Scott, qu'est-ce que tu vois ?

Il regarda un écran derrière lui. On y voyait des centaines de partisans pro-EN qui hurlaient, brandissaient des affiches et applaudissaient mon père. J'observai une deuxième fois la scène. Excepté les médias et les manifestants qui avaient été arrêtés, le parc était désert.

Riley se gara dans une ruelle et nous descendîmes de la camionnette.

— Scott, il n'y a personne, ici, affirma Clare. Qu'est-ce qui se passe ?

— C'est impossible, dit-il.

Nous nous sommes dirigés vers le parc et Clare a balayé la zone avec son téléphone afin de montrer la vérité à Scott. Pas un seul défenseur de l'EN à l'horizon.

— J'y crois pas ! s'écria-t-il. Ils projettent une image de foule en liesse par le biais d'un hologramme. C'est une supercherie médiatique !

— Non, ils ne feraient pas ça..., marmonnai-je.

Mais au détour de quelques arbres, j'aperçus un grand écran bleu installé en face de la scène. Quand les caméras filmaient l'écran, le pays entier voyait une foule en délire.

— Et ils contiennent les manifestants pour qu'ils ne passent pas devant les caméras, poursuivit Scott.

— C'est très malin, ajouta Molly.

— Mais pourquoi se donnent-ils tout ce mal ? demandai-je.

— Pour que tout le monde croie que l'EN connaît toujours le même succès. On a moins tendance à se rebeller quand on pense être seul, expliqua Scott.

J'entendais de mieux en mieux la voix de mon père à travers les enceintes à mesure que nous nous rapprochions. J'avais honte qu'il ait été d'accord pour mettre en scène cette mascarade. Tout n'était que contrevérités. Et il le savait. Il le savait et il le faisait quand même. Quel lâche... quel menteur...

— Combien y a-t-il de manifestants, à votre avis ? demandai-je.

— Environ quatre cents, me répondit Scott.

Je fis quelques pas déterminés en direction de l'agent de sécurité qui se tenait à l'entrée du parc. Clare m'attrapa le bras.

— Attends, me dit-elle. Et si ton père te voit ?

— Ça m'est égal, répondis-je en observant les manifestants parqués. Il faut qu'on les sorte de là.

Je me tournai vers Clare et Riley.

— Écoutez, j'ai besoin d'agir seule. Mieux vaut qu'on se sépare, au cas où je me ferais prendre. Je ne voudrais pas que vous soyez arrêtés vous aussi, je ne le supporterais pas. Peut-être que tu peux trouver un moyen de nous sortir de là, si jamais ça marche ? demandai-je ensuite à Riley.

— Parfait, je retourne à la voiture, répondit Riley. (Il me tendit un téléphone portable.) Justin saura quoi en faire.

Hochant la tête, je glissai le téléphone dans ma poche.

— Je viens avec toi, me dit Clare d'un ton ferme. Tu ne vas pas y arriver seule.

Je savais qu'elle ne changerait pas d'avis, alors, au lieu d'argumenter, je traversai la rue.

— Bon courage ! nous lança Riley.

Mon père était de dos et s'adressait toujours à une foule imaginaire. Il n'y avait que deux agents de sécurité devant la clôture électrique, un de chaque côté. Cachée derrière une rangée de buissons avec Clare, j'enlevai mon sac à dos.

— Qu'est-ce que tu vas faire ? me demanda-t-elle.

— Pas la moindre idée. Je n'ai jamais tenté de franchir des barrières de sécurité électriques et d'interrompre une conférence de presse.

— Peut-être que tu peux pirater le système de sécurité afin d'éteindre la clôture ?

— Non, on n'a pas le temps. Et puis je suis sûre que Scott a déjà essayé.

Je repensai alors à quelque chose que Justin m'avait dit. Qu'on pouvait justement prendre les gens par surprise en contournant la technologie.

Mon père entamait sa conclusion. Sa voix prenait toujours de l'ampleur quand il arrivait à la fin de son discours parce qu'il cherchait à effrayer. À choquer. À soumettre.

Derrière mon buisson, j'observai l'un des agents de sécurité. Il grattait le sol du bout du pied et semblait plus s'ennuyer qu'autre chose. Je scrutai ensuite les gens dans l'enclos mais ne vis ni Justin ni Pat. Il devait bien exister un moyen d'éteindre cette clôture, non ? L'agent devait avoir mon âge. Il était grand, mince. Une idée se forma dans ma tête.

— On va faire ça à l'ancienne, dis-je.

Je retirai ma veste, que j'enfouis dans le sac à dos, et défis ensuite ma queue-de-cheval, passant mes doigts dans mes cheveux pour qu'ils prennent du volume.

— Qu'est-ce que tu fais ? me demanda Clare.

— Occupe-toi de l'agent à côté de l'estrade, lui dis-je.

— Que je m'en occupe ?

— Oui, distrais-le. Arrange-toi pour qu'il se détourne des manifestants pendant trente secondes, c'est tout.

— C'est ça, ton idée ? me demanda-t-elle. (J'acquiesçai, pensant : « Pourvu que ça marche ! ») Et comment je le distrais ?

— Flirte avec lui. Souris. Montre-lui tes seins. Peu importe. Sers-toi de ce que la nature t'a donné.

Clare m'adressa un immense sourire entendu. Puis son visage redevint sérieux.

— Maddie, fais attention. S'il t'arrivait quoi que ce soit, Justin serait… Promets-moi simplement d'être sur tes gardes.

— Promis, répondis-je.

Je remis le sac sur mon dos et nous progressâmes lentement vers l'esplanade gazonnée et la barricade.

Mon cœur battait à vive allure. En dépit du rideau de gardes du corps qui l'encadrait, je distinguais bien la tête de mon père et me rendis compte alors du pouvoir qu'il exerçait sur moi. Ce n'était pas de l'oppression. Ce n'était pas de l'intimidation. C'était de la peur. Mon père, la seule personne qui aurait dû m'aimer sans condition, avait choisi de me restreindre, de m'isoler. Il avait bâti autour de lui un univers de mensonges et, pourtant, il exigeait que je lui fasse confiance. Et tout à coup, si près de lui, je compris ce qui m'effrayait vraiment chez lui. Si mon père devait choisir entre l'École numérique et sa famille, qui choisirait-il ? Être incapable de répondre à cette question me donna envie de m'effondrer sur place.

Mais je décidai plutôt de transformer ma colère en témérité. Justin avait peut-être raison. Peut-être que mon rôle était de servir d'équilibre, de modérer les ardeurs de mon père. Sans doute que j'étais la seule personne capable de lui tenir tête.

— Souvenez-vous, haranguait mon père, l'École numérique est le remède dont ce pays a besoin pour lutter contre l'insécurité, l'inégalité, l'insatisfaction. Grâce à l'École numérique, nous sommes tous égaux ! Il n'y a plus d'inégalité sociale. Nous sommes tous pareils. Et c'est ainsi que la vie devrait être.

Je pris une grande respiration et récitai une prière.

— Nous avons tous les mêmes droits ! poursuivit mon père, qui marquait de longues pauses entre ses phrases pour que ses défenseurs fictifs aient le temps d'applaudir. Nous avons tous les mêmes chances. Nous pouvons tous réussir.

Accroupie sous une fontaine en marbre, de l'autre côté de la clôture, je fis signe à Clare de se lancer. Elle s'approcha de l'agent de sécurité, qui se détourna des manifestants afin de lui parler. Dès qu'elle eut capté son attention, je me dirigeai vers l'autre agent. Il haussa les sourcils en me voyant et je lui offris un grand sourire.

— Dans un monde où l'avenir est incertain, sachez une chose : l'EN, c'est la liberté ! hurlait mon père.

La clôture électrique vrombissait. L'agent de sécurité se racla la gorge.

— Je peux vous aider ? me demanda-t-il d'une voix rauque.

— J'ai un immense service à vous demander, commençai-je, mutine.

Je secouai la tête, agitant ma chevelure ; il se détendit, retira ses lunettes de soleil et m'examina de haut en bas. Je m'approchai.

— Quoi donc ?

Souriant, j'enroulai une mèche de cheveux autour de mon doigt.

— L'EN, c'est la meilleure forme d'éducation qui soit ! déclarait mon père, d'une voix si forte que je crus qu'il me criait dessus.

— J'ai besoin que vous fassiez quelque chose pour moi, le taquinai-je.

Il me sourit, baissa les épaules. C'était dans la poche.

— Ça dépend quoi, dit-il.

Je tendis le bras en avant et il leva la main. Le choc électrique provoqué par le pistolet de Clare le secoua tout entier et, les yeux écarquillés de surprise, il s'écroula. Me penchant vers lui, je saisis l'arme dans son étui.

— Désolée, dis-je. Mais je ne peux pas vous laisser tout gâcher.

Je visai son épaule et tirai. L'arme libéra une seringue minuscule qui se planta dans sa peau et le neutralisa. Son corps se détendit complètement.

Le cœur battant la chamade, je me tournai vers l'enclos électrifié.

— L'EN, c'est la paix ! affirmait mon père.

J'attrapai le bras de l'agent et appuyai son doigt sur le bouton d'ouverture à reconnaissance digitale du portail, qui se déverrouilla.

Sitôt le portail ouvert, un flot de gens s'en échappa et une sirène retentit. Je plaquai mes mains sur mes oreilles afin de me protéger de ce hurlement strident et tentai de reculer. Tout autour de moi, des personnes couraient. Mon père, remarquant la foule qui jaillissait de l'enclos, se retourna et un des gardes du corps le saisit afin de l'entraîner hors de la scène. Les photographes prirent des clichés des manifestants, qui récupéraient leurs affiches gisant par terre et se ruaient vers l'estrade. Dans le chaos, quelqu'un me percuta et je tombai. Des coups de feu fendirent l'air, des cris résonnèrent ; à présent, les manifestants se poussaient et se marchaient dessus. Encore des coups de feu. Encore des cris. Je reçus de nombreux coups de pieds, ce qui m'empêcha d'accéder à la scène. Alors que je luttais de toutes mes forces pour me relever, une main m'agrippa le bras et me souleva.

Je redressai la tête.

— Qu'est-ce que tu fais là ? me demanda Justin, l'air furieux. Qui t'a envoyée ici ?

— Moi ! Je me suis envoyée toute seule ! m'écriai-je tout en essayant de ne pas le lâcher malgré la foule qui nous tirait dans des directions opposées.

— Tu n'aurais pas dû prendre ce risque !

Je plissai les lèvres. Il n'y avait vraiment que lui pour penser à ma sécurité à un moment pareil.

— Je n'allais pas les laisser t'arrêter.

Il me dévisagea un instant, le regard noir de rage.

— Tu n'as pas à t'inquiéter pour moi. Mais toi, tu es trop précieuse pour mettre ta vie en danger.

— Je pourrais te dire la même chose.

— Je peux me débrouiller tout seul.

Sur ce, un photographe me fila un coup de coude dans le ventre et je me pliai en deux, le souffle coupé. Justin le repoussa et me serra contre lui.

— On peut remettre cette discussion à plus tard ? protestai-je.

Secouée, ballottée dans tous les sens, je trébuchai et Justin dut me ramasser une deuxième fois avant que, dans la cohue, je ne sois de nouveau piétinée. Tant bien que mal, nous sommes parvenus en bordure du parc, où nous nous sommes retournés un instant pour observer la scène. Le visage de Justin s'adoucit enfin.

— Tu comprends maintenant quand j'évoquais ton effet boule de neige ? me dit-il en désignant la foule. Voilà ce que tu peux accomplir.

Je contemplai la marée de manifestants qui hurlaient et protestaient, exigeant un changement. Une émeutière montée sur scène se précipita sur un micro.

— Depuis l'instauration de l'École numérique, déclara-t-elle, les gens passent 5 % de leur temps à se parler. Les parents américains passent 15 % de leur temps avec leurs enfants ! L'EN ne règle pas les problèmes ! Elle ne fait qu'en créer d'autres !

Une puissante acclamation accueillit ses paroles. Le système audio n'avait pas été déconnecté et sa voix résonnait dans l'enceinte. Je souris en voyant que j'avais contribué aujourd'hui à faire avancer les choses. J'aurais tellement aimé voir la tête de mon père en ce moment.

Soudain, Justin me tira violemment derrière lui.

— De rien ! criai-je à son dos.

Il m'ignora, trop occupé à se frayer un chemin parmi la foule. Je me retournai vers l'enclos et compris qu'il avait été refermé. La police essayait de contenir les manifestants qui hurlaient.

— Viens, me dit Justin.

Nous avons traversé un parterre en courant, en direction de la rivière. Il nous fallait encore éviter des gens mais la voie était relativement libre. Alors que nous approchions du port de plaisance, je tendis le téléphone à Justin, qui parvint à téléphoner sans ralentir.

— Tu as Clare et Pat ? demanda-t-il à Riley.

Dirige-toi vers le nord-est. Éloignez-vous d'au moins quinze kilomètres. On se retrouve à Sandy Cove.

Justin m'entraîna vers le port, où étaient ancrés des dizaines de voiliers et de bateaux, et quelque chose attira son regard. Il se précipita au bout d'un ponton et se jeta sur une planche à voile motorisée accrochée à l'arrière d'un bateau.

— Ce n'est pas ce que je préfère mais on va devoir s'en contenter.

— C'est vraiment ton truc, les évasions par la mer ! dis-je.

— La prochaine fois, je te trouverai autre chose. Allez, monte !

Il me tendit la main et je grimpai maladroitement sur la planche.

— Arrêtez-vous ! ordonna une voix derrière nous.

Deux agents de sécurité couraient sur le quai.

— Accroche-toi, me dit Justin.

Il s'éloigna du quai. Un coup de feu retentit. Il fit ensuite pivoter la planche pour que nous soyons face aux agents.

— C'était un avertissement, déclara l'un des agents. Revenez ici ! La prochaine fois, je ne vous raterai pas.

Ils pointaient tous les deux leur arme sur moi.

— La liberté de choix n'est pas un crime ! rétorqua Justin.

— On veut seulement la fille, dit l'agent.

Les vaguelettes ramenaient la planche vers le quai, mais Justin parvint à rester à distance. Le moteur de la planche ronronnait gentiment.

— Ramène-la ou je tire !

— Je vous le déconseille, répondit Justin calmement.

Je levai la tête et vis briller dans ses yeux une lueur amusée. Il regardait les agents de sécurité avec un air de défi.

Les mains moites, je desserrai mon emprise sur Justin. Pendant quelques secondes, le monde se fit silencieux. À peine entendait-on le clapotis de l'eau.

— Réfléchissez deux secondes, continua Justin. Si vous nous tirez dessus, on tombera à l'eau. Non seulement elle ne sait pas nager mais elle a dans son sac assez de poids pour couler direct jusqu'au fond. Et vous savez ce que vous risquez en blessant un civil non armé !

Les agents se regardèrent un instant, et je profitai de cette fraction de seconde de répit pour saisir l'arme dans ma poche. Deux coups de feu retentirent. Les agents, K.O., s'effondrèrent dans l'herbe.

Choquée, j'observai l'arme dans ma main qui glissa entre mes doigts tremblants et tomba dans la mer.

- 25 -

— Je crois que je vais avoir des ennuis, dis-je.

Justin, les yeux écarquillés, regardait l'endroit où l'eau avait englouti l'arme.

— J'étais armée, fis-je remarquer, comme s'il était encore important de le souligner.

— Où tu as appris à tirer ? me demanda-t-il en me dévisageant.

— Je te l'ai dit, j'ai suivi des cours d'autodéfense.

Il se tourna vers les deux agents qui dormaient sur le quai.

— Tu as tiré sur deux agents de sécurité ! s'écria-t-il, estomaqué.

— Tu veux vraiment qu'on en parle maintenant ? lui demandai-je, agacée.

Je m'accrochai à Justin qui orienta la planche vers le large puis zigzagua entre les embarcations et les pontons jusqu'à atteindre l'embouchure de la rivière, qu'il remonta. L'eau nous éclaboussait en permanence.

Surfant sur les vagues, nous avons longé les berges.

J'admirai les ponts en fer et les gratte-ciel intimidants qui bordaient la rivière. Si je n'avais pas été en cavale – comme d'habitude –, j'aurais pu apprécier le paysage.

Plus au nord, les immeubles cédèrent la place à des zones pavillonnaires. Alors que nous approchions d'une petite plage, Justin ralentit et prit une vague de plein fouet. La planche décolla et atterrit brutalement ; j'enfonçai mes doigts dans sa taille pour ne pas tomber.

— Désolé, dit-il en riant. Je n'ai pas pu m'en empêcher.

Il avança jusqu'à heurter le sable et nous descendîmes de la planche. Nous étions trempés. En haut de la dune surplombant la plage, j'aperçus la camionnette qui nous attendait au bord de la route. Je m'installai à l'arrière avec Justin et Riley démarra en trombe. Pat était sur le siège passager.

Clare m'attrapa la main dès que je fus assise.

— Madeline, tu es un génie ! s'écria-t-elle.

— Que fait Madeline ici ? demanda Justin, de nouveau furieux, à Riley.

— Eh, mec, on n'avait pas le choix.

— Non...

— Scott a dit que c'était le seul moyen...

— Appelle Scott, exigea Justin.

L'instant d'après, Scott apparut sur l'écran du tableau de bord. Il était toujours dans son salon, à côté de Molly.

— Content de te voir, dit-il en souriant.

— Tu n'aurais pas dû...

— Il le fallait, l'interrompit Scott. Tu es bien plus précieux que ne l'est Madeline.

— Je m'en serais sorti tout seul, répondit Justin d'un ton froid.

— Tu vas bien. Tout le monde va bien. C'était à moi de prendre une décision. Tu dois me faire confiance.

Justin poussa un long soupir et entreprit de délacer ses chaussures.

— Qu'est-ce que c'était que cette conférence ? demanda-t-il ensuite.

— Un trucage médiatique en faveur de l'EN, répondit Scott. Ils se sont servis d'un hologramme pour faire croire que vingt mille supporters étaient présents.

— Qu'est-ce que je hais les médias ! dit-il.

— C'est le dernier stratagème à la mode pour convaincre le pays que l'EN est toujours aussi populaire, continua Scott. Le timing est excellent, vu que le référendum national est prévu cet automne.

— Quel référendum ? demandai-je.

— De plus en plus de gens souhaiteraient que la mise en place de l'EN soit décidée au sein de chaque État et non plus de manière fédérale, m'expliqua Scott. Mais le gouvernement refuse. Ils ont trop à perdre.

— C'est pour ça qu'ils nous ont retenus prisonniers ? demanda Justin.

— Oui, répondit Scott. Il ne fallait pas qu'on vous voie à la télé.

— Un bel exemple de démocratie, ricana-t-il.

— C'est la première fois qu'ils ont recours à une telle mise en scène, fit remarquer Clare.

— D'une certaine manière, c'est une bonne nouvelle, intervint Molly. S'ils ont pris des mesures aussi drastiques, c'est que l'opposition augmente. Maddie, super boulot, me dit-elle ensuite. Merci de nous avoir aidés.

Je me contentai de hocher la tête. Nous ne serions jamais amies, elle et moi, mais au moins cesserait-elle de remettre en doute ma loyauté.

— Comment vous avez fait ? me demanda Riley en me regardant dans le rétroviseur.

Clare éclata de rire et je commençai à leur raconter nos exploits. Tout en parlant, je jetai quelques coups d'œil discrets à Justin. Il ne semblait pas partager notre bonne humeur et regardait par la fenêtre, perdu dans ses pensées.

*

* *

Nous étions tous épuisés à notre arrivée à Éden. Thomas et Elaine nous attendaient dehors ; leur calme me stupéfia. Thomas n'embrassa même pas son fils. N'avait-il pas conscience de la gravité de la situation ? Pensait-il sincèrement que son fils était invincible ?

Elaine et Thomas nous laissèrent aller nous coucher – nous leur raconterions nos aventures plus tard. Avant que je monte à l'étage, Elaine me prit la main.

— Merci pour tout, Maddie, me dit-elle.

— Justin m'a sauvé la vie. Je lui devais bien ça.

Je me hissai difficilement en haut de l'escalier et me jetai sur mon lit. L'excitation qui m'avait nourrie pendant la journée se dissipait, mes paupières étaient lourdes. Quelques minutes plus tard, Justin entra dans la chambre et ferma la porte.

Je laissai échapper un bâillement.

— Depuis que je te connais, ma vie n'est plus la même, dis-je.

Il traversa la pièce jusqu'à la fenêtre et me regarda tout en gardant ses distances. Je calai un oreiller sous ma tête, fermai les yeux et soupirai, tellement soulagée de savoir que Justin était ici, près de moi, sain et sauf. Je n'avais besoin de rien d'autre pour me sentir bien. En même temps, je compris que son absence m'avait perturbée malgré moi.

Le silence emplit la chambre, me forçant à ouvrir les yeux. Justin me regardait toujours. Il s'avança lentement vers le lit, où je lui fis de la place.

Il s'allongea. Je m'approchai de lui mais il ne fit aucun geste. Il ne cessait de me fixer de ses yeux pénétrants, chaleureux. J'esquissai un sourire.

— Je sais pourquoi tu es en colère, marmonnai-je. (Il haussa un sourcil et attendit.) Tu es jaloux parce que j'ai flirté avec cet agent de sécurité.

— Ouaip, dit-il en plissant le front. C'est ça. Je m'apprêtais même à lui tirer dessus.

Je posai un doigt sur ses lèvres et sentis mon cœur s'enflammer.

— Tu ne crains rien.

— Maddie, dit-il d'un air sérieux, il faut que tu me promettes quelque chose.

— Peut-être, répondis-je.

Il me fit basculer sur le dos et se colla contre moi.

— Tu ne dois pas venir à mon secours. Quoi qu'il arrive.

— Mais…

— Promets-le-moi. Je refuse que tu risques ta vie comme ça. Surtout pour moi. D'accord ?

Il avait l'air si contrarié que les larmes me vinrent aux yeux.

— C'est d'accord, dis-je d'une voix émue. Je le jure.

Il poussa un long soupir.

— Est-ce que je t'ai manqué ? demandai-je ensuite en souriant.

— Si tu m'as manqué ? répéta-t-il, le regard intense. Pire que ça.

Il se pencha et m'embrassa avec tendresse. Encouragée, je cherchai à l'embrasser à mon tour mais il s'écarta et m'observa. Il fit courir sa main le long de mon bras et grimaça presque de douleur – à croire que ma peau le brûlait.

— Tu es comme le feu, me dit-il. Tu m'attires comme le feu. Toute cette énergie… Ça m'envahit.

Je hochai la tête, je connaissais bien cette sensation.

— Tu es parfaite, me dit-il. (Il me prit la main et l'examina.) Tes ongles me rendent complètement fou.

— Mes ongles ? m'étonnai-je.

Je détestais mes ongles plus que tout.

— C'est bizarre, non ? Je suis incapable de me concentrer quand je regarde tes mains.

Il embrassa chacun de mes doigts. Je le regardai, fascinée.

— Et ces lèvres, continua-t-il en les frôlant. Waouh ! (Il secoua la tête.) Incroyable. Et il vaut mieux que je m'arrête là parce que je ne voudrais pas que tu prennes peur.

— Pourquoi tu me dis ça ?

— Parce que je veux que tu saches ce que je ressens.

Il me caressa le visage, la nuque. Une énorme boule d'émotion coincée dans ma gorge m'empêchait de parler. J'avais toujours l'impression que chaque instant avec Justin était notre dernier. C'était terrible.

— Alors pourquoi j'ai le sentiment que tu essayes de me dire au revoir ?

— Parce que je refuse qu'il t'arrive quoi que ce soit, murmura-t-il. J'ai besoin que tu sois en sécurité. Et tu ne seras jamais en sécurité avec moi.

Pour ma part, j'avais aussi besoin qu'il sache ce que je ressentais et je l'embrassai aussi longtemps que possible. Nul besoin de mots, je pouvais exprimer tant de choses avec mes yeux, mes mains, mon cœur.

– 26 –

— Tu as tiré sur deux policiers ! s'exclama Elaine.

Nous étions assis à la table de la cuisine et prenions le petit déjeuner. Dehors, il faisait beau et la pièce regorgeait de soleil.

— Trois, ajouta Clare.

— Pour la énième fois, soupirai-je, je les ai simplement endormis. Ils vont bien. Et c'était des agents de sécurité, il ne faut pas confondre.

— Je pense que tu mérites un surnom, maintenant, me dit Pat. Genre Maddie la Gâchette ?

Je lui adressai un regard hostile qui ne fit que l'encourager.

— Magnum Maddie ? Maddie la Barbare ?

— Et si on changeait de sujet ? Je ne suis pas vraiment fière de moi.

— J'ai regardé les infos ce matin, intervint Thomas. L'État de l'Oregon a décidé de mener une enquête approfondie auprès des étudiants sur l'École numérique.

— C'est pas trop tôt, commenta Justin.

— Justin, lui dit Elaine, quand est-ce que tu comptes annoncer la bonne nouvelle à Maddie ?

Je me tournai vers lui, intriguée. Il mordit dans sa gaufre, visiblement peu pressé de m'annoncer quoi que ce soit.

— C'est presque l'heure, dit Clare d'un ton légèrement agacé. Pourquoi tu ne lui dis rien ?

Ils souriaient tous. Apparemment, tout le monde était au courant sauf moi.

Je croisai les bras.

— Me dire quoi ?

Justin esquissa un sourire.

— Qu'est-ce que vous complotez, tous les deux ? insistai-je.

— Moi, je n'y suis pour rien, m'expliqua Clare.

Justin se leva et me fit signe de le suivre. Accompagnée de Clare, je lui emboîtai le pas, direction le sous-sol, où Justin s'installa devant un clavier.

— C'est quoi, la surprise ? demandai-je.

Clare s'assit sur le canapé et me fit signe de la rejoindre.

— Tu vas voir.

Je m'assis et Clare me serra la main. Tout à coup, l'écran mural face à nous s'alluma.

— Il y a quelqu'un qui veut te parler, me dit Justin.

Il s'avança vers l'écran et entra un code sur un boîtier adjacent.

— Tu m'entends ? demanda Justin.

— Cinq sur cinq, répondit une voix masculine.

Justin hocha la tête, appuya sur un bouton, et le visage de mon frère apparut devant moi.

— Joe ! m'écriai-je en bondissant du canapé.

Il me sourit. Joe ressemblait autant à mon père qu'à ma mère. Il avait les mêmes cheveux noirs que mon père mais les mêmes yeux bleus et le même sourire que ma mère.

— Salut, petite sœur. Enfin, future détenue, devrais-je plutôt dire.

Comme d'habitude, Joe ne pouvait s'empêcher de se moquer de moi.

— J'arrive pas à y croire, dis-je.

Je ne lui avais pas parlé depuis Noël. Mais avec lui, c'était toujours comme si on s'était quittés la veille.

J'observai ses cheveux en bataille.

— Tu fais très Hollywood, maintenant.

— Tu trouves ?

— Tu as l'air en forme.

— Je sais.

Il me sourit un instant puis prit un air sérieux.

— Bon, comment ça va ?

— Ça va bien, répondis-je de manière automatique, retrouvant ces vieux réflexes de jeune fille policée que j'allais mettre du temps à perdre.

— Tu nous as laissé un sacré bazar à nettoyer, dit-il.

— Est-ce que papa m'a désavouée en public ? demandai-je en plaisantant à moitié.

— Tu as de la chance, poursuivit-il. Il connaît les bonnes personnes.

— Lesquelles ?

— La situation n'est pas aussi catastrophique que tu le crois. Les seuls qui savent que tu t'es enfuie sont Paul et Damon. Vu qu'ils vénèrent papa comme un dieu, ils sont d'accord pour garder le secret.

— Tu veux dire que… ?

— Non, tu n'es pas encore sortie de l'auberge, insista-t-il en essayant, sans succès, de rester sérieux. Tu as enfreint les termes de ta liberté surveillée et tu as échappé à la surveillance de ton agent de probation. Ça fait un peu beaucoup. En plus, ce pauvre Paul s'est fait tabasser par deux péquenauds.

— Il m'avait plaquée au sol, protestai-je.

— Tu l'avais sûrement mérité, riposta-t-il.

— Désolée si je ne me suis pas laissé embarquer dans un centre de détention sans rien dire.

— Oui, oui, je vois bien que tu es désolée, se moqua-t-il en souriant. Bref, papa et les Thompson ont passé un accord, certainement en échange d'un petit pot-de-vin. Heureusement pour toi, il existe un centre de détention à Los Angeles. Damon s'est arrangé pour que tu y sois envoyée.

Je fronçai les sourcils.

— Je ne vois pas en quoi être dans un centre de détention à Los Angeles, c'est mieux que dans l'Iowa. Je m'en fiche qu'il y ait des célébrités.

— Tu vas m'écouter, oui ? Depuis quand tu es aussi impulsive ?

« Depuis toujours », avais-je envie de répondre.

— On va simplement donner l'impression que tu es dans un centre de détention à Los Angeles. Papa n'aura aucun mal à brouiller les pistes vu son réseau. En réalité, tu vas venir vivre avec moi à L.A. Tu pourras finir l'EN et ensuite chercher un stage. Mais, au regard de la loi, tu seras bien dans un centre de détention.

— Je vais vivre avec toi ! m'exclamai-je. À Los Angeles !

— Oui, je sais, un long combat fratricide s'annonce. Si tu préfères le centre de détention, je comprendrai.

— Joe, ce sera super. Tu as de la place ?

— Oui, j'ai une chambre d'amis.

— Et ça ne te dérange pas ?

— C'est-à-dire que..., dit-il en se frottant le menton. Il se peut que tu sois obligée de t'occuper du ménage, de la lessive et des courses. Mais je suis prêt à faire un effort du moment que je peux avoir ma propre esclave.

— Ça marche !

— Maddie, je plaisantais !

Je me tournai vers Justin. Adossé au mur les bras croisés, il m'observait.

— J'espère que vous avez un canapé que je peux squatter, lança Clare.

Joe hocha la tête puis me regarda.

— Si tu parviens à te tenir à carreau jusqu'à tes 18 ans, tu seras libre. Et après, tu pourras faire ce que tu veux.

— Quand est-ce que je peux venir ? demandai-je sur un ton frénétique.

— Demain, c'est trop tôt ?

— Demain ? m'étonnai-je.

— Tu es supposée être déjà en centre de détention, donc tu ne peux pas te permettre de laisser tes empreintes dans les transports en commun. On peut se retrouver à mi-chemin ?

— Joe, merci beaucoup. J'arrive pas à croire que tu aies organisé tout ça.

— Je n'ai rien fait du tout, répondit-il en plissant le front. Ne le prends pas mal, petite sœur, mais j'ai d'autres priorités que régler tes problèmes avec la justice. C'est maman et Justin qui ont tout arrangé. Maman m'a appelé il y a deux semaines en me demandant si j'étais d'accord ou pas.

— Quoi ?

— Justin a contacté maman le lendemain de ton évasion. On a toujours su que tu étais en sécurité.

— Papa sait où je suis ?

— Non, mais il sait que tu vas bien. Crois-le ou pas, il tient à toi.

— Mais il m'a bannie…

— Oui, et il le referait si tu te pointais à la maison. Il perdrait son travail, sinon. Mais maman et Justin ont trouvé une solution qui convient à tout le monde. Personnellement, je pense que papa est soulagé que tu n'ailles pas dans un centre de détention et je crois que maman est très fière de toi. Même si elle ne l'admettra jamais. Papa péterait un câble.

Je baissai les yeux, émue.

— Joe, je ne sais pas quoi dire…

— Dis-moi qu'on se voit demain.

Je hochai la tête.

— Parfait. Et essaye d'éviter les ennuis d'ici là.

Il adressa un regard à Justin puis disparut de l'écran. Clare s'approcha de moi et je la serrai dans mes bras. D'un coup, tous mes soucis s'étaient volatilisés. J'allais vivre avec mon frère ! Je serais en sécurité et peut-être même que mes parents me pardonneraient. Toujours adossé au mur, Justin fixait l'écran, l'air troublé. Clare nous regarda tous les deux et déclara qu'elle devait appeler Noah pour lui annoncer la nouvelle. Elle remonta à l'étage, nous laissant seuls. Je me tournai vers Justin.

— Alors…, commença-t-il. Ça te convient ?

— Si ça me convient ? C'est…

Ne trouvant pas les mots, j'agitai les mains. C'était trop beau pour être vrai. On me donnait une deuxième chance. On me rendait ma vie.

— Tu as appelé ma mère ?

Justin inclina un peu la tête sur le côté, presque gêné. Cela dit, j'aurais dû m'en douter.

— Je voulais que tes parents sachent que tu allais bien.

— Et mon père n'a rien dit ? Pourtant, il ne négocie jamais.

— Techniquement, ton père ne peut pas prouver que j'ai joué un rôle dans ton évasion. Pour lui, je suis innocent. Il pense que c'est toi qui es venue vers nous.

Et puis je n'ai parlé qu'à ta mère, ça aide. Je n'ai eu aucun contact avec ton père.

— Et hier ?

— Je ne crois pas qu'il sache que tu étais à la manif. Il n'y avait pas de caméras au niveau des barrières de sécurité. Personne ne t'a prise en photo, n'a scanné ton empreinte. Tu as jeté l'arme dans l'océan. Tu es douée, on dirait.

— Mais ton empreinte à toi a été scannée. Mon père saura que tu étais là.

— Ne t'inquiète pas pour ça, me rassura-t-il. Moi aussi, je connais quelques personnes bien placées. Dès cet après-midi, tout aura disparu.

— Ah oui. Ton père.

Il hocha la tête. Je fis un pas dans sa direction mais soudain un voile sombre masqua son regard et je compris qu'il se repliait sur lui-même.

— J'ai du travail, me dit-il. On part tôt demain matin.

Il se détourna, le visage impassible. Il était de nouveau sur ses gardes. Je sentais déjà la distance entre nous se creuser. Me voir heureuse lui avait-il fait de la peine ? Ou bien cherchait-il à ne pas m'en faire ?

*

* *

Je ne vis pas Justin de la journée et celle-ci se déroula dans une sorte de brume. Je parvins néanmoins à remercier Elaine et Thomas pour leur hospitalité, à dire au revoir à Clare en promettant de l'appeler dès mon arrivée. Mais tout me parut scénarisé, comme si je jouais un rôle. Je montai dans ma chambre afin de faire ma valise mais il ne me fallut que quelques minutes. Que je possède si peu de choses me surprit, moi qui avais vécu si longtemps entourée d'objets divers qui m'avaient toujours semblé essentiels. À présent, je n'avais plus besoin de choses dans ma vie, j'avais besoin de gens, de leur présence physique. Comment avais-je pu me satisfaire pendant si longtemps d'une existence aussi stérile ?

Le soir, alors que la maison plongeait dans le calme, je m'installai à la fenêtre et contemplai l'océan. Je remarquai ensuite mon journal sur le lit. Pour la première fois, il me parut amical ; je pouvais me confier à lui sans craindre d'être jugée ou contredite. Je me lovai sur le lit et l'ouvris à une page vierge.

11 août 2060

Ma vie est devenue absolument absurde. Et ça me va du moment que la seule chose qui ne change pas, c'est ce que je ressens pour toi. Le monde peut s'écrouler, il suffit d'une seule personne à laquelle s'accrocher.

Mais est-ce que tu as raison ? Est-ce que l'amour peut s'emporter avec soi ? Parce que je ne veux pas te quitter.

Tu me donnes envie de me salir les mains. De voir la vie comme elle est, dans toute sa brutalité, et pas à travers ce décor numérique ridicule qu'on installe autour de nous pour qu'elle soit conforme à nos envies. Tu me donnes envie de mourir de froid et de mourir de chaud. De sentir.

Avec toi, mes pensées audacieuses me paraissent plus sensées que mes pensées rationnelles. Tu me donnes envie de penser par moi-même.

Tu me donnes envie de m'ouvrir au monde, d'abolir la tyrannie des câbles et des réseaux. Tu me donnes envie de me déconnecter. De vivre.

Et maintenant, que va-t-il se passer ? Sans toi, j'ai le sentiment que je vais trébucher et tomber. J'ai souvent pensé à ce que ce serait de tomber amoureuse. Sans doute n'est-ce pas le château dans les nuages dont on entend parler dans les contes de fées. Et pourtant, avec toi, j'ai entraperçu le château. Et maintenant, je veux y habiter.

Je marche sur un fil. Je ne vis plus dans un monde numérique où je peux choisir moi-même ma fin et effacer toutes mes erreurs. Et je sais que je n'apprendrai jamais rien d'important si je reste ici, en sécurité. Mais que me réserve Los Angeles ?

Faut-il abandonner son ancienne vie pour en commencer une nouvelle ? Notre âme est-elle éparpillée, comme tu le prétends, et la vie n'est-elle qu'une longue quête destinée à recoller tous les morceaux ? Est-ce ainsi que l'on comble les manques ?

- 27 -

Cessant de tapoter sur mon journal avec mon stylo, je regardai l'heure. Il était 2 h 30 et je n'avais aucune envie de dormir. Je m'adossai au mur. Je sentais sa présence de l'autre côté. C'était avec lui que j'avais envie d'être. Et je n'avais pas de temps à perdre.

Je sortis prudemment dans le couloir et ouvris la porte de sa chambre.

Justin s'agita dans le lit et je sentis son énergie me traverser comme une bourrasque. Dès que j'eus fermé la porte, une main chaude m'attrapa le bras et une autre m'enserra la taille. Je me calai contre lui.

— Tu m'as ignorée, murmurai-je dans le creux de sa nuque.

— Je voulais que tu dormes.

Je passai mes doigts sur les cicatrices qui couraient sous son T-shirt.

— Tu m'en veux ? me demanda-t-il.

— Non, ce n'est vraiment pas ce que je ressens pour toi, répondis-je avec honnêteté.

Il me caressa la joue.

— Je te demande pardon.

— Pour quoi ? Pour m'avoir ignorée lors de notre dernière nuit ensemble ou pour ne pas m'avoir appelée pendant trois semaines ?

Il enfouit son visage dans mes cheveux et soupira.

— C'est bien pour ça que je ne voulais pas tomber amoureux de toi.

— C'est raté, non ?

Son regard se fit intense.

— Je tiens énormément à toi, plus que tu ne peux l'imaginer. Déjà, le jour où je t'ai rencontrée, il m'a fallu faire tous les efforts du monde pour garder la tête froide. J'aimerais tellement que tu sois dans ma vie tous les jours, mais j'ai commencé quelque chose que je dois terminer. Je ne peux pas être là pour toi, Maddie. Et toi, tu mérites quelqu'un qui soit là pour toi, quelqu'un qui peut se consacrer à toi, tous les jours. Je ne peux pas te faire passer avant tout le reste. Et je ne veux pas que tu t'impliques dans mon combat. C'est trop dangereux. Ce qui est arrivé à Portland n'était qu'un avant-goût.

— Pour info, tu as le droit de penser à toi de temps en temps.

— Je ne pense pas à moi. C'est difficile à expliquer…

— Essaye, murmurai-je.

Il fit courir sa main sur ma taille, mes côtes ; ma peau picota agréablement.

— Pense à nos corps. On est fait d'organes, de veines, et tout est lié. S'il y a un problème quelque part, tout l'organisme est touché. C'est comme ça que je conçois le monde. On est tous reliés, je ne suis pas une entité indépendante. Tout ce que je fais affecte directement une autre personne, et ainsi de suite. Chaque individu que j'aide peut en aider un autre. Le changement se produit dans une personne à la fois. Et je veux dédier ma vie à ce projet.

— Tu m'as dit qu'un extrême ne valait pas mieux qu'un autre, que l'idéal était de trouver un équilibre. Et certainement que l'existence est faite de compromis. Tu sais donner, Justin, tu es doué pour ça, mais tu dois aussi apprendre à recevoir de temps en temps. À quoi ça sert de réussir, de devenir un héros, si c'est pour être seul ? Et crois-moi, personne ne veut de cette vie-là.

Il m'observa un instant. Puis il sourit.

— Pourquoi tu souris ?

— Tu aurais été capable de me dire ça avant qu'on se rencontre ?

Je collai ma joue contre son torse sans lui répondre.

— Peut-être que tu as raison, dit Justin. Peut-être que j'ai besoin de trouver un équilibre. Mais je ne vais pas ralentir dans l'immédiat. Au contraire. Je ne fais que commencer.

— Moi aussi, dis-je.

Nos regards se croisèrent et je lui souris. Moi aussi, je pouvais me montrer tenace.

*
* *

Le lendemain matin, Justin me réveilla alors que le soleil se levait à peine. Je m'habillai, attrapai mon sac et sortis sans faire de bruit. Nous nous sommes éloignés de la grande maison victorienne aux larges fenêtres et des gens qui dormaient à l'intérieur. Je mis ma capuche sur la tête et me calai dans mon siège.

Il n'y avait pas grand monde sur l'autoroute ; en revanche, de nombreux trains nous dépassèrent à vive allure. À mesure que nous approchions du lieu de rendez-vous avec Joe, ma nervosité grandissait.

— Quand est-ce que je te reverrai ? demandai-je à Justin.

Il hésita avant de répondre.

— Je ne sais pas. Je vais être absent un long moment. Les gens commencent à s'opposer à l'omniprésence de l'EN. C'est une super bonne nouvelle mais ça implique beaucoup de travail.

J'examinai nos doigts entremêlés.

— Il faut que je reprenne mon rythme, ajouta-t-il. C'est rare que je reste dans un même endroit plus de deux jours. Je te l'ai déjà dit.

Je soupirai. Cette discussion ne menait à rien, je le savais. J'aimais Justin parce qu'il était dévoué à sa cause. Loyal. Passionné. Son combat le définissait ; s'y opposer n'avait aucun sens. Je savais que sa conception de l'amour consistait à faire suffisamment confiance aux gens pour les laisser partir. Alors je lui confiai la seule chose que je savais être vraie.

— Tu vas me manquer.

— Il ne faut pas, dit-il comme si c'était simple. Ne perds pas ton temps à penser à moi. Tu n'as que 17 ans. Ta vie ne fait que commencer. Si tu penses trop à l'avenir, ou à la prochaine fois que tu me verras, tu en oublieras de vivre.

Je me tournai vers la fenêtre. Des dizaines de pensées s'agitaient dans mon cerveau, presque toutes en contradiction avec les élans de mon cœur. Je n'avais aucune envie de me disputer avec Justin, j'avais envie de l'aimer.

— Tu m'as demandé de rejoindre ton camp…, dis-je en me tournant vers lui.

— Oui, et c'est à toi de prendre cette décision.

— Si je décide de t'aider, est-ce qu'on pourra être ensemble ?

— Non, ne fais pas ça. Ne choisis pas en fonction de moi. C'est une décision trop importante. Ce n'est pas moi ou eux. C'est ta vie.

Une vague de tristesse s'empara de moi. J'en avais marre que les gens que j'essayais d'aimer puissent être aussi déconcertants.

Nous sortîmes de l'autoroute et Justin s'arrêta sur une aire où attendait Joe, près de sa voiture. Immédiatement, mon cœur bondit de joie. Je jaillis de la voiture et sautai au cou de mon frère, qui manqua de tomber de surprise.

— Maddie, depuis quand tu es aussi sentimentale ? plaisanta-t-il en me serrant dans ses bras.

Justin s'approcha de nous et je sentis Joe se raidir. Il remercia Justin de m'avoir déposée et lui tendit la main, mais ses lèvres étaient pincées. Justin lui serra la main.

— Pas de problème. Je suis content qu'elle puisse vivre avec toi.

— Merci d'avoir tout organisé, répondit Joe.

Justin hocha la tête et enfouit ses mains dans ses poches. Joe l'observait avec une certaine méfiance.

— Joe, tu peux nous laisser une minute ? demandai-je.

— Je t'attends dans la voiture.

Il lança un dernier regard à Justin avant de se détourner. Quelque chose passa entre eux, un accord tacite.

Justin sortit mon sac du coffre de la voiture. Le soleil étincelait dans le ciel mais je me sentais envahie par la pénombre.

Je pris le sac et de grosses larmes s'accumulèrent à l'orée de mes paupières. Elles roulèrent lentement le long de mes joues et Justin les essuya de son pouce. Il me prit dans ses bras.

— Je promets de te retrouver, me dit-il. Amuse-toi à L.A. Profite au maximum.

Je me tournai vers la voiture de mon frère. Le moteur ronronnait. Ne devais-je pas dire ce que j'avais sur le cœur ? D'autant plus qu'il y avait dans mon âme un mot qui pesait particulièrement lourd. Je pourrais toujours faire semblant de l'effacer sitôt après, sauf que je n'avais pas envie de l'effacer, je voulais au contraire qu'il sorte et qu'il reste, parce que c'est à ce moment-là que la vie devient intéressante. Alors, avant de changer d'avis, j'enroulai mes bras autour de Justin. Il se pencha vers moi, m'embrassa. Je collai ma joue humide contre la sienne.

— Je t'aime, lui murmurai-je à l'oreille.

Il hocha la tête. Je m'écartai, plantant mes yeux dans les siens.

— Je ne fais que dire la vérité.

Il esquissa un sourire, mais je vis à son regard qu'il était contrarié, comme s'il cherchait encore à résister. Combien de fois dans sa vie Justin avait-il entendu ce mot ? Je n'avais jamais entendu ses parents le lui dire. Et pourtant, il méritait de l'entendre. On le méritait tous.

Je pris une grande respiration, prête à affronter ma nouvelle vie. Je m'installai dans la voiture à côté de Joe et refermai la portière. Il me regarda.

— On dirait que tu as plein de choses à me raconter, dit-il.

Je passai une main sur mes yeux.

— Si tu savais…

— Et toi, tu ne sais pas combien c'est difficile de louer une voiture à L.A.

Je passai des larmes au rire. J'étais contente d'être là avec mon frère mais j'étais triste aussi. J'avais l'impression de m'être brisée en deux.

— On y va ? me demanda Joe.

Je hochai la tête et relevai fièrement le menton. Mon frère sortit du parking et, alors qu'il s'engageait sur l'autoroute, j'admirai l'horizon. Je vis une mouette dans le ciel, qui planait au-dessus de l'océan ; je ne pus m'empêcher de sourire. C'était le signe que quelque chose d'exceptionnel allait se produire.

REMERCIEMENTS

D'abord, un immense merci à mon agent, Helen Breitwieser, pour avoir aimé mon livre et décelé tant de possibilités dans mon écriture. Plus que tout, merci pour tes encouragements – tu as cru en ce livre plus que quiconque. Ensuite, un énorme merci à Julia Richardson, mon éditrice, pour sa vue d'ensemble et ses conseils, qui ont permis à ce livre de briller. Merci à Jenny Bartlemay, ma première éditrice, pour ses commentaires sincères et ses conseils. Merci aux équipes marketing, presse et studio de Houghton Mifflin Harcourt. Merci aussi à toute l'équipe de la Red Horse Coffee Company pour avoir abreuvé mon corps de caféine et mon esprit d'encouragements pendant toute cette période, et merci à Damian Kulp qui m'a aidée à concevoir et à créer mon site Web. Merci à mes parents, qui m'ont apporté soutien et amour pendant cette aventure, et que je ne pourrai jamais assez remercier.

Enfin, merci encore et encore à Adam. Je n'aurais pas écrit ce livre sans toi. Merci de m'avoir poussée hors de ma zone de confort alors que j'y étais bien installée (pense à tout ce qu'on aurait raté). Merci de croire en moi plus que je n'en serai personnellement jamais capable.

Ouvrage composé par
PCA - 44400 Rezé

Cet ouvrage a été imprimé
en Allemagne par

GGP Media GmbH
à Pößneck

Dépôt légal : mai 2013

MIXTE
Papier issu de
sources responsables
FSC www.fsc.org FSC® C003309

Pocket Jeunesse, une marque d'Univers Poche,
est un éditeur qui s'engage pour
la préservation de son environnement
et qui utilise du papier fabriqué à partir
de bois provenant de forêts gérées
de manière responsable.

PKJ • www.pocketjeunesse.fr
POCKET JEUNESSE

12, avenue d'Italie – 75627 PARIS Cedex 13